LES HEURES ROUGES

Leni Zumas

# LES HEURES ROUGES

Roman

*Traduit de l'anglais (États-Unis)*
*par Anne Rabinovitch*

PRESSES
DE LA CITÉ

Titre original : *Red Clocks*
L'édition originale de cet ouvrage a paru chez Little, Brown and Company, New York.

Ce livre est une œuvre de fiction. Les noms, les personnages, les lieux et les événements sont le fruit de l'imagination de l'auteur ou sont utilisés fictivement. Toute ressemblance avec des personnes réelles, vivantes ou mortes, serait pure coïncidence.


ISBN 978-2-258-14692-1
Dépôt légal : août 2018

Presses de la Cité | un département **place des éditeurs**

place des éditeurs

*Pour Luca et Nicholas*
per sempre

« Car rien n'était simplement une chose.
L'autre phare était vrai aussi. »

Virginia WOOLF

~~Née en 1841 dans une bergerie féroïenne,~~

~~L'exploratrice polaire fut élevée dans une ferme près de~~

Dans l'océan Atlantique, entre l'Écosse et l'Islande, sur une île où les moutons sont plus nombreux que les humains, la femme d'un berger mit au monde un enfant qui, une fois adulte, étudierait la banquise.

Autrefois cet amas de glaces flottantes représentait un tel danger pour les bateaux que tout expert ~~connaissant la personnalité de cette glace~~ capable de prédire son comportement était précieux pour les compagnies et les gouvernements qui finançaient les expéditions polaires.

En 1841, dans les îles Féroé, à l'intérieur d'une petite maison au toit de tourbe, sur un lit qui sentait la graisse de baleine, une mère qui avait mis au monde neuf enfants, dont cinq avaient survécu, donna naissance à l'exploratrice polaire Eivør Mínervudottír.

# La biographe

Dans une pièce réservée aux femmes dont le corps est brisé, la biographe d'Eivør Mínervudottír attend son tour. Entre deux âges, elle a la peau blanche, des taches de rousseur, et porte un jogging. Avant d'être appelée à monter sur la table d'examen et à poser les pieds sur les étriers, à sentir une sonde explorer son vagin, à voir sur l'écran les images sombres de ses ovaires et de son utérus, la biographe passe en revue les alliances des autres patientes. Des pierres authentiques, de larges anneaux scintillants. Elles épousent le doigt de femmes dotées de canapés en cuir et de maris solvables, mais dont les cellules, les trompes et le sang faillissent à leur destin animal. Du moins c'est ce que la biographe aime à imaginer. Une histoire simple, facile, qui lui permet de ne pas penser à ce qui se passe dans la tête de ces femmes ou des maris qui les accompagnent parfois.

L'infirmière Crabby a une perruque rose fluo et un corset à lanières en plastique qui dénude pratiquement tout son torse et expose son décolleté.

— Joyeux Halloween, explique-t-elle.

— À vous aussi, répond la biographe.

— Allons aspirer un peu de lignée.

— Pardon ?

— Anagramme de sang.

— Hmm, dit poliment la biographe.

Crabby ne trouve pas la veine tout de suite. Elle doit la chercher, et ça fait mal. « Où es-tu passée, petite ? » demande-t-elle. Des mois de piqûres ont balafré et assombri le creux des coudes de la patiente. Heureusement, les manches longues sont de mise dans cette région du monde.

— Les Anglais sont revenus, n'est-ce pas ? dit Crabby.

— L'esprit vengeur.

— Eh bien, Roberta, le corps est une énigme. Ça y est… je te tiens.

Le sang afflue dans le tube. Le prélèvement leur indiquera les taux d'hormone folliculostimulante, d'œstradiol et de progestérone fabriqués par le corps de la biographe. Il y a de bons et de mauvais chiffres. Crabby range le tube dans un support, à côté d'autres échantillons.

Une demi-heure plus tard, quelqu'un frappe un coup à la porte de la salle d'examen – pour signaler sa venue, pas pour demander la permission d'entrer. L'homme qui pénètre dans la pièce porte des lunettes d'aviateur, un gilet et un pantalon de cuir, et une perruque noire bouclée sous un chapeau rond.

— Je suis le garçon de la bande, annonce le Dr Kalbfleisch.

— Waouh ! s'exclame la biographe, perturbée par ce nouveau look si sexy.

— Jetons un coup d'œil, vous voulez bien ?

Il pose ses fesses gainées de cuir sur un tabouret, face aux cuisses ouvertes de la patiente, et laisse échapper un « oups » en retirant ses lunettes. Kalbfleisch a joué au football dans une université de la côte est, et il a encore un visage d'étudiant. Le teint doré, une piètre capacité d'écoute. Il sourit en énonçant des statistiques peu réjouissantes. L'infirmière tient le dossier de la biographe et un stylo pour noter les mensurations. Le praticien lui dictera l'épaisseur de la paroi utérine, la taille et le nombre des follicules. Ajoutez ces chiffres à l'âge de la patiente (42), à son taux d'hormone folliculostimulante (14,3), à la température extérieure (13) et au nombre de fourmis par mètre carré de sol juste en dessous (87), et vous saurez quelles sont vos chances. D'avoir un enfant.

Il fait claquer ses gants de latex en les enfilant.

— Très bien, Roberta, voyons ce qu'il en est.

Sur une échelle de un à dix, dix étant la puanteur infecte d'un fromage trop fait et un, l'absence totale d'odeur, comment évaluerait-il le fumet émanant du vagin de la biographe ? En comparaison des autres vagins qui défilent jour après jour dans cette salle d'examen, des années de vagins, une foule de fantômes vulvaires ? Beaucoup de femmes ne se douchent pas avant de consulter, ou luttent contre une candidose, ou bien puent naturellement de l'entrejambe. Kalbfleisch a reniflé plus d'une fois des effluves musqués au cours de sa carrière.

Il introduit la sonde échographique enduite d'un gel bleu fluo et l'appuie contre le col.

— La paroi est fine et lisse, dit-il. Quatre millimètres et demi. Exactement ce qu'il nous faut.

Sur l'écran, la paroi utérine est un trait de craie blanche dans une masse obscure, si fin qu'il semble impossible à mesurer, mais Kalbfleisch est un professionnel qualifié, ses compétences inspirent une totale confiance à la biographe. Et justifient le montant des honoraires qu'elle lui verse – des sommes si énormes que les chiffres en paraissent virtuels, mythiques, ils n'ont aucun rapport avec votre compte en banque, car ils dépassent l'imagination. En tout cas, les revenus de la biographe n'y suffiront pas. Elle utilise des cartes de crédit.

Le médecin passe aux ovaires, enfonçant et inclinant la sonde afin d'obtenir l'angle qu'il recherche.

— Voici le bon côté. Joli paquet de follicules…

Les ovocytes eux-mêmes sont trop petits pour qu'on les distingue, même en agrandissant l'image, mais on peut compter leurs poches – les trous noirs sur l'écran grisâtre.

— Croisons les doigts, dit Kalbfleisch en retirant doucement la sonde.

*Docteur, j'ai vraiment un joli paquet de follicules ?*

Il recule sur le tabouret à roulettes, loin de l'entrecuisse de la patiente, et ôte ses gants.

— Pendant les derniers cycles – ce n'est pas elle qu'il regarde, mais son dossier –, vous avez pris du Clomid pour stimuler l'ovulation.

Elle n'a pas besoin qu'il le lui rappelle.

— Malheureusement, le Clomid provoque aussi un rétrécissement de la paroi utérine, nous conseillons donc aux patientes de ne pas poursuivre le traitement pendant de longues périodes. Ce qui est votre cas.

*Attendez, de quoi s'agit-il ?*

Elle aurait dû le vérifier elle-même.

— Donc cette fois-ci nous allons essayer un protocole différent. Un autre médicament connu pour améliorer les chances de certaines patientes âgées au stade prégravide.

— Âgées ?

— Un terme clinique, c'est tout.

Il ne lève pas les yeux de l'ordonnance qu'il est en train de rédiger.

— Elle vous expliquera le mode d'emploi et nous vous reverrons ici le neuvième jour.

Il tend le dossier à l'infirmière, se lève et rajuste son pantalon en cuir avant de s'éloigner à grands pas.

Connard – *reyvarhol* en féroïen.

Crabby explique :

— Procurez-vous ces comprimés aujourd'hui et commencez à les prendre demain, à jeun. Chaque matin pendant dix jours de suite. Pendant cette période, il se peut que vos pertes vaginales dégagent une odeur désagréable.

— Génial, répond la biographe.

— Certaines femmes disent que cette odeur est très… euh, surprenante, continue l'infirmière. Mais quoi qu'il arrive, évitez la douche vaginale. Cela introduirait dans le canal des produits chimiques qui, s'ils franchissent la barrière du col, peuvent compromettre le pH de la cavité utérine.

La biographe n'a jamais pratiqué la douche vaginale de sa vie et ne connaît personne qui l'ait fait.

— Des questions ? dit l'infirmière.

— À quoi sert – elle examine l'ordonnance en plissant les yeux – l'Ovutran ?

— À stimuler l'ovulation.

— Mais de quelle façon ?

— Il faudra le demander au médecin.

Elle se plie à ces multiples intrusions dans son intimité sans comprendre le centième de ce qu'elle subit. Cela paraît brusquement effroyable. Comment peut-on élever un enfant seule si on ne sait pas ce qu'on inflige à son corps ?

— Je voudrais lui en parler maintenant, reprend-elle.

— Il est déjà avec une autre patiente. Le mieux, c'est d'appeler le cabinet.

— Mais je suis sur place. Ne pourrait-il… ou y a-t-il quelqu'un d'autre qui…

— Désolée, tout le monde est surchargé aujourd'hui. Halloween et tout ça.

— Quel rapport avec Halloween ?

— C'est une fête.

— Pas une fête *nationale.* Les banques sont ouvertes et le courrier est distribué.

— Vous devrez téléphoner au cabinet, énonce lentement Crabby, pesant ses mots.

La biographe pleura quand elle essuya son premier échec. Elle faisait la queue pour acheter du fil dentaire, s'étant juré d'améliorer son hygiène buccale puisqu'elle allait devenir mère. Son téléphone sonna, une des infirmières lui dit « Désolée, mon chou, mais votre test est négatif », la biographe répondit merci, bien, merci, raccrochant avant que les larmes jaillissent. Malgré les statistiques et le commentaire de Kalbfleisch – « Ça ne marche pas pour tout le monde » –, elle avait cru que ce serait facile. Une giclée des millions de spermatozoïdes d'un étudiant en biologie, recueillie le jour précis où l'ovocyte parvenu à maturité est expulsé du follicule ovarien ; les spermatozoïdes remontent dans les trompes où ils entrent en collision avec l'ovule ; comment la fécondation pourrait-elle échouer ? « Arrête avec ces bêtises », écrivit-elle dans son carnet, sous le titre « Des mesures immédiates s'imposent ».

Elle prend la Route 22 vers l'ouest et s'enfonce dans les collines obscures, plantées de pruches du Canada, de sapins et d'épicéas. Les arbres de l'Oregon, aux branches touffues qui s'élancent vers le ciel, aussi ténébreux que les forêts alpestres, sont les plus beaux d'Amérique. Sa gratitude envers eux apaise sa rancune envers le médecin. À deux heures de route du cabinet, lorsqu'elle parvient au sommet de la corniche, le clocher de l'église se profile. Le reste de la ville suit, blotti dans les collines bosselées qui descendent jusqu'à la mer. Des volutes de fumée s'échappent de la cheminée du pub. Des filets de pêche s'empilent sur le rivage. À Newville, on peut voir la mer grignoter le sol sans relâche, encore et encore. Des millions d'hectares maritimes insondables. La mer ne demande pas de permission, elle n'attend aucune consigne. Elle ne souffre pas d'ignorer ce qu'elle est censée faire exactement. Aujourd'hui ses hautes vagues, ourlées de lambeaux d'écume blanche, se fracassent contre les éperons d'érosion marine. La mer en furie, disent les gens, mais selon la biographe c'est une erreur d'attribuer un sentiment humain à une masse si inhumaine en soi. L'eau se déchaîne pour des raisons qu'ils ne savent pas nommer.

*Lycée Central Coast Regional recherche professeur d'histoire (États-Unis/monde). Licence requise. Emplacement : Newville, Oregon, village de pêche avec un port tranquille au bord de l'océan, baleines en migration. Proviseur diplômé d'une université prestigieuse, déterminé à créer un environnement dynamique et innovant, propice aux études.*

La biographe a postulé à cause du « port tranquille au bord de l'océan » et parce que aucune expérience n'était requise. Pendant le bref entretien d'embauche, M. Fivey, le proviseur, s'est contenté de résumer l'intrigue de ses livres préférés sur la mer et de mentionner à deux reprises le nom de l'université où il avait étudié. Il lui a assuré qu'elle pourrait obtenir son certificat d'aptitude à l'enseignement au bout de deux étés de cours.

Elle vit depuis sept ans au pied des montagnes boisées, embrumées les falaises de trois cents mètres plongeant à pic dans la mer. Il pleut sans arrêt. Des camions forestiers paralysent la circulation sur la route de corniche, les villageois attrapent des poissons ou travaillent pour les touristes, le pub affiche une liste des naufrages, on teste chaque mois la sirène du tsunami, et les élèves apprennent à dire « miss » comme s'ils étaient des domestiques.

Elle commence le cours en suivant son plan, mais lorsqu'elle les voit dodeliner de la tête, elle décide de l'abandonner. En seconde, l'histoire mondiale, le monde en quarante semaines, avec un manuel stupide qu'elle est tenue contractuellement d'utiliser, ne peut être exposée sans détour. Ces gamins, après tout, ne sont pas encore une cause perdue. Les yeux levés vers elle, le bas du visage encore joufflu, ils sont à deux doigts de s'en foutre. Bon, ils s'intéressent encore à l'histoire, mais, dans la majorité des cas, plus pour longtemps. Elle leur dit de fermer leurs livres, ce qu'ils s'empressent de faire. Ils la regardent avec un calme inédit. On va leur raconter une histoire, ils peuvent redevenir des petits enfants, à qui on ne demande rien.

— Boadicée était la reine d'une tribu celte, les Icéniens, dans ce qui est devenu le comté de Norfolk, en Angleterre. Les Romains avaient envahi la région quelque temps auparavant et contrôlaient le pays. Son mari mourut, lui léguant sa fortune, ainsi qu'à leurs filles, mais les Romains ne tinrent pas compte du testament, prirent l'argent, flagellèrent Boadicée et violèrent les filles.

Un élève :

— C'est quoi, « flageller » ?

Un autre :

— Fricoter avec une femme.

— Les Romains l'avaient royalement possédée – quelqu'un étouffe un petit rire, la biographe lui en est reconnaissante – et, en 61 après Jésus-Christ, elle organisa la rébellion de son peuple. Les Icéniens se battirent avec acharnement. Ils repoussèrent les Romains jusqu'à Londres. Mais sachez que les soldats romains ne manquaient pas de motivation, car, s'ils n'étaient pas victorieux, ils pouvaient s'attendre à être rôtis sur des broches et/ou à mourir ébouillantés, après avoir été éviscérés vivants.

— Excellent, dit un garçon.

— À la fin, les forces romaines ont eu raison des Icéniens. Boadicée s'est empoisonnée pour éviter la captivité, ou bien elle est tombée malade ; en tout cas, elle est morte. La victoire n'est pas notre propos. Notre propos est…

Elle s'interrompt, sentant les vingt-quatre paires d'yeux rivées sur elle.

Dans le silence, la rieuse discrète ose :

— Ne pas fricoter avec une femme ?

Ça leur plaît. Ils aiment les slogans.

— Eh bien, réplique la biographe, quelque chose comme ça. Mais plus encore. Nous devons aussi considérer…

La sonnerie.

Une explosion de raclements et de glissades, dans la joie de pouvoir s'échapper.

« Au revoir, miss ! » « Bonne journée, miss ! »

La rieuse discrète, Matilda Quarles, s'approche d'un pas nonchalant du bureau de la professeure.

— C'est de là que vient le mot « boa » ?

— J'aimerais répondre que oui, dit la biographe, mais le mot « boa » vient du latin du XIVe siècle, je crois, et signifie « serpent d'eau ». Une idée astucieuse, Matilda !

— Merci, miss.

— Ce n'est vraiment pas la peine de m'appeler ainsi, dit la biographe pour la énième fois.

Après ses cours, elle s'arrête à l'épicerie-quincaillerie-pharmacie, l'Acmé. L'assistant du pharmacien a été un de ses élèves lors de sa première année à Central Coast, et elle déteste le moment où il lui tend, chaque mois, le sachet blanc contenant le petit flacon orangé. *Je sais à quoi il sert,* lit-elle dans ses yeux. Même si elle sait qu'elle se trompe, elle a du mal à le regarder en face. Elle apporte d'autres articles sur le comptoir (des cacahuètes non salées, des Coton-Tige), comme pour camoufler les médicaments contre la stérilité. La biographe ne se souvient pas de son nom mais se rappelle avoir admiré en classe, sept ans auparavant, ses longs cils noirs qui avaient toujours l'air un peu humides.

Alors qu'elle attend sur la petite chaise en plastique rigide sous la clarté du néon, environnée par une musique d'ascenseur, la biographe sort son carnet. Tout ce qu'elle note doit y figurer sous forme de liste, et toute liste est acceptable. Les aliments à acheter lors de son prochain marché. Les motifs de la cravate de Kalbfleisch. Les pays qui ont le plus de phares par habitant.

Elle en commence une nouvelle : « Accusations du monde ».

1. Vous êtes trop vieille.
2. Si vous ne pouvez pas avoir d'enfants de façon naturelle, vous ne devriez pas en avoir du tout.
3. Chaque enfant a besoin de deux parents.
4. Les enfants élevés par des mères célibataires sont plus susceptibles de devenir des violeurs/meurtriers/toxicomanes, et d'avoir des résultats insuffisants aux tests de compétences.
5. Vous êtes trop vieille.
6. Vous auriez dû y penser plus tôt.
7. Vous êtes égoïste.
8. Votre choix est contre nature.

9. Comment va se sentir cette enfant lorsqu'elle découvrira que son père est un masturbateur anonyme ?

10. Votre corps est une cosse grisonnante.

11. Vous n'êtes qu'une vieille fille aigrie !

12. Vous faites ça parce que vous vous sentez seule ?

— Miss ? Vos médicaments sont prêts.

— Merci.

Elle appose sa signature sur l'écran.

— Votre journée s'est bien passée ? demande-t-elle.

Longs Cils lève les yeux au ciel.

— Si ça peut vous réconforter, poursuit la biographe, ce traitement va provoquer des pertes vaginales à l'odeur nauséabonde.

— Du moins c'est pour une bonne cause.

Elle se racle la gorge.

— Ça fait cent cinquante-sept dollars et soixante-trois cents, ajoute-t-il.

— Pardon ?

— Je suis vraiment désolé.

— Cent cinquante-sept dollars ? Pour dix comprimés ?

— Votre assurance ne couvre pas cette dépense.

— En quel honneur ?

Longs Cils secoue la tête.

— Si ça ne tenait qu'à moi, je les glisserais dans votre sac, mais il y a des caméras dans tous les coins de ce putain de magasin.

Enfant, l'exploratrice polaire Eivør Mínervudottír passa de longues heures dans le phare baigné par la mer dont son oncle était le gardien.

Elle prenait soin de se taire pendant qu'il consignait des données dans le registre.

Ne jamais gratter une allumette sans surveillance.

Ciel rougeoyant le soir, joie pour le marin.

Baisser la tête dans la salle de la lanterne.

Uriner dans le pot et laisser ; si elle faisait caca, l'envelopper dans du papier et le jeter à la poubelle.

## La guérisseuse

La poule boiteuse pond deux œufs, un fêlé, l'autre intact. « Merci », dit la guérisseuse à la brahma noire au fanon rouge et aux plumes mouchetées. Parce qu'elle boite beaucoup – et ne fait pas partie des gagnantes –, c'est la préférée de la femme. Chaque jour, c'est une joie de la nourrir, de la sauver des renards et de la pluie.

L'œuf intact dans la poche, elle distribue leurs céréales aux chèvres. Hans et Pinka se promènent dehors mais vont bientôt rentrer. Elles savent que, si elles s'aventurent trop loin, Gin ne peut pas les protéger. Trois bardeaux se sont détachés du toit de leur enclos ; elle a besoin de clous. Un lièvre variable avait l'habitude d'y dormir. Marron en été, blanc en hiver. Il détestait les carottes et adorait les pommes, dont la guérisseuse prenait soin de retirer les pépins, qui sont toxiques. Le lièvre était si câlin qu'elle le laissait voler l'alfalfa des chèvres et, s'il éparpillait des crottes sur son lit lorsqu'elle le gardait à l'intérieur, elle n'y voyait pas d'inconvénient. Un matin elle découvrit son corps éventré, réduit à un amas de fourrure ensanglantée. La rage contre le coyote, le lynx, lui monta à la gorge ; *vous me l'avez pris ;* ils avaient besoin de se nourrir, bien sûr ; *vous n'auriez pas dû le prendre ;* les proies sont rares en hiver ; *mais il était à moi.* Elle pleura en creusant la terre.

Elle le coucha près du vieux chat de sa tante, deux petites tombes sous l'arbousier.

Dans la cabane, la guérisseuse bat l'œuf avec du vinaigre et de la bourse-à-pasteur pour la cliente qui viendra tout à l'heure et qui souffre d'hémorragies. La potion étanchera l'écoulement douloureux de sang coagulé. Cette personne n'a pas d'emploi, pas d'assurance non plus. « En échange, je peux vous apporter une batterie », disait le mot. Gin visse à fond le bocal en verre qui contient l'œuf vinaigré, puis le range dans le miniréfrigérateur, à côté d'une tranche de cheddar enveloppée dans du papier d'aluminium. Elle en a envie maintenant, à cet instant précis, mais le fromage est réservé au vendredi. Et les carrés de réglisse noire au dimanche.

Elle puise dans la forêt l'essentiel de sa nourriture. Cresson et cardamine, pissenlit, plantain. Salicorne et mouron des oiseaux. Herbe d'ours, délicieuse quand elle est grillée. Racine de bardane, écrasée et frite. Pourpier d'hiver, grande ortie et, en petites quantités, le monotrope uniflore. (Elle est friande des tiges blanches bouillies avec du citron et du sel, mais l'abus de monotrope est mortel.) Et elle glane des fruits dans les vergers et les champs : noisettes, pommes, canneberges, poires. Si elle parvenait à se passer de tout produit fabriqué par l'homme et à tirer sa subsistance de la terre, elle le ferait. Elle n'a pas encore trouvé comment, mais ça ne signifie pas qu'elle n'y réussira pas. Elle leur montrera qui sont les Percival.

Sa mère était une Percival. Sa tante était une Percival. Cette guérisseuse est une Percival depuis l'âge de six ans, depuis que sa mère a quitté son père. Parce que son père disparaissait presque tous les vendredis après-midi, ne revenait pas avant le lundi et ne fournissait jamais d'explication. « Une femme veut savoir pourquoi, disait la mère. Accorde-moi au moins ça, fils de pute. Noms et lieux ! Âges et occupations ! » Elles avaient roulé en direction de l'ouest, franchi le haut désert de l'Oregon et la chaîne des Cascades, la mère fumant, la fille crachant par la vitre, jusqu'à la côte, où la tante de la guérisseuse tenait un magasin qui vendait des bougies, des runes et des jeux de tarots. Le premier soir, l'enfant avait demandé d'où venait ce brouhaha et appris que c'était le bruit de l'océan. « Et il s'arrête quand ? – Jamais, avait répondu la tante. Il est perpétuel, et pourtant éphémère. » Et la mère, qui était toxicomane : « Vraiment prétentieux, hein ? »

Pour Gin, il valait mieux être prétentieux que défoncé.

Elle est étendue nue sous les draps avec le chat, dans la chaleur du poêle, la pluie ininterrompue sur le toit, les bois noyés dans l'obscurité, les renards silencieux, les bébés hiboux endormis dans leur nichoir. Malky saute au bas du lit, s'approche de la porte. « Tu veux te mouiller, crapule ? » Les yeux pailletés d'or l'observent avec gravité. Les flancs gris frémissent. « Tu as rendez-vous avec ta chérie ? » Elle repousse la couverture, se lève pour lui ouvrir, et il s'évanouit dans la nature.

Malky se cachait quand Lola venait la voir ; la jeune femme pensait que la guérisseuse vivait seule dans sa cabane. « Tu n'as pas peur, demandait-elle, perchée ici au milieu de nulle part ? »

Pauvre crétine, les arbres ne sont pas le néant. Pas plus que les chats, les chèvres, les hiboux, les renards, les hérissons, les lynx, les cerfs à queue noire, les chauves-souris à longues oreilles, les buses à queue rousse, les juncos ardoisés, les guêpes à taches blanches, les lièvres variables, les morios, les charançons noirs de la vigne, les âmes échappées de leur enveloppe mortelle.

Seule, à l'écart des humains.

Elle n'a pas eu de nouvelles de Lola depuis le jour de son éclat. Aucun mot dans sa boîte aux lettres à la poste, aucune visite. Plus qu'un éclat. Une dispute. Lola, dans son adorable robe verte, était en colère. Pas la guérisseuse. Elle avait à peine ouvert la bouche.

Midi passé et les chèvres ne sont pas encore rentrées. Gin a l'estomac noué par l'inquiétude. L'an dernier elles ont saccagé un terrain de camping près de la piste de randonnée. Ce n'était pas leur faute : un touriste avait bêtement laissé de la nourriture partout dans les bois. Lorsque la guérisseuse les avait retrouvées, le type pointait son fusil sur Hans. « Vous feriez mieux de les garder dans votre propriété à partir de maintenant, avait-il annoncé, parce que j'aime beaucoup le ragoût de chèvre. »

Autrefois, en Europe, on faisait des procès aux animaux qui se comportaient mal. On ne se contentait pas de pendre les sorcières. Un cochon qui avait dévoré le visage d'un enfant fut pendu, une mule rôtie vivante pour avoir été pénétrée par son maître. Un coq fut un jour envoyé au bûcher parce qu'il avait pondu un œuf. Des abeilles jugées coupables d'avoir piqué un homme à mort furent étouffées dans la ruche, leur miel détruit, de crainte qu'il n'infecte les bouches qui le mangeraient.

Celle qui a du miel assassin sur les dents saignera du sel à l'endroit où se rejoignent ses cuisses. Goûter le miel fabriqué par une abeille à face de démon fera couler ce sang salé. Les faces des abeilles coupables de meurtre ressemblent à celles des chiens faméliques, dont les yeux prennent une expression plus humaine. *Apis mellifera, Apis diabolus.* Si une ville est infestée par des abeilles à face de démon, et que ces insectes épanchent le miel dans les bouches ouvertes, le corps d'une femme aux dents emmiellées, dont le sang salé se répand sur les cuisses, sera arrimé au premier bûcher assez solide pour le maintenir. L'essaim sera enfermé dans un tonneau et lâché sur les flammes qui la dévorent. Les dents s'embrasent en premier, des étincelles bleues jaillissant de l'émail avant que la langue rouge prenne feu, puis les lèvres. Lorsqu'il brûle, le corps de l'abeille sent la moelle chaude, une odeur qui fait vomir les spectateurs, mais ils regardent quand même[a][1].

---

1. Les lettres *a* à *j* renvoient aux notes de l'auteure en fin d'ouvrage. *(Toutes les notes de bas de page sont de la traductrice.)*

Il fallait un bateau pour atteindre le phare, à cinq cents mètres du rivage, et si une tempête éclatait, vous passiez la nuit dans un sac en peau de renne sur le sol en pente de la salle de veille.

Pendant les tempêtes, l'exploratrice polaire restait dans la galerie de la lanterne, cramponnée à la balustrade comme si sa vie en dépendait, et c'était le cas. Elle aimait toute situation où la survie n'était pas assurée. La menace d'être emportée par-dessus la rampe la tirait de ~~la léthargie~~ l'apathie qu'elle ressentait à la maison quand elle hachait de la rhubarbe, cassait des œufs de macareux ou écorchait des moutons.

# La fille

A grandi dans une ville née de la terreur inspirée par l'immensité de l'espace[b], où le tracé des rues est quadrillé. Salem, dans l'Oregon, a été construit par des missionnaires blancs méthodistes bien moins émerveillés par la nature sauvage et foisonnante que les trappeurs qu'ils avaient suivis dans le Nord-Ouest pacifique. Ils fondèrent leur ville dans une vallée où pendant des siècles les Kalapuya avaient pêché, moissonné, établi leur campement d'hiver, et d'où ils furent chassés en 1850 par le gouvernement des États-Unis pour être enfermés dans des réserves. Dans la vallée volée, les Blancs se regroupèrent, se serrant les uns contre les autres, et bâtirent tout à petite échelle. Le centre de Salem est un carré de rues aux noms britanniques : Church, Cottage, Market, Summer, Winter, East.

La fille connaissait le moindre pouce de son quartier. Elle n'a pas fini d'explorer les recoins de Newville où il y a moins d'humains, plus de nature.

Elle se trouve dans la pièce de la lanterne du phare de Gunakadeit, dans le nord de la ville, où elle est venue après l'école avec le garçon qu'elle espère désigner officiellement comme son petit ami. D'ici, on voit les falaises massives s'élever de l'océan, veinées de brun-rouge, tapissées de mousse verte ; les pins géants rassemblés comme des soldats sur leur crête ; les arbres torturés jaillis de la paroi rocheuse.

L'écume argentée se fracassant au pied des falaises. Le port, ses bateaux amarrés et, au-delà, l'océan, une prairie bleue ondulée se déployant vers l'horizon, entrecoupée de barres vertes. Loin du rivage : un aileron noir.

— C'est pas marrant ici, dit Éphraïm.

Elle voudrait lui répondre : *Regarde l'aileron ! Les arbres tordus !*

Mais elle acquiesce. Elle effleure son menton moucheté de duvet.

Ils s'embrassent un moment. Ça lui plaît, mis à part les baisers avec la langue.

Est-ce l'aileron d'un requin ? Ou peut-être d'une baleine ?

Elle s'écarte d'Éphraïm pour contempler la mer.

— Quoi ?

— Rien.

Disparu.

— On fait la course ? propose-t-il.

Ils dévalent l'escalier en colimaçon, les semelles de leurs bottes résonnant sur la pierre, et grimpent sur la banquette arrière de la voiture du garçon.

— Je crois que j'ai vu une baleine grise. Et toi… ?

— Nan, réplique Éphraïm. Tu savais que les baleines bleues ont les bites les plus longues de tous les animaux ? Entre deux mètres cinquante et trois mètres.

— Les dinosaures en avaient de plus grandes que ça.

— C'est des conneries.

— Non, mon père a un livre…

Elle s'interrompt : Éphraïm n'a pas de père. Le sien est agaçant, mais il aime sa fille plus que tout l'or du monde.

— Bon, reprend-elle, en voici une. Un squelette demande à un collègue : « Tu veux que je te raconte une blague ? – Seulement si c'est humérustique », réplique l'autre.

— Qu'est-ce qu'il y a de drôle ?

— Parce que… l'humérus. L'os du bras.

— C'est une blague d'école maternelle.

Le calembour préféré de sa mère. Ce n'est pas sa faute s'il ne connaît pas ce mot.

— Assez parlé.

Il veut l'embrasser, mais elle esquive, lui mord l'épaule à travers la manche de sa chemise, essayant d'entamer la chair, mais sans forcer. Il lui enlève sa culotte d'un geste si rapide qu'il en paraît professionnel. Le jean de la fille a déjà atterri dans un coin du véhicule, peut-être sur le volant, ou sous le siège avant, il retire aussi le sien et jette son bonnet.

Elle entoure de sa paume le gland de son pénis, comme pour le polir.

— Pas comme ça…

Il déplace ses doigts et les positionne sur sa verge. De haut en bas de haut en bas de haut en bas.

— Comme ça.

Il crache dans sa main, humecte son sexe, qui pénètre dans le vagin de la fille. Il bouge d'avant en arrière. C'est supportable mais pas génial, rien de comparable en tout cas à ce qu'elle a entendu raconter, et sa tête cogne sans arrêt contre la poignée de la portière, ce qui n'arrange pas les choses, mais elle a lu quelque part que ça prend du temps de bien faire l'amour et d'en tirer du plaisir, surtout pour les filles. Il atteint l'orgasme avec le gémissement saccadé qui lui a paru bizarre la première fois, mais auquel elle s'est habituée, elle est soulagée que sa tête ne cogne plus contre la poignée, alors elle sourit ; Éphraïm aussi ; elle tressaille quand elle sent le liquide visqueux et blanchâtre dégouliner entre ses cuisses.

Au début, l'exploratrice se rendit au phare chaque fois qu'elle en avait la permission et, dès qu'elle fut capable de manœuvrer seule le bateau, elle continua d'y aller même quand on le lui interdisait. Son oncle Bjartur était triste qu'elle eût perdu son père et l'autorisait à venir, bien qu'elle l'ennuyât avec ses questions ; s'il avait choisi de devenir gardien de phare, c'était parce qu'il aimait sa propre compagnie, mais il écoutait son grand cœur et laissait cette petite, cette Eivør, la plus jeune fille de sa sœur préférée, s'élancer dans l'escalier en colimaçon, fouiller dans sa malle de débris de bateaux et observer le temps qu'il faisait sur la pointe de ses pieds trempés.

## L'épouse

Entre la ville et la maison, une longue route sinueuse à flanc de falaise grimpe, redescend et grimpe à nouveau.

Dans le virage en épingle à cheveux, dont le garde-fou est dérisoire, l'épouse serre les dents.

Et si elle lâchait le volant, partait en roue libre ?

La voiture plongerait dans les hautes branches des pins tordus, laissant derrière elle un sillage vert aux contours nets ; une petite secousse, et elle prendrait de la vitesse, survolant les rochers avant de sombrer dans les flots, de s'enfoncer pour toujours et…

Après le virage, elle se détend.

Presque arrivée chez elle.

C'est la seconde fois cette semaine qu'elle imagine la scène.

Dès qu'elle aura rentré les provisions, elle s'accordera quelques minutes au premier étage. Ça ne les tuera pas de regarder un écran.

Pourquoi avoir acheté du bœuf nourri à l'herbe ? Six dollars de plus la livre.

Pour la deuxième fois, cette semaine.

On dit que les bêtes nourries à l'herbe ont de meilleures graisses.

Ce qui n'a peut-être rien d'extraordinaire. Peut-être que tout le monde se représente cette scène, enfin pas aussi fréquemment que deux fois par semaine, mais…

Un petit animal se contorsionne sur la route. Sombre, long d'une trentaine de centimètres.

Un opossum ? Un porc-épic ? Il essaie de traverser.

Peut-être même que c'est sain de l'imaginer.

De plus près : carbonisé, réduit à un bout de caoutchouc.

Il frémit.

Déjà mort, luttant encore.

Qu'est-ce qui l'a brûlé ? Qui ?

Un cri à l'arrière :

— On va avoir un accident !

— Sûrement pas, rétorque l'épouse.

Son pied est ferme, efficace. Ils n'auront jamais d'accident avec son pied sur le frein.

Qui a brûlé cet animal ?

Il a des convulsions, il tremble, tellement mort déjà. La fourrure roussie. La peau, un bout de caoutchouc noir.

*Qui t'a brûlé ?*

Plus près : c'est un sac en plastique noir.

Mais elle ne parvient pas à chasser l'image de la chose frissonnante, brûlée, morte, en sursis.

À la maison : détacher, dénouer, soulever, porter, poser.

Déballer, ranger.

Effilocher les Ficello.

Les distribuer.

Installer Bex et John devant un dessin animé acceptable.

Au premier, l'épouse ferme la porte de l'atelier de couture. Elle s'assied en tailleur sur le lit. Elle fixe le mur blanc abîmé.

Ils glapissent et poussent de petits cris aigus. Ils roulent ensemble par terre, se battent, décochant gifles et coups, cognant la moquette râpée avec les poings et les talons.

Ils sont à elle, mais elle ne peut pas entrer en eux.

Ils ne peuvent pas revenir à l'intérieur d'elle.

Ils échangent des coups de poing, Bex est la plus pugnace, mais John est courageux.

Pourquoi ont-ils donné ce prénom au petit garçon ? Presque aussi terne que Susan, celui de l'épouse, il ne vient pas de leur famille. Bex avait dit : « Je vais appeler le bébé Yarnjee. »

John est-il courageux ou stupide… ? Il se tortille de bon cœur pendant que sa sœur l'attaque. L'épouse s'abstient de dire *Pas de coups,* elle ne veut pas qu'ils s'arrêtent, mais au contraire qu'ils se fatiguent.

Elle se souvient de la raison du choix de ce prénom : parce que tout le monde est capable de l'épeler et de le prononcer. John, parce que Didier, son père, déteste reprendre les gens qui écorchent son nom en anglais. Corriger leurs erreurs. John est quelquefois *Jean-voyage**[1] ; et Roberta l'appelle Pline le Jeune.

Au cours de l'heure écoulée, les enfants :

se sont roulés par terre en se tapant dessus ;

ont

mangé un reste de pop-corn mélangé à du yaourt au citron ;

demandé à l'épouse s'ils pouvaient regarder encore la télé ;

vu leur demande rejetée ;

navigué et joué avec leurs peluches ;

renversé le lampadaire ;

perdu un cil ;

demandé à l'épouse pourquoi son anus flotte dans l'espace alors qu'il devrait être dans son derrière ;

frappé et palpé ;

demandé à l'épouse ce qu'il y avait pour le dîner ;

appris qu'il y aurait des spaghettis ;

demandé à l'épouse quelle est à son avis la meilleure sauce pour des spaghettis à la fesse.

---

1. Les mots et expressions en italique suivis d'un astérisque sont en français dans le texte original.

Le sang du bœuf nourri à l'herbe goutte dans un sac plastique. Le contact avec le plastique annule-t-il les bienfaits de ce coûteux régime alimentaire ? Elle ne devrait pas gâcher une telle viande dans une sauce. La faire mariner ce soir ? Il y a un bocal de sauce dans le...

— Enlève ton doigt de son nez.

— Mais ça lui plaît, répond Bex.

Et des brocolis. Les petits pains précuits sont délicieux, mais elle ne va pas servir du pain avec des pâtes.

La tablette de chocolat rangée dans le tiroir de la cuisine, sous les cartes, pourvu qu'elle y soit encore, pourvu qu'elle y soit encore.

— Ça te plaît que ta sœur fourre son doigt dans ton nez ?

John sourit, baisse la tête et acquiesce.

— Putain, quand est-ce qu'on mange ?

— Pardon ?

Bex sait qu'elle a commis une faute ; elle fixe l'épouse d'un œil rusé, fronçant les sourcils.

— Je voulais dire « mince alors ».

— Tu as dit autre chose. Sais-tu seulement ce que ce mot signifie ?

— C'est mal, dit Bex.

— Est-ce que Matilda emploie ce mot ?

— Euh...

Quelle option sa fille va-t-elle choisir : protéger Mattie ou l'accuser ?

— Peut-être que oui..., répond Bex avec un air malheureux.

Bex adore Mattie, la gentille baby-sitter, de loin préférée à la méchante Mme Costello. Quand elle ment, la petite ressemble beaucoup à son père. Les yeux enfoncés que l'épouse jugeait autrefois séduisants, elle ne souhaite pas les retrouver chez sa fille. Bex aura des cernes violets avant longtemps, comme Didier.

Mais qu'importe l'apparence de Bex si elle est heureuse ?

Aux yeux du monde, cela importe.

— Pour répondre à ta question, le dîner sera servi lorsque je l'aurai décidé.

— Quand l'auras-tu décidé ?

— J'en sais rien, réplique l'épouse. Peut-être qu'on ne dînera pas ce soir, c'est tout.

Tablette. Chocolat. Amandes-sel de mer.

Bex fronce à nouveau les sourcils, sans l'ombre d'une ruse.

L'épouse s'agenouille sur le tapis, attire leurs corps contre le sien, les serre dans ses bras, les renifle.

— Oh ! mes petits elfes, bien sûr que nous allons dîner ! Je plaisantais.

— Quelquefois tes plaisanteries sont vraiment de mauvais goût.

— C'est vrai. Je suis désolée. Je prédis que le dîner sera servi à six heures et quart, heure du Pacifique. Je prédis qu'il se composera de spaghettis à la sauce tomate et de brocolis. Alors, quelle sorte d'elfes êtes-vous aujourd'hui ?

— Elfe de l'eau, dit John.

— Elfe du bois, dit Bex.

La date d'aujourd'hui est marquée d'un petit D noir sur le calendrier de la cuisine. Ce qui veut dire « demander ».

Le lui demander de nouveau.

Par la baie vitrée, encadrée par un châssis dont la peinture défraîchie s'écaille et contient sans doute du plomb – elle oublie sans cesse de s'organiser pour soumettre ses enfants à un test de dépistage –, l'épouse regarde son mari remonter l'allée en traînant les pieds, ses jambes courtes vêtues d'un jean trop serré, trop jeune pour lui. Il a horreur des pantalons de grand-père et tient à s'habiller comme il le faisait à dix-neuf ans. Sa sacoche rebondit sur sa hanche osseuse.

John et Bex se précipitent dehors à sa rencontre. C'était un moment qu'elle aimait imaginer autrefois, l'homme de retour du travail, accueilli par ses enfants, un moment parfait, car sans passé ni avenir – peu importait d'où l'homme venait et ce qu'il ferait ensuite, seule comptait la joyeuse collision, le *Papa, tu es là.*

— *Fee fi fo fon*[1], *je sens le sang** de deux enfants américano-québécois blancs de classe moyenne !

Ses elfes grimpent sur lui.

— Ça va, ça va, du calme, hein.

Mais il est satisfait, avec John couché sur son épaule et Bex qui ouvre la sacoche pour chercher des snacks de distributeur automatique.

Comme lui, elle est friande d'aliments salés. Elle ne tiendrait que de lui ? Elle n'aurait rien hérité de sa mère ?

Si. Elle a son nez. Elle a échappé au nez de Didier.

— Salut, *meuf,* dit-il, se baissant pour déposer John sur le sol.

— Comment s'est passée ta journée ?

— Un vrai bordel, comme d'habitude. Non, pas tout à fait. La prof de musique a été licenciée.

*Bien.*

— Bonjour le bordel ! dit Bex.

— C'est un mot qu'on n'emploie pas, intervient l'épouse.

*Je suis contente qu'elle soit partie.*

— Papa...

— Je voulais dire « une horreur », rectifie Didier.

— Les enfants, je veux que vous enleviez ces cubes du plancher. Quelqu'un pourrait trébucher. Tout de suite !... Je croyais que tout le monde aimait la professeure de musique.

— Crise budgétaire.

— Tu veux dire qu'elle ne sera pas remplacée ?

Il hausse les épaules.

— Alors, il n'y aura plus de cours de musique du tout ?

— J'ai besoin de pisser.

---

1. Référence à *Jack et le Haricot magique,* conte populaire anglais pour enfants.

Lorsqu'il ressort de la salle de bains, elle est toujours à la même place, appuyée à la rampe, écoutant Bex qui oblige John à ramasser tous les cubes.

— On devrait engager une femme de ménage, déclare Didier pour la troisième fois depuis le début du mois. Je viens de compter le nombre de poils pubiens sur le bord de la cuvette des toilettes.

Et des résidus de savon incrustés dans le lavabo.

De la poussière noire sur les plinthes.

Des boules de cheveux blonds soyeux dans tous les coins.

Une tablette de chocolat aux amandes et sel de mer dans le tiroir.

— Nous n'en avons pas les moyens, répond-elle, à moins que nous ne cessions d'employer Mme Costello, et il n'est pas question que je renonce à ces huit heures.

Elle fixe ses yeux gris-bleu, au niveau des siens. Elle a souvent souhaité que Didier soit plus grand. Ce souhait est-il une question d'image sociale ou un héritage de l'homme de Cro-Magnon, capable, vu sa grande taille, de trouver sa nourriture plus haut dans les arbres – un avantage certain dans la lutte pour la survie de l'espèce ?

— Eh bien, rétorque-t-il, *quelqu'un* doit commencer à faire du ménage. On se croirait dans une gare routière ici.

Elle ne lui posera pas la question ce soir.

Elle inscrira le D à un autre jour du calendrier.

— À propos, j'en ai compté douze, précise-t-il. Je sais que tu as beaucoup à faire, je ne dis pas le contraire, mais peut-être pourrais-tu nettoyer la cuvette des toilettes de temps en temps ? Douze poils.

Ciel rouge le matin, pluie en chemin.

# La biographe

Elle ne peut pas voir l'océan depuis son appartement, mais elle l'entend. Presque tous les jours, de cinq heures du matin à six heures et demie, elle reste assise dans la cuisine et écoute les vagues en travaillant à sa biographie d'Eivør Mínervudottír, une hydrologue polaire du XIXe siècle, dont les recherches innovantes sur la banquise ont été publiées sous le nom d'un homme de sa connaissance. Il n'existe aucun ouvrage sur Mínervudottír, seulement de brèves références à son travail dans d'autres livres. À présent, Roberta a une masse de notes, un plan, quelques paragraphes déjà rédigés. Une ébauche – plus de manques que de mots. Elle a scotché sur le mur une photo de l'étagère de la librairie de Salem où son livre prendra vie. L'image lui rappelle qu'elle en viendra à bout.

Elle ouvre le journal de Mínervudottír, traduit du danois. « J'avoue craindre l'attaque d'un ours de mer ; et mes doigts me font souffrir tout le temps. » Une femme morte depuis longtemps resurgit. Mais aujourd'hui, face à ce journal, la biographe ne parvient pas à réfléchir. Elle a l'esprit floconneux, des élancements dans la tête à cause de l'Ovutran.

Avant d'aller au lycée, elle reste assise dans sa voiture, la radio allumée, un reflux de vomi au fond de sa gorge frissonnante, jusqu'au moment où elle a pris assez de retard pour ne plus attacher d'importance aux effets secondaires de l'Ovutran, qui ralentit le temps de réaction (œil-pied-frein) au volant. Les routes ont des parapets. Les veines de son front palpitent violemment. Elle voit une dentelle noire se plaquer sur le pare-brise, et cligne des yeux pour la chasser.

Deux ans plus tôt, le Congrès américain a ratifié l'amendement sur l'identité de la personne, qui accorde le droit constitutionnel à la vie, à la liberté et à la propriété à un œuf dès l'instant de sa conception. L'avortement est aujourd'hui illégal dans les cinquante États. Les avorteurs peuvent être accusés de meurtre au second degré et les femmes désireuses d'avorter, de complicité de meurtre. La fécondation in vitro est également interdite au niveau fédéral, parce que l'amendement condamne le transfert d'embryons du laboratoire dans l'utérus (les embryons ne sont pas en mesure d'y consentir).

Elle enseignait paisiblement l'histoire quand c'est arrivé. Elle s'était réveillée un matin avec un président élu pour qui elle n'avait pas voté. Cet homme estimait que les femmes qui faisaient une fausse couche devaient payer l'enterrement des tissus fœtaux, et pensait qu'un technicien de laboratoire qui lâchait accidentellement un embryon pendant le transfert in vitro était coupable d'homicide involontaire. Elle avait appris que la joie régnait sur les pelouses du village de retraités d'Orlando où vivait son père. On manifestait dans les rues de Portland. À Newville : un calme saumâtre.

À moins de coucher avec un homme avec lequel elle ne voudrait pas avoir de rapports sexuels dans d'autres circonstances, l'Ovutran, les sondes vaginales enduites d'un lubrifiant visqueux et les doigts de fée du Dr Kalbfleisch sont la seule voie biologique qui lui reste. L'insémination intra-utérine. À son âge, ce n'est guère mieux qu'une poire à jus.

Il y a trois ans, on l'a mise sur liste d'attente pour une adoption. Dans son profil de futur parent elle a décrit avec soin et sérieux son métier, son appartement, ses livres préférés, ses parents, son frère (omettant sa toxicomanie), et la beauté sauvage de Newville. Elle a téléchargé un portrait d'elle qui la faisait paraître chaleureuse mais responsable, aimant s'amuser mais stable, décontractée mais appartenant à la haute bourgeoisie. Elle avait acheté pour l'occasion un cardigan rose corail qu'elle a jeté ensuite devant l'église dans la boîte de collecte des dons de vêtements.

On l'avait prévenue, oui, dès le départ : les mères biologiques ont tendance à choisir des couples hétéros mariés, surtout s'ils sont blancs. Mais ce n'est pas toujours le cas. Tout est possible, lui avait-on dit. Le fait qu'elle soit prête à accepter un enfant plus âgé ou un enfant nécessitant des soins particuliers augmentait ses chances.

Elle supposait que cela prendrait du temps, mais qu'elle parviendrait à ses fins un jour ou l'autre.

Elle se disait qu'un placement en famille d'accueil, du moins, serait accepté et que, si les choses se passaient bien, cela mènerait à l'adoption.

Puis le nouveau président a emménagé à la Maison-Blanche.

L'amendement sur l'identité de la personne a été voté.

L'une des vagues dans son sillage : l'article 116-72 du Code civil.

Le 15 janvier – dans moins de trois mois –, cette loi, connue sous le nom de « Chaque enfant a besoin d'un père et d'une mère » (UPUM), prendra effet. Sa mission : « Restaurer la dignité, la force et la prospérité des familles américaines. » Il sera interdit légalement aux personnes célibataires d'adopter des enfants. En plus des certificats de mariage requis, toutes les adoptions devront être approuvées par un organisme fédéral, ce qui assimilera les transactions privées à un crime.

Patraque à cause de l'Ovutran, la biographe gravit à pas lents les marches de Central Coast Regional, se rappelant sa carrière de lycéenne dans l'équipe d'athlétisme. « Tiens bon, Stephens ! » hurlait le coach quand ses muscles étaient sur le point de lâcher.

Elle informe les secondes qu'ils doivent effacer de leurs brouillons de dissertation l'expression « l'histoire nous apprend ».

— Un tic rhétorique éculé. Ça ne veut rien dire.

— Mais si, proteste Mattie. L'histoire nous apprend à ne pas répéter nos erreurs.

— Nous pourrions atteindre cette conclusion en étudiant le passé, mais l'histoire est un concept : elle ne nous parle pas.

Les joues de la jeune fille – très blanches, veinées de bleu – s'enflamment. Peu habituée à être contrée, elle se froisse pour un rien.

Ash lève la main.

— Qu'est-il arrivé à votre bras, miss ?

— Comment ? Oh !...

Sa manche est retroussée au-dessus du coude. Elle la baisse d'un coup.

— J'ai donné mon sang.

— On dirait que vous en avez donné, genre, des litres.

Ash frotte son nez de petit cochon.

— Vous devriez poursuivre la banque du sang pour diffamation.

— Pour défigurement, rectifie Mattie.

— Vous êtes carrément défigurée, miss.

À midi les élancements diffus derrière ses sourcils se sont estompés. Dans la salle des profs, elle mange du pop-corn et regarde le professeur de français piquer avec sa fourchette des lamelles roses dans un sachet à emporter de Good Ship Chinese.

— Certaines espèces de crevettes produisent de la lumière, lui confie-t-elle. On dirait des torches qui sautillent dans l'eau.

*Comment pourrais-tu élever un enfant quand tu te contentes d'une ration de pop-corn du distributeur automatique pour le déjeuner ?*

Il grogne en mastiquant :

— Pas ces crevettes-là.

Didier ne s'intéresse pas particulièrement au français, mais c'est la langue de son enfance à Montréal, et il le parle dans son sommeil. L'enseigner, pour lui, c'est comme apprendre à quelqu'un à marcher ou à s'asseoir. Il rend sa femme responsable de cette fâcheuse situation. Pendant sa première conversation avec la biographe, il y a des années, en grignotant des crackers tartinés de fromage en tube dans la même salle des professeurs, il lui avait expliqué : « Elle me dit : "À part la cuisine, tu n'as aucun talent, mais tu es tout de même capable de faire ça, non ?" Alors : *Ici. Je. Suis**. » La biographe s'était alors représenté Susan Korsmo comme une énorme corneille blanche dont l'immense aile plongeait la vie de Didier dans l'ombre.

— Les crevettes sont très riches en cholestérol, observe Penny, la professeure principale d'anglais, en épépinant des grains de raisin sur la table.

— Cette pièce est le lieu où ma joie se meurt, déclare Didier.

— Hou ! hou ! Ro, tu as besoin de te nourrir. Prends cette banane.

— Elle appartient à M. Fivey, réplique la biographe.

— Comment peut-on en être sûr ?

— Il a écrit son nom dessus.

— Fivey survivra à la perte d'un fruit, assure Penny.

— Ouh là là !

La biographe porte les mains à ses tempes.

— Ça va ?

Elle retombe pesamment sur sa chaise.

— Je me suis levée trop vite, c'est tout.

La sonorisation se met à grésiller, et toussote à deux reprises.

« Attention, élèves et professeurs. Attention. C'est une annonce d'urgence. »

— Pourvu que ce soit un exercice d'évacuation ! s'exclame Didier.

« Ayons tous une pensée aujourd'hui pour notre proviseur, M. Fivey. Sa femme a été hospitalisée dans un état critique. M. Fivey sera absent du campus jusqu'à nouvel ordre. »

— Pourquoi faut-il qu'elle en informe tout le monde ? demande la biographe.

« Je répète, dit la responsable administrative. Mme Fivey est dans un état critique à l'hôpital général d'Umpqua. »

— Numéro de chambre ? hurle Didier en direction du haut-parleur mural.

La femme du proviseur vient toujours au spectacle de Noël vêtue d'une robe de soirée moulante. Et chaque fois, Didier déclare : « Mme Fivey divient tris sixy. »

La biographe rentre chez elle et s'allonge sur le sol en sous-vêtements.

Son père téléphone encore. Cela fait des jours – des semaines ? – qu'elle ne décroche pas.

— Comment va la Floride ?

— Je suis curieux de connaître tes projets pour Noël.

— C'est dans des mois, papa.

— Mais tu dois réserver ton vol sans tarder. Les prix vont grimper. Quand s'arrêtent les cours ?

— Je n'en sais rien, le 23 ?

— Si près de Noël ? Seigneur.

— Je te tiendrai au courant, d'accord ?

— Tu as des projets pour le week-end ?

— Susan et Didier m'ont invitée à dîner. Et toi ?

— Je ferai peut-être un saut au centre communautaire pour regarder les rutabagas humains mâchouiller leur nourriture. À moins que mon dos me fasse souffrir de nouveau.

— Que dit l'acupuncteur ?

— Voilà une erreur que je ne ferai pas deux fois.

— Ça marche pour un tas de gens, papa.

— De la poudre de perlimpinpin, je te jure. Tu amènes un fiancé chez tes amis ce soir ?

— Non, répond la biographe, se préparant à la remarque suivante, le visage empreint de tristesse, car son père ne peut pas s'en empêcher.

— Il serait temps que tu trouves quelqu'un, tu ne crois pas ?

— Je vais bien, papa.

— Eh bien, je m'inquiète, fillette. Je n'aime pas l'idée que tu sois seule.

Elle pourrait débiter la litanie habituelle (« J'ai des amis, des voisins, des collègues, les gens du groupe de méditation »), mais la solitude dont elle s'accommode – ordinaire, dénuée d'héroïsme – ne nécessite pas d'être justifiée devant son père. Ce sentiment lui appartient. Elle peut simplement se sentir en harmonie avec elle-même sans expliquer pourquoi ni s'en excuser, sans concocter un plaidoyer pour démonter l'argument qui voudrait qu'elle ne soit pas vraiment heureuse et se leurre pour se protéger.

— Papa, répond-elle, toi aussi tu es seul.

Toute référence à la mort de sa mère, sait la biographe, suffit à le faire taire.

Il y a eu Usman durant six mois, à l'université. Victor à Minneapolis, pendant une année. Des liaisons de temps à autre. Elle n'est pas femme à s'engager longtemps. Elle apprécie sa propre compagnie. Néanmoins, avant sa première insémination, elle s'est forcée à consulter des sites de rencontre. Elle a surfé et montré les dents. Elle a surfé et s'est sentie déprimée, comme si un rouleau compresseur lui était passé sur le corps. Un soir elle a essayé pour de bon. Choisi le site le moins chrétien et commencé à pianoter.

Quelles sont vos trois qualités principales ?

1. L'indépendance.
2. La ponctualité.
3.

Le meilleur livre que vous ayez lu récemment ?

*Rapport de la commission d'enquête Proteus sur l'expédition de sauvetage Greely de 1883.*

Qu'est-ce qui vous fascine ?

1. La façon dont le froid interrompt l'écoulement de l'eau.

2. Les motifs du givre sur la fourrure d'un chien de traîneau mort.

3. Le fait qu'Eivør Mínervudottír ait perdu deux doigts gelés.

Mais la biographe n'avait pas envie de raconter cela. Effacer, effacer, effacer. Du moins elle pouvait dire qu'elle avait tenté l'expérience. Le lendemain, elle prenait rendez-vous dans une clinique de médecine reproductrice à Salem.

Son thérapeute jugea qu'elle brûlait les étapes.

« Vous venez à peine de prendre cette décision, dit-il, et vous avez déjà choisi un donneur ? »

Ah ! cher thérapeute, si seulement vous saviez combien c'est rapide ! Vous allumez votre ordinateur. Vous cliquez sur les cases pour indiquer la couleur de la peau, des yeux, le niveau d'instruction, la taille. Une liste apparaît. Vous lisez quelques profils. Vous cliquez sur ACHETER.

Une femme du forum de discussion sur le choix d'une maternité célibataire écrivait : « J'ai passé plus de temps à tailler mes rosiers qu'à sélectionner un donneur. »

Mais, ainsi que la biographe l'expliqua à son thérapeute, elle avait pris son temps. Elle avait réfléchi. Elle s'était échinée à peser le pour et le contre. Assise pendant des heures à sa table de cuisine, examinant les profils. Ces hommes avaient rédigé des textes entiers. Nommé leurs atouts personnels. Ils avaient évoqué les moments d'allégresse de leur vie d'enfant, décrit les traits de caractère qu'ils préféraient chez leurs grands-parents. (Pour cent dollars l'éjaculation, ils n'hésitent pas à parler de leurs grands-parents.)

Elle avait pris des notes sur des dizaines et des dizaines…

Pour :

1. Se présente comme un « lecteur passionné ».

2. « Super pommettes » (note du personnel de la banque de sperme).

3. Apprécie les « défis intellectuels et les devinettes ».

4. À l'enfant à venir : « J'attends avec impatience d'avoir de tes nouvelles dans dix-huit ans. »

Contre :

1. Vilaine écriture.

2. Expert immobilier de biens commerciaux.

3. Sur sa propre personnalité : « Je ne suis pas trop compliqué. »

… puis elle en avait sélectionné deux. Le donneur 5546 était un coach sportif décrit par le personnel de la banque de sperme comme un homme beau et plein de charme. Les réponses au questionnaire du donneur 3811, étudiant en biologie, étaient bien écrites ; les termes affectueux qu'il employait pour décrire ses tantes le rendaient aimable aux yeux de la biographe ; et s'il n'était pas aussi beau que le premier ? Il n'y avait rien à redire au bilan de santé qu'ils affichaient tous les deux. La biographe était-elle superficielle au point de se laisser influencer par la beauté ? Mais qui voudrait d'un donneur laid ? 3811 ne l'était pas forcément. La laideur posait-elle un réel problème ? Une bonne santé et une tête bien faite, voilà ce qu'elle attendait d'un donneur. 5546 prétendait être dans une forme olympique, mais elle n'était pas sûre de son intelligence.

Elle avait donc acheté une fiole de chaque. Il lui faudrait deux mois de plus pour tomber sur le troisième, 9072, le donneur idéal.

« Vous avez l'impression de ne pas être digne d'un compagnon ? demanda le thérapeute.

— Non, répondit la biographe.

— Vous croyez-vous incapable de trouver un partenaire ?

— Je ne souhaite pas nécessairement en avoir un.

— Cette attitude serait-elle une forme d'autodéfense ?

— En d'autres termes, je me berce d'illusions ?

— C'est une autre façon de le présenter…

— Donc si je réponds oui, je ne me leurre pas. Et si je dis non, c'est une preuve supplémentaire de ma méprise.

— La séance est terminée », annonça le thérapeute.

L'exploratrice polaire aimait se tenir sur le toit de tourbe de la petite maison de deux pièces et penser à ses pieds placés précisément au-dessus de la tête de sa mère, qui était en train de remuer, de couper ou de piler les aliments ; elle se demandait combien de centimètres d'herbe et de terre les séparaient... Car elle se trouvait *au-dessus,* et sa mère *au-dessous,* renversant l'ordre, faisant basculer le monde, sans personne pour lui dire que c'était impossible.

À ce moment-là, on l'appelait parce qu'il fallait mettre le macareux dans l'eau bouillante.

## La guérisseuse

En quittant la bibliothèque elle fait le grand tour pour rentrer chez elle, et passe devant le lycée. La cloche sonne trois coups, l'écho se réverbère au-dessus du port, les paillettes de bronze se déposent doucement sur l'eau, la vibration emplit sa bouche, son vagin. Les portes bleues s'ouvrent : bottes, écharpes et cris. En partie dissimulée derrière un cerisier amer, la guérisseuse attend. Autour de son cou, une guirlande de lanternes d'Aristote – mandibules des oursins – la protège. La semaine précédente, elle est restée là une heure, jusqu'à ce que le dernier élève sorte et que les portes se referment ; mais la fille qu'elle guettait n'est pas apparue.

La guérisseuse a eu autrefois des résultats très médiocres à Central Coast Regional, qu'elle a quitté il y a quinze ans sans diplôme. *N'a pas le niveau requis. Met un point d'honneur à se désintéresser de ce qui se passe pendant les cours.* Hé ! bande de salopards, ce n'était pas de la comédie. Son cerveau n'était même pas dans la salle. Pendant les cours la guérisseuse faisait en sorte de ne jamais parler, sauf aux âmes enfuies ou à une lune bulbeuse engloutie dans les entrailles de l'océan. Les cellules cérébrales tambourinant sous leur casque s'en allaient vers la route forestière où gisait une mère taupe éventrée par une chouette, ses petits détruits pareils à des graines rouges ; ou vers des frondes d'algues traînées par les crabes dans le labyrinthe des bas-fonds marins. Son corps demeurait dans la salle de classe, pas son esprit.

Petits et grands franchissent les portes bleues, emmitouflés à cause du froid : enfants de pêcheurs, de commerçants, de serveuses. Des élèves aux joues fardées de blanc, aux paupières bordées de noir et aux lèvres carmin, qui ne sont pas la fille qu'elle cherche. L'adolescente qu'elle attend ne porte pas de maquillage, du moins pas à sa connaissance. La guérisseuse perçoit une odeur de fumée de cigarette. La marque de sa tante. Temple est là ? Elle est venue… ? Idiote, idiote, ils ne reviennent pas. C'est la fouine blonde qui enseigne au lycée. Il a les cheveux et les dents qui partent dans tous les sens. Elle l'a vu avec sa fille et son fils sur le sentier de la falaise, désignant l'eau de la main.

— Vous attendez quelqu'un ? demande-t-il.

Elle lui lance un regard en coin.

La fouine blonde aspire la fumée et exhale.

— On dirait bien.

— Non, réplique-t-elle.

Puis elle s'en va.

Elle ne devrait pas se laisser prendre à guetter la fille. Les gens la considèrent déjà comme une personne dérangée, une farfelue des bois, une sorcière. Elle est plus jeune que les sorcières à balai qu'on voit à la télé, mais ça ne les empêche pas de chuchoter.

Elle gravit la ruelle pavée jusqu'au chemin de la falaise. Ensuite elle s'enfonce encore et encore dans la forêt. Un sapin de Douglas a été abattu sur un flanc de colline, débité en rondins, transporté par camion jusqu'à la scierie. Des planches ont été découpées, taillées, rabotées. Un homme les a achetées et ajustées pour bâtir une cabane. Deux pièces et un cabinet de toilette. Un poêle à bois. Un double évier. Un placard au nord, un placard au sud. Les lampes et le miniréfrigérateur fonctionnent sur batteries. Une pomme de douche clouée à l'extérieur, en hauteur. En hiver elle se lave avec une éponge ou sent mauvais. L'enclos à chèvres et le poulailler se trouvent derrière la cabane, de part et d'autre d'un buisson mort d'aubépine noire, fendu par la foudre. Dans le creux de la fourche, la guérisseuse a construit des nichoirs pour les hiboux, les hirondelles, les guillemots marbrés, les roitelets à couronne dorée.

Elle devrait être plus prudente. Faire en sorte qu'on ne la voie pas observer les élèves du lycée. La fouine aux cheveux jaunes et aux dents de travers a paru suspicieuse. Ce n'est pas un crime de regarder quelqu'un, mais les êtres humains aiment à nommer ce qu'ils jugent normal et ce qui leur paraît bizarre.

Clementine se présente à la porte de la guérisseuse avec une glacière de pique-nique et une forte douleur. La dernière fois elle se plaignait d'une violente brûlure quand elle urinait ; la douleur d'aujourd'hui est nouvelle. « Enlève ta culotte et allonge-toi », lui dit Gin, et Clementine baisse la fermeture Éclair, se débarrasse de son jean, les cuisses blanches et très douces, le slip aussi large qu'un lacet de chaussure, puis elle se laisse tomber sur le lit et ouvre les jambes.

Une vésicule sur la grande lèvre, dans le pli intérieur, blanc-rouge sur le rose-marron : à quel point est-ce douloureux ?

— Mon Dieu, terriblement. Quelquefois, au travail, je crie « Ouille ! » et les gens pensent que… Bon, est-ce que j'ai la syphilis ?

— Non. Une simple verrue de la chatte, c'est tout.

— Ma quiquine passe une sale année.

L'onguent : une émulsion de pourpier, de bétoine et de griffe-du-diable dans de l'huile de sésame. Elle applique quelques gouttes sur la verrue, rebouche la fiole et la tend à Clementine.

— Mets-en deux fois par jour.

D'autres verrues sont susceptibles d'apparaître, sans doute en grand nombre, mais elle ne voit aucune raison de le préciser.

Après le départ de Clementine, la guérisseuse la regrette, elle voudrait revoir les cuisses blanches et soyeuses. Elle aime ses dames au charme affriolant, sirènes de la terre aux formes pulpeuses, altières et virevoltantes.

Dans l'enclos elle verse une ration de céréales et attend que Pinka et Hans arrivent au galop. Hans lui renifle l'entrejambe et Pinka lève un sabot pour qu'elle le serre dans sa main. Bonjour, mes beautés. Leurs langues sont dures et propres. La première fois qu'elle a vu une pupille de chèvre – rectangulaire au lieu de ronde –, elle a eu un coup au cœur. *Je te reconnais, étrangeté.* On ne les lui enlèvera jamais. Elles savent se tenir maintenant, après le méfait commis près de la piste.

Clementine a apporté du sébaste noir en guise de paiement. Ses frères sont pêcheurs. La guérisseuse le sort de la glacière, le dépose dans un saladier et prend le petit couteau. Elle donne la chair à Malky et écrase les arêtes dans sa propre bouche. Elle jette les yeux dans les bois. Malky passe énormément de temps à chasser et a besoin de protéines pour compenser. Il disparaît pendant des jours et revient la peau sur les os. Il ne faut pas craindre les arêtes de poisson, il suffit de les mastiquer correctement pour éviter qu'elles perforent les parois de la gorge ou la muqueuse de l'estomac.

« Ton professeur de sciences t'expliquera, avait dit Temple, que les arêtes sont du calcium pur et ne peuvent être digérées par un estomac humain, mais, je peux te l'assurer, tu as encore beaucoup à apprendre. » Une des choses que la fillette adorait chez sa tante, c'était cette expression : « je peux te l'assurer ». Ça, et les repas normaux qu'elle préparait. Pendant qu'elle vivait chez Temple, pas une seule fois Gin n'a eu à manger des condiments sautés en guise de dîner. Temple est devenue sa tutrice après le départ de sa mère, qui avait laissé un message ainsi formulé : « Toi sera mieux avec tata t'inquiète j'enverrai des lettres. » La fillette avait huit ans et son orthographe n'était pas parfaite, mais elle avait remarqué que le premier verbe était mal conjugué.

Les articles que Temple vendait dans son magasin, Goody Hallett's, étaient, disait-elle, destinés aux touristes ; mais s'il prenait à sa nièce l'envie de découvrir les véritables propriétés de l'alchimie, elle pourrait les lui enseigner. La magie avait deux facettes : l'une naturelle, l'autre artificielle. La première n'était rien de plus qu'une connaissance précise des secrets de la nature. Armé d'un tel savoir, on pouvait faire des merveilles qui, aux yeux des ignorants, apparaissaient comme des miracles ou des illusions. Un homme avait jadis guéri la cécité de son père avec la vésicule biliaire d'un dragonnet ; le battement d'un tambour en peau de loup faisait voler en éclats un tambour en peau d'agneau[c].

La guérisseuse mit en bouteille sa première teinture peu après le départ de sa mère. Sur les instructions de Temple, elle cueillit des dizaines d'épis de molènes à fleurs jaunes aux formes enjouées. Elle détacha les fleurs des tiges et les disposa sur une serviette pour les faire sécher. Ensuite elle les mit dans un bocal en verre avec des gousses d'ail, remplit le récipient d'huile d'amande, puis le laissa pendant un mois sur le rebord de la fenêtre. Elle filtra l'huile et remplit six petits flacons marron qu'elle aligna sur le plan de travail de la cuisine – elle était déjà assez grande –, puis elle alla chercher sa tante pour lui montrer son œuvre. Penchée au-dessus d'elle dans le tourbillon de ses longs cheveux roux brillants, emmêlés, Temple s'exclama : « Bravo ! » C'était, dans son souvenir, la première fois de sa vie que la guérisseuse était félicitée pour un travail accompli et non pour ce qu'elle n'avait pas fait (elle n'avait pas parlé, pas pleuré, elle ne s'était pas plainte quand sa mère avait mis six heures pour revenir du magasin).

« La prochaine fois que tu auras mal à l'oreille, dit Temple, tu te soigneras avec ça. »

À la perspective de préparer les baumes et de guérir les maux, la fillette sentit son ventre s'emplir de chaleur. Elle leur montrerait qui étaient les Percival.

Lorsqu'elle s'éveille, la cabane est sombre à cause de la pluie et des arbres. Elle ne sait pas que c'est le matin. Mais si, Malky se gratte et on frappe à la porte.

Elle boit une tisane d'ashwagandha (en sanskrit, « odeur de cheval »). Mange du pain noir. La nouvelle cliente accepte seulement de l'eau. Elle s'appelle Roberta Stephens. Le visage desséché et préoccupé, les cheveux secs et ternes (anémique ?), maigre (rien d'inquiétant). Elle a perdu des proches, sent la guérisseuse. Une odeur infime, un soupçon de fumée.

— J'essaie depuis longtemps avec le Dr Kalbfleisch à la clinique Hawthorne de médecine de la reproduction.

La guérisseuse a entendu d'autres clientes parler de ce médecin. L'une d'elles l'a décrit comme un NAB : nazi à baiser.

— Donc vous avez pris leurs traitements.

— Une tonne de merde, oui.

— Comment est votre glaire cervicale ?

— Normale, je suppose ?

— Elle ressemble à du blanc d'œuf juste avant l'ovulation ?

— Un jour ou deux. Mais mes règles ne sont pas… si régulières. Avec le traitement cela s'améliore, mais le cycle est malgré tout sporadique.

Elle est si inquiète. Et elle essaie de le cacher. Les rides d'expression de son visage sont sans cesse parcourues de tics : *Et si ? Et alors ?* Puis aplanies, de nouveau sous contrôle. En réalité elle ne pense pas que la guérisseuse puisse l'aider, même si elle veut absolument le croire. C'est une personne qui n'a pas l'habitude d'être aidée.

— Montrez-moi votre langue.

Un dépôt blanchâtre sur le rose.

— Vous devez arrêter de boire du lait.

— Mais je ne...

— Café au lait ? Fromage ? Yaourts ?

Ro acquiesce.

— Renoncez à tout ça.

— D'accord.

Mais Ro a l'air de penser : *Je ne suis pas venue pour recevoir des conseils diététiques.*

Mangez chaud et des nourritures qui réchauffent. Patates douces, haricots rouges, haricots noirs, bouillon d'os. Encore plus de viande rouge : les murs de l'horloge ont besoin de matériau. Moins de laitages : la langue est mouillée. Boire plus de thé vert : les parois sont encore faibles. *Tout dans les élémentaux, pétasses.* Tout le monde veut des grigris, mais trente-deux ans sur cette terre ont convaincu la guérisseuse que les grigris sont juste pour la frime. Lorsque le corps est lent à réagir, ou se précipite trop vite vers la mort, les gens voudraient que tout s'arrange d'un coup de baguette magique. « Du bouillon ? C'est tout ? » La guérisseuse leur conseille de faire bouillir les os pendant des jours. De laisser mijoter graines, tiges et varech séché, de les égoutter et de boire ce breuvage. La tisane pour l'utérus dégage une puanteur cruelle.

Elle attrape le pot de tisane en haut du placard nord. Elle en verse une partie dans un sachet de papier brun qu'elle referme avec du scotch, et le tend à Ro.

— Faites chauffer ça dans une grande casserole d'eau. Après ébullition, baissez le gaz et laissez mijoter pendant trois heures. Buvez-en une tasse matin et soir. Vous n'aimerez pas le goût.

— Que contient-elle ?

— Rien de nocif. Des racines et des herbes. Elles rendront votre muqueuse plus fertile et elles fortifieront vos ovaires.

— *Quelles* racines et *quelles* herbes, exactement ?

Elle fait partie de ces gens qui croient qu'ils comprendront quelque chose s'ils entendent le nom, alors qu'en réalité ils entendent le nom et rien d'autre.

— Renouée du Japon, cardère sauvage de l'Himalaya, symphorine occidentale, lycope brillant, cuscute chinoise, agripaume, angélique de Chine, racine de pivoine rouge et souchet à tubercules.

La tisane (la guérisseuse l'a essayée) a le goût d'une eau enfouie sous terre depuis des mois dans un bol en bois pourri, habité par des vers, dans lequel un campagnol a craché.

Les poils sur la lèvre supérieure de Ro. Les saignements irréguliers. La langue gluante. La sécheresse cutanée.

— Le Dr Kalbfleisch a-t-il demandé des analyses pour s'assurer que vous n'étiez pas atteinte d'OPK ?

— Non… de quoi s'agit-il ?

— Du syndrome des ovaires polykystiques. Cela affecte l'ovulation et pourrait donc jouer un rôle.

Voyant l'effroi dans les yeux de Ro, elle ajoute :

— Beaucoup de femmes en souffrent.

— Ne l'aurait-il pas déjà mentionné ? Je le consulte depuis plus d'un an.

— Demandez-lui de vous prescrire un examen.

Ro a un visage doux – des taches de rousseur, des rides du sourire, de la tristesse au coin des lèvres. Mais ses yeux sont pleins de colère.

Comment préparer du macareux bouilli *(mjólkursoðinn lundi)* :

1. Écorcher le macareux ; rincer.

2. Enlever les pattes et les ailes ; jeter.

3. Enlever les organes internes ; mettre de côté pour la pâtée des agneaux.

4. Farcir le macareux de raisins secs et de pâte à gâteau.

5. Faire bouillir dans du lait et de l'eau pendant une heure ou jusqu'à ce que les jus soient limpides.

# La fille

Environ sept semaines de retard, plus ou moins.

Elle fixe le sol de la salle de classe, comptant les plaques de linoléum par groupes de sept. Un sept. Deux sept.

Mais elle n'a pas l'impression d'être enceinte.

Elle sentirait quelque chose maintenant, cinq sept, si elle l'était.

Ash lui passe un mot : « Qui est plus beau, Xiao ou Zakile ? »

La fille répond : « Éphraïm. »

« Il est pas sur la liste, idioterrine. »

— Donc, de quoi parlons-nous ici ? continue M. Zakile. Nous avons la blancheur. Le cachalot blanc. Comment se fait-il qu'il soit blanc ?

— Dieu l'a fait ainsi ? lance Ash.

Six sept.

— Bon, d'accord, mais ce n'est pas vraiment ce que…

M. Zakile feuillette ses notes, sans doute intégralement empruntées à un site en ligne, cherchant dans les phrases copiées-collées le cerveau qui lui a fait défaut à la naissance.

*De tous les plongeurs*, dit le capitaine Achab, *tu es celui qui a plongé le plus profond.*

*Tu as évolué parmi les fondations de ce monde*[1].

---

1. Herman Melville, *Moby Dick.*

La fille veut flotter dans l'emprise meurtrière de la frégate-Terre.

*Tu en as vu assez pour faire éclater les planètes*[1].

Sept sept.

*Et pourtant tu ne dis mot*[2].

Il lui est déjà arrivé d'avoir un retard de règles. Comme tout le monde. Les anorexiques, par exemple, sautent constamment des cycles, parce que l'inanition bloque les saignements ; ou bien quand on ne consomme pas assez de fer ; ou si on fume trop. Elle a fumé les trois quarts d'un paquet hier. Clementine, la sœur d'Ash, dit que les junkies couchent sans crainte parce que la méth empêche la conception.

L'an dernier l'une des élèves de terminale s'est jetée au bas de l'escalier du gymnase, mais, après s'être cassé une côte, elle était toujours enceinte. J'espère, a dit Ro/Miss en cours, que vous savez qui sont les responsables de cette côte cassée : les monstres du Congrès qui ont voté l'amendement sur l'identité de la personne et les lobotomies ambulantes de la Cour suprême qui ont invalidé l'arrêt *Roe v. Wade*[3]. « Il y a deux ans à peine, a-t-elle rappelé – crié, en réalité –, l'avortement était légal dans ce pays, mais aujourd'hui nous en sommes réduites à nous jeter au bas de l'escalier. »

Et bien sûr, Yasmine.

La fille qui entaille sa propre chair. L'automutilatrice.

Yasmine, la première sœur de sang de Mattie (en cinquième).

Yasmine, la toute première personne que Mattie ait embrassée (en troisième).

Yasmine, qui l'a obligé à mettre un préservatif, mais qui est tout de même tombée enceinte.

1. Herman Melville, *Moby Dick*, *op. cit.*

2. *Ibid.*

3. Arrêt rendu par la Cour suprême des États-Unis en 1973, qui a reconnu l'avortement comme un droit constitutionnel, invalidant les lois le prohibant ou le restreignant.

Mattie voudrait pouvoir en parler à sa mère. L'entendre dire : « Un retard de sept semaines, ce n'est rien, chaton ! »

Dans la plupart des domaines, sa mère est sensée, bien informée…

« Mon caca est poilu !

— Ne t'inquiète pas, c'est à cause du purgatif vert que tu as pris, c'est la plaque mucoïde qui se décolle des parois intestinales. »

… mais pas dans tous les domaines.

Tu peux me dire quelle était la couleur des yeux de ma grand-mère ?

La couleur des cheveux de mon grand-père ?

Si mes grand-tantes étaient toutes sourdes ?

Si mes arrière-grands-oncles étaient tous fous ?

Si je viens d'une longue lignée de mathématiciens ?

Si leurs dents étaient de travers comme les miennes ?

Non, tu ne peux pas me le dire, papa non plus, et l'agence encore moins.

C'était une adoption fermée. Zéro trace.

*Tu m'appartiens ?*

Éphraïm n'atteint pas l'orgasme, il s'interrompt au bout de quelques minutes, dit qu'il n'est pas d'humeur. Il s'écarte d'elle, la libérant de son poids. Elle en éprouve d'abord du soulagement. Puis de la peur. D'après sa mère, qui lui a tenu l'an dernier un discours ne comprenant fort heureusement aucun détail anatomique, mais centré sur une mise en garde contre l'addiction sexuelle chez les garçons, aucun adolescent ne manque une occasion de coucher avec une fille. Voilà pourtant Éphraïm, allant sur ses dix-sept ans, qui laisse passer sa chance. Ou qui s'arrête au milieu du gué.

— J'ai fait, euh… quelque chose que j'aurais pas dû ? dit-elle doucement.

— Mm-mm. Je suis crevé, c'est tout.

Il bâille, comme pour le prouver. Repousse en arrière sa chevelure striée de blond.

— On a deux entraînements de foot par jour. Tu me passes mon chapeau ?

Elle adore ce chapeau, qui lui donne l'air d'un superbe inspecteur.

Mais ses vêtements à elle : collant noir en laine ; jupe crayon rouge ; tee-shirt blanc à manches longues personnalisé ; longue écharpe violette. Une tenue pathétique ; pas étonnant qu'il se soit interrompu.

— Je te dépose chez Ash ?

— Ouais, merci.

Elle attend qu'il dise un mot sur la prochaine fois, qu'il propose quelque chose, évoque leur avenir ensemble, même pour suggérer « Tu viens nous voir jouer vendredi ? ». Ils arrivent devant chez Ash et il ne l'a pas fait. Elle commence :

— Alors…

— Au revoir, fille de septembre, dit-il en l'embrassant sur la bouche – plus une morsure qu'un baiser.

Dans la salle de bains d'Ash elle jette l'écharpe violette à la poubelle, avec une poignée de papier toilette froissé.

La famille d'Eivør Mínervudottír vivait de poisson, de pommes de terre, de mouton fermenté, de macareux bouilli dans du lait, et de baleine-pilote. Sa friandise préférée était le *fastelavnsbolle,* un petit pain brioché à la crème Chantilly des trois jours gras. ~~En 1771, le roi de Suède mangea quatorze *fastelavnsboller* avec du homard et du champagne, et mourut aussitôt d'indigestion.~~

## L’épouse

Bex ne veut pas d’imperméable. Ils seront surtout dans la voiture, peu lui importe de se mouiller les cheveux en sortant, elle déteste la sensation du plastique dans son cou.

— Pas de problème, prends la pluie, répond Didier.

Mais sa femme n’est pas de cet avis – il pleut des cordes.

— Bex, ton imperméable. Mets-le MAINTENANT ! hurle-t-elle.

— Non ! crie la petite.

— Si.

— Non !

— Bex, personne ne monte dans la voiture tant que tu ne l’as pas mis.

— Papa a dit que c’était pas la peine.

— Tu vois comme il pleut fort dehors ?

— La pluie fait du bien à ma peau.

— Pas du tout, réplique la mère.

— Bon sang, allons-y ! s’exclame Didier.

— Tu es prié de me soutenir, proteste son épouse.

— Je le ferais si j’étais d’accord, mais nous sommes plantés là depuis dix bonnes minutes. C’est absurde.

— Faire appliquer les règles est absurde ?

— J’ignorais que nous avions une *règle* concernant…

— Eh bien, c’est le cas, répond sa femme. Bex ? Est-ce que tu veux faire attendre tout le monde, ou bien es-tu prête à te comporter comme une grande de six ans et à mettre ton imperméable ?

— Je n'ai pas six ans, proteste l'enfant, les bras croisés. Je suis un petit bébé. J'ai besoin qu'on change ma couche.

L'épouse plaque le vêtement sur les épaules de Bex, lui enfonce la capuche sur la tête, et noue les cordonnets sous son menton. Elle soulève le corps rigide de sa fille et la transporte dans la voiture.

Les mains de son mari reposent sur le volant à dix heures dix, une habitude qui avait choqué sa femme lorsqu'ils étaient fiancés : il avait été guitariste dans des groupes, avait pris des drogues, mis son poing dans la figure de son père à l'âge de quatorze ans. Mais il conduisait – conduit toujours – comme une mamie.

Elle est heureuse d'être sur le siège passager. Pas de décision à prendre au tournant.

Petit animal noir qui tressaille, brûlé à mort, mais encore vivant.

Un bout de pneu qui s'efforce de traverser.

Petit animal, sac en plastique.

Mais peut-être que ce n'était pas un sac en plastique.

Il se peut que sa première interprétation ait été la bonne.

Quelqu'un y a mis le feu, un gamin cruel, un adulte cruel, Newville ne manque pas de cruauté…

*mais c'est si beau ici, ta famille vient depuis des générations, l'air marin est plein d'ions négatifs, ils stimulent l'humeur, tu te souviens ?*

Bex s'est remise à bavarder quand ils atteignent le grand magasin.

Où se trouve le rayon des poupées.

John est si paresseux.

La mère d'une camarade est venue à l'école, c'est une hygiéniste dentaire, elle a dit que même la pointe d'une dent définitive qui perce a besoin d'être brossée.

— Les Perfect à deux heures, siffle Didier, poussant sa femme du coude.

Pas eux. Pas aujourd'hui.

— Shell ! s'écrie Bex. Mon Dieu ! Shelly !

Les fillettes s'étreignent de façon théâtrale, comme si le fait de se croiser par hasard dans la ville où elles vivent toutes les deux était une surprise incroyable.

Bex :

— Quelle jolie robe !

Shell :

— C'est ma mère qui l'a faite.

— Hé, les amis ! gazouille Jessica Perfect. Ravie de vous voir !

— Pareillement.

L'épouse dépose un baiser rapide sur sa joue.

— Tu es venue avec toute la bande, hein ?

Les frères et sœurs minces et bronzés de Shell sont alignés derrière leurs parents minces et bronzés.

— Ouais, c'est une journée comme ça.

« Une journée comme ça » chez les Perfect est sans doute un peu différente d'« une journée comme ça » sur la colline.

En plus de coudre des robes, Jessica tricote des pulls en laine shetland locale pour ses quatre enfants.

Elle fait de la confiture avec les baies sauvages qu'ils cueillent.

Elle prépare elle-même leurs repas sans blé ni laitages.

Nuggets de poulet et Ficello ne franchissent jamais le seuil.

Son mari est un nutritionniste qui a une fois chapitré Didier sur l'importance de faire tremper les noix toute la nuit.

Didier le salue avec un hochement de tête :

— Blake.

— Comment ça va, vieux ?

— Super, répond l'autre, esquissant un sourire.

— Regardez-moi ce bonhomme ! Il a tellement grandi ! Tu as quel âge maintenant ?

Blake se penche vers John qui se tortille dans le chariot de supermarché et presse son visage contre le ventre de son père.

— Trois ans et demi, dit l'épouse.

— Waouh ! Comme le temps passe, hein ?

— Je sais, intervient Jessica, et ça fait une éternité que vous n'êtes pas venus chez nous ! Il faut qu'on organise ça. C'est difficile de trouver un soir, avec les enfants qui sont si occupés après l'école… Nous avons le foot, la course à pied, le violon… mince, et quoi encore ?

— Ma classe pour surdoués ? dit l'aîné.

— C'est juste, mon amour. L'an dernier, explique-t-elle en ébouriffant les cheveux de son fils, ce garçon a réussi ses tests haut la main, et il est admis dans un cursus intensif en mathématiques et arts du langage. Vous n'êtes pas végétariens, n'est-ce pas ? Nos amis du bas de la route nous ont procuré du bœuf absolument délicieux, leurs vaches sont nourries à l'herbe, pas le moindre antibiotique, juste un bœuf pur et joyeux.

— Joyeux avant d'être abattu, ou une fois qu'il se trouve dans votre assiette ? lance Didier.

Elle ne bronche pas.

— Donc, quand vous viendrez chez nous, je ferai des steaks, et les bettes seront bientôt prêtes, on en a des hectares entiers cette année, par chance les enfants adorent ça.

Il pleut toujours aussi fort sur le chemin du retour. Les essuie-glaces en fureur.

— Un coup de fusil ? suggère Didier.

— Trop rapide, réplique l'épouse. Il existe un poison très lent, non ?

— La ciguë, je crois, dit-il, lâchant le volant d'une main pour lui caresser la nuque. Non, attends… la disette. On leur rend… euh, je ne sais quoi.

— La monnaie de leur pièce, dit-elle.

— C'est quoi, exactement ?

— Je ne m'en souviens pas. Mais je vote pour la disette.

— « Je remarque que vous avez ici des noix non trempées, et je suis un peu préoccupé. Franchement, il ne me viendrait jamais à l'esprit de donner une noix non trempée à mes enfants. »

— Vous parlez de quoi ? demande Bex.

— D'une émission de télé qu'on a regardée, répond Didier, ça s'appelle *Le Plus Petit Pet du monde*. Ça te plairait, Bexy. Il y a un épisode où, chaque fois que quelqu'un pète, on voit vraiment le pet, il y a des petits nuages marron qui traînent derrière les personnages.

Bex éclate de rire.

L'épouse déplace la main posée sur sa nuque et l'attire sur sa cuisse, puis ferme les yeux en souriant. Il pince la chair à travers le jean.

Elle se souvient de ce qu'elle aime.

Pas les plaisanteries sur les pets, mais la douceur. La solidarité face aux Perfect de ce monde.

Elle lui posera la question demain.

Elle trace un D sur la vitre embuée.

La dernière fois qu'il a refusé, c'était horrible. Elle s'était promis de ne plus lui en parler.

Mais les enfants l'adorent.

Et il est très gentil parfois.

J'ai le nom d'une personne à Salem, dira-t-elle, il paraît que c'est quelqu'un de formidable, pas très cher, il donne des rendez-vous en fin de journée, on peut demander à Matilda de garder…

Elle s'est vue quitter la route de corniche et foncer dans le vide avec les enfants dans la voiture.

Lorsque l'exploratrice polaire eut six ans, on lui montra la meilleure façon de tenir le couteau et comment trancher la gorge de l'agneau d'un seul coup – ils ne sentent rien, vas-y carrément, regarde ton frère. Mais quand elle eut le couteau en main, sa mère accroupie à côté d'elle avec l'animal qui gigotait, elle refusa. À deux reprises, Eivør reçut l'ordre de s'exécuter, et chaque fois elle dit « *Nei, Mamma* ».

Sa mère posa la main sur la sienne et plaça le couteau sur la gorge de l'agneau ; la tête tomba ; Eivør s'écroula en hurlant ; sa mère hissa l'animal au-dessus d'une bassine pour le vider de son sang.

On fouetta les cuisses de la fillette avec une lanière en cuir qui servait à suspendre les agneaux égorgés dans le hangar de séchage. Et elle ne mangea ni *ræst kjøt* pour Noël ni *skerpikjøt* au printemps, mis à part le morceau que son frère Gunni cachait parfois pour elle au fond de sa chaussure.

## La biographe

Elle n'est pas certaine que Gunni ait conservé dans sa chaussure des morceaux d'agneau fermenté quand Eivør n'avait pas le droit d'en manger, mais elle l'écrit dans son livre, car son propre frère dissimulait des biscuits dans sa serviette lorsque leur mère recommandait à sa fille de ne pas reprendre de dessert si elle ne voulait pas s'arrondir. Archie laissait les friandises dans son tiroir à l'intention de sa sœur ; chaque fois qu'elle l'ouvrait et trouvait la serviette tachée de gras au milieu des chaussettes, une joie incandescente lui réchauffait la gorge.

Elle a écrit les premières phrases de *Mínervudottír : une vie* il y a une dizaine d'années, alors qu'elle travaillait dans un café de Minneapolis et s'efforçait d'aider Archie à décrocher. Quand elle ne l'emmenait pas à des réunions ou à des consultations externes, elle mettait des légumes verts à feuilles dans des milk-shakes qu'il ne buvait pas. Elle contrôlait la taille de ses pupilles, fouillait ses tiroirs en quête de seringues, vérifiait que rien ne manquait dans son portefeuille. Parfois il demandait à lire son manuscrit. Il aimait la partie où l'exploratrice regarde les hommes conduire les baleines à la mort dans une crique peu profonde.

Archie détestait les convenances, et aurait approuvé la grossesse en solo qu'elle appelait de ses vœux. Il aurait essayé de convaincre ses amis de lui fournir gratuitement du sperme.

(Une dose de semence de la banque cryogénique Athéna coûte huit cents dollars.)

Elle n'a pas informé son père des efforts qu'elle déploie.

Elle ferme son ordinateur et pose le journal de Mínervudottír en haut d'une pile d'ouvrages sur les expéditions en Arctique au XIXe siècle. Elle tourne la tête vers une épaule, puis vers l'autre. Le torticolis est-il un autre signe du syndrome des ovaires polykystiques ? Elle a fait quelques recherches en ligne sur l'OPK, dans la limite de ce qu'elle peut supporter. Les statistiques ne sont pas favorables à une grossesse.

Mais Gin Percival ne sait peut-être pas de quoi elle parle. Elle n'a même pas terminé ses études secondaires, d'après Penny, qui enseignait déjà à Central Coast à l'époque où Gin a abandonné. La visite à la cabane ne s'est pas mal passée, mais n'a pas été non plus très concluante. Roberta a bien aimé Gin Percival. Elle est revenue avec un sachet d'horrible tisane.

À ce propos. La biographe sort la casserole. Pendant que la tisane chauffe, elle se prépare à l'arôme d'une bouche dont les dents n'ont pas été brossées depuis des lustres, et se demande si elle doit se changer pour le dîner. Il n'y aura que Didier, Susan et les enfants, mais elle doit reconnaître que ce pantalon de jogging n'a pas été lavé depuis un certain temps.

L'intérieur de sa tasse blanche est strié de marron. Ses dents sont-elles tachées à ce point ? Sans doute presque autant. Des années passées à boire du café. De longues interruptions entre deux visites chez le dentiste. Une mauvaise hygiène buccale serait-elle une cause d'OPK ? L'inflammation des gencives pénétrant dans le système sanguin, tel un poison lent, les hormones titubantes, inefficaces ?

Si vraiment elle a l'OPK, peut-être que Gin Percival lui donnera une autre mixture… pour faire baisser le taux de testostérone, régénérer son sang. Ses cellules reprendront leur activité, regonflées, densifiées, ses hormones folliculo-stimulantes se réduiront à un seul chiffre, l'infirmière Crabby l'appellera avec ses résultats d'analyses, s'écriant « Waouh !

Incroyable, waouh ! », et Fleischy lui-même hochera sa tête dorée, stupéfait. Ils injecteront le sperme du varappeur, de l'entraîneur sportif ou de l'étudiant en biologie, ou de Kalbfleisch lui-même, et la biographe sera enfin enceinte.

Ce n'est qu'un tissu d'absurdités, bien sûr. De l'écorce d'arbre, de la bave de crapaud et des formules magiques. Il suffit d'écraser quelques baies avec des graines et de présenter ce mélange comme la solution.

Et si ça fonctionnait ? Après les millénaires consacrés à sa fabrication selon une recette concoctée par des femmes solidaires dans les méandres obscurs de l'histoire.

À cet instant précis, que peut-elle faire d'autre ?

*Arrêter d'essayer si fort.*

*Aimer la vie comme elle vient.*

La maison des Korsmo, aussi belle qu'une demeure de film d'épouvante sur sa colline, rendrait la biographe jalouse si elle avait des velléités d'être propriétaire, ce qui n'est pas le cas, car les maisons lui évoquent l'esclavage de l'endettement ; mais elle admire les vitraux au plomb et les ornements ocellés qui encadrent le porche. Construite par l'arrière-grand-père de Susan, elle était destinée à être une résidence d'été. L'hiver, ils colmatent les fenêtres avec du ruban adhésif, et bloquent les courants d'air sous les portes avec des pulls.

Didier fume sur les marches du perron, ses cheveux jaunes dépassant de sa casquette comme des brins de foin. Il a les yeux enfoncés et les dents pourries, pourtant il réussit – la biographe ne parvient pas à savoir comment – à être attirant. *Beau-laid**. Il lève une paume laide-jolie en guise de salut.

— ROOOOOO ! hurle Bex, fonçant à travers la pelouse pour la rejoindre.

— Mets la sourdine, bordel ! dit son père.

Il éteint sa cigarette sur la semelle de sa botte, la jette dans un énorme buisson marron, et s'avance à grands pas pour soulever la fillette dans les airs.

— Bexy, rappelle-toi que « bordel » va dans la boîte spéciale. Tu as faim, Robitoussine ? Nous avons aussi invité Pete.

— J'en suis ravie. C'est quoi, la boîte spéciale ?

— La boîte des mots que nous ne disons jamais à maman, répond Bex.

— Ou jamais à portée de voix de maman.

Didier repose l'enfant sur le sol et elle repart aussitôt en direction de la maison.

— Je vois que tu n'as rien apporté, ce qui est super.

— Comment ?

— Ma femme adhère à l'idée reçue du siècle dernier selon laquelle les gens civilisés arrivent avec de petits cadeaux ou contributions quand ils sont conviés à un repas. Une fois de plus c'est la preuve qu'elle se trompe, puisque tu es civilisée, mais que tu n'as rien apporté du tout, comme d'habitude.

La biographe anticipe la grimace de Susan, la réprobation consignée dans sa mémoire. L'épouse ne pardonne rien.

Pline le Jeune piétine derrière Bex qui fait visiter une fois encore sa chambre à la biographe. Elle en est très fière. Les murs violets sont tapissés de fées, de léopards, d'alphabets et de nez de Pinocchio. Quand son frère ose déplacer un lapin du lit, Bex lui donne une tape sur la main, et il hurle.

— Je ne crois pas que tu aies le droit de faire ça, dit la biographe.

— C'était juste un petit coup, réplique la fillette. Tu vois, j'ai une étagère pour le monstre, une pour les poissons. Voici une momie d'écureuil.

Roberta l'examine.

— C'est un vrai ?

— Ouais, mais il est mort. C'est… euh… comme quand…

Bex soupire, se tord les mains et lève les yeux vers Roberta.

— C'est quoi, la mort ?

— Oh ! tu sais…, répond la biographe.

Châtain clair, attachants, exigeants, très agaçants parfois… ces enfants ressemblent étrangement à Susan et à Didier.

Ce n'est pas juste une question de teint ou de couleur de cheveux : ils sont *fabriqués* comme leurs parents. Bex a les orbites obscures de Didier, John le menton d'elfe de Susan, leurs petits visages portent l'empreinte de deux lignées identifiables. Ce sont les produits du désir : le désir sexuel, certes, mais plus important encore (du moins à l'époque de la contraception) le désir de se reproduire. Donnez-moi l'occasion de me répéter. Accordez-moi une vie à revivre, en plus grand. Un autre moi dont je prendrai soin, encore mieux. Encore, s'il vous plaît, encore ! C'est pour la répétition que nous sommes programmés, paraît-il. Je veux la semence et le sol, à ce qu'on raconte. Je veux le seau et la cloche. Je veux la vache et ses pis gorgés de lait. Je veux le veau – avec ses yeux allongés et sa langue interminable – qui agrippe la mamelle et tète.

Au rez-de-chaussée elle trébuche sur un camion en plastique et se cogne le coude contre une table d'appoint. Le sol est encombré de jouets. D'un coup de pied, elle repousse un train bleu vers le mur.

— Ils vivent vraiment dans la misère, dit Pete Xiao.

— Je me suis peut-être foulé le coude.

— À part ça, comment vas-tu ?

Pete est arrivé à Central Coast Regional il y a deux ans, pour y enseigner les maths, et il a annoncé qu'il ne resterait qu'un an, car il n'était pas fait pour l'arrière-pays. Cette année aussi devrait être la dernière, et la prochaine le sera sans aucun doute.

— Super bien.

Gonflée à bloc. Sous l'effet de l'Ovutran.

Ils se rendent dans la salle à manger, que les ancêtres de Susan ont aménagée avec style : grosses poutres en chêne, boiseries sculptées à la main, buffet sur mesure. Le petit rôti noir est découpé et servi. Les convives mastiquent et boivent à grand bruit.

— Les parents de cette année, commence Pete, sont encore plus racistes que ceux de l'an dernier. Un type m'a dit : « Je suis content que mon enfant étudie enfin les maths avec un homme de votre confession. »

— Pose ta verge, ma souris, répond Didier.

— J'ai une verge ?

— Dans ton caleçon, blottie comme une petite souris.

— C'est typique de la part d'un Blanc comme toi de changer de sujet pour éviter d'aborder les stéréotypes de la minorité modèle.

— Hé ! Roosevelt, tu n'utilises que le sperme de donneurs blancs parce que tu es raciste ?

— *Enfin,* Didier… ! s'exclame Susan.

— Le blanc est la couleur de l'État de l'Oregon, observe Pete.

— L'enfant va déjà se sentir bizarre à cause de sa filiation paternelle, réplique la biographe, je ne veux pas ajouter à son trouble.

— Quand tu auras le gamin, tu ne pourras plus chier tranquille. Et tu deviendras encore moins cool qu'aujourd'hui. Comme dirait l'autre, « l'héro n'a jamais endommagé ma collection de musique, mais la parentalité, si » !

— Personne ne dit cela, proteste Susan en prenant un autre petit pain.

— Autrefois j'ai rédigé un rapport de recherche, annonce Didier, sur l'histoire des mots qui désignent le pénis et, jusqu'à il y a deux siècles, un des plus appréciés était « verge ».

— C'était considéré comme un sujet de recherche dans ta fac en torchis ? demande Pete.

— Pas en torchis, intervient Susan, mais plutôt en blocs de verre dépoli et *drive-through.*

— C'est quoi, le torchis ? questionne Bex.

Didier se gratte le cou.

— Même s'il s'était agi d'un *community college,* ce qu'elle n'était pas, quelle importance ? Je veux dire, *meuf**, littéralement, ça change quoi ?

— Pourquoi est-ce que les gens disent tout le temps « littéralement » ? crie Pete.

— « Couché avec ma Nell bondissante, récite Didier, je lui ai donné un pouce, mais Ell en voulait plus : mais… c'était sacrément dur. Quand je lui ai donné un pouce, elle en a redemandé, encore et encore[d]. » Ell, ça veut dire chatte, les amis.

— Pourtant il est incapable de se rappeler le nom de notre pédiatre, dit Susan.

Didier la fusille du regard, se lève de table et part en direction de la cuisine.

Il revient avec un beurrier.

— Nous n'en avons pas besoin, dit Susan. Pourquoi l'as-tu sorti ?

— Parce que, rétorque-t-il, j'ai envie de mettre du beurre sur mes pommes de terre. Je les trouve un peu *sèches.*

— Papa, dit Bex, tu ressembles à un caca boudin !

Elle rit.

— Ne sois pas un boudinski[1], espèce de boudinski ! ajoute-t-elle.

— Prends ta voix de speakerine de la NPR, *chouchou**, répond Didier.

— Je déteste la NPR !

— Ce que papa veut dire, c'est que tu dois parler moins fort, ou sortir de table.

Bex chuchote quelque chose à son frère, puis compte jusqu'à trois.

— AAAAAAHHHHH ! rugissent-ils.

— Ça suffit ! lâche Susan. Terminé. Sortez de table.

— Mais John n'a pas fini ! Si tu ne nous donnes pas à manger… euh… c'est de la maltraitance d'enfants.

— Où as-tu entendu cette expression ?

— Seigneur ! s'exclame Didier. Elle l'a sans doute apprise sur Relax TV.

---

1. Référence à Buttinski, un conseiller polonais à la cour d'Angleterre, connu pour ses bévues.

Susan ferme les paupières. Durant quelques secondes, rien ne bouge. Puis elle rouvre les yeux et articule d'une voix posée :

— Allons, mes elfes, c'est l'heure du bain. Dites bonne nuit !

Pete et Didier continuent d'ouvrir des bières et d'ignorer la biographe. Leurs sujets de conversation incluent le football européen, le whisky artisanal, les overdoses de célébrités, et un jeu vidéo multijoueur dont le nom ressemble à « Ils nous masquent ». Soudain, Didier se rappelle qu'elle est là et dit :

— Au lieu de faire des millions de kilomètres jusqu'à Salem, pourquoi n'irais-tu pas simplement voir la sorcière ? Je l'ai aperçue l'autre jour, elle attendait près du lycée. Du moins je crois que c'était elle, bien qu'elle ressemble moins à une sorcière que les filles de Central Coast.

— Ce n'est pas une sorcière, elle est…

Grande, pâle, avec d'épais sourcils. De grands yeux vert étang. Une bande de tissu noir autour du cou.

— … insolite.

— Quand même, reprend Didier, ça vaut le coup d'essayer, non ?

— Non. Elle va me donner un bol d'écorce d'arbre. Et je croule déjà sous les dettes.

La biographe ne sait pas très bien pourquoi elle ment. Elle n'a pas honte d'avoir rendu visite à Gin Percival.

— Raison de plus pour éviter une maternité en solo, déclare Didier.

Est-ce qu'elle a honte ?

— Donc seuls les couples qui croulent sous les dettes – elle élève la voix – ont le droit d'avoir des enfants ?

— Non, je veux juste dire que tu n'as aucune idée des difficultés qui t'attendent.

— En réalité, c'est tout le contraire.

— Tu te trompes. Écoute, j'ai été élevé par une mère célibataire.

— Exactement.

— Quoi ?

— Tu t'en es bien sorti, dit la biographe.

— Tu en es la preuve humaine, ajoute Pete.

— Attends qu'il soit quatre heures du matin, insiste Didier, que le gamin dégueule, chie, hurle, et que tu n'arrives pas à décider si tu dois le conduire aux urgences… il n'y aura personne pour t'aider à prendre une décision.

— Pourquoi aurais-je besoin de quelqu'un pour m'aider à décider ?

— Bon, et quand le gamin doit participer à un concert de guitare, que tu ne peux pas y assister à cause de ton travail et que tout le monde se moque de ses larmes ?

La biographe fait mine de jouer du violon.

Didier tapote sa poche de poitrine.

— Mince, où sont mes cigarettes ? Pete, tu… ?

— J'ai pigé, mon pote.

Ils sortent. Elle envisage de débarrasser la table – ce serait une bonne chose, un geste courtois et utile – mais reste assise.

Susan, sur le seuil :

— Ils sont enfin couchés.

Son visage étroit, encadré de vagues blondes, vibre de colère. À cause de ses enfants qui ne se sont pas mis au lit assez vite ? De son mari qui n'a rien fait ? Elle s'attarde derrière une chaise, passant en revue le fouillis sur la table. Même en colère elle rayonne, ses joues captent la moindre parcelle de clarté dans la salle à manger, et s'illuminent.

Les hommes rentrent bruyamment, ils sentent le tabac et le froid, Didier rit.

— C'est ce que j'ai dit aux troisièmes !

— Classique, répond Pete.

Susan rassemble les assiettes. La biographe se met debout et soulève le plat du rôti.

— Merci, dit Susan au plat.

— Je vais faire la vaisselle.

— Non, ce n'est pas la peine. Tu peux sortir les fraises du frigo ? Et la crème.

Roberta rince, tapote et équeute.

— Je les ai achetées spécialement pour toi, dit Susan.

— Au cas où j'aurais besoin d'acide folique ?

— Tu es... ?

— Une autre insémination la semaine prochaine.

— Eh bien, distrais-toi si tu peux. Va au cinéma.

— Au cinéma, répète la biographe.

Susan a l'art de compatir à une souffrance qu'elle n'a pas connue. Ce qui ne ressemble ni à de la compassion ni à de l'empathie ; mais pourquoi pas ? C'est une amie qui a cherché à la soutenir dans cette épreuve. Mais l'effort même est insultant, décide la biographe. La première fois que Susan est tombée enceinte, ce n'était pas prévu. La seconde fois (a-t-elle raconté à Roberta), ils venaient juste d'essayer à nouveau, elle devait être une déesse de la fertilité : elle pensait que cela prendrait plus de temps, mais ô surprise. Si la biographe confiait à Susan qu'elle a consulté la sorcière, son amie ferait mine de l'encourager et se moquerait d'elle dans son dos. Avec Didier. Cette pauvre Ro, d'abord elle achète du sperme en ligne, et maintenant la voilà partie dans la forêt pour demander conseil à une sans-abri. Pauvre Ro, pourquoi s'obstine-t-elle ? Elle n'imagine pas à quel point ce sera dur.

Avec un salaire de professeure elle mourra écrasée par les mises en demeure des organismes de cartes de crédit tandis que Susan et Didier, qui vivent eux aussi d'un salaire de professeur, n'ont aucune dette, à sa connaissance, et ne paient pas de loyer. Les parents de Susan ont sûrement mis en place des fonds en fiducie dont la valeur ne cesse d'augmenter pour financer les études de Bex et de John.

« L'esprit qui compare est un esprit qui désespère », dit le professeur de méditation.

Eh bien, la biographe trouvera le moyen d'envoyer à l'université le bébé qui n'existe pas encore. S'il en a envie, bien entendu. Elle ne le forcera pas. Pour sa part, elle a beaucoup aimé sa vie sur le campus, mais qui peut prédire ce qui plaira à l'enfant ? Il décidera peut-être d'être pêcheur, de vivre ici sur la côte et de dîner tous les soirs avec sa mère, non par obligation, mais par goût. Ils s'attarderont à table et se raconteront leur journée. Roberta aura alors cessé d'enseigner et se consacrera à l'écriture après avoir publié *Mínervudottír : une vie,* salué unanimement par la critique, travaillant à une histoire exhaustive des exploratrices en Arctique ; son enfant, fatigué par les heures passées sur son bateau de pêche, mais toujours attentif, lui posera des questions intelligentes sur la menstruation à soixante degrés au-dessous de zéro.

Quand j'étais petite j'aimais (pourquoi donc ?) regarder le *grindadráp*. C'est une danse de la mort. Je ne pouvais pas détourner les yeux. L'odeur des feux de joie allumés sur les falaises, appelant les hommes à la chasse. Voir les bateaux conduire le groupe de cétacés dans la crique, les baleines se débattant plus vite sous l'effet de la panique. Les hommes et les garçons pataugent dans l'eau avec des couteaux pour sectionner la moelle épinière. Ils touchent l'œil de la baleine pour s'assurer qu'elle est bien morte. Et l'écume des vagues vire au rouge.

# La guérisseuse

Malky a disparu depuis trois jours. Il est rarement absent aussi longtemps – elle n'aime pas ça. Le soleil décline. Il y a des tueurs dans les bois. Le chat est un tueur lui aussi, mais il ne fait pas le poids face aux coyotes, aux renards et aux buses à queue rousse. Chaque créature est une proie potentielle. La fille quitte le lycée dans la voiture d'un garçon coiffé d'un chapeau démodé. (Il croit vraiment que ça lui va ?) Le garçon au chapeau marche les hanches en avant, comme un pirate, genre le monde m'appartient.

Bien sûr la guérisseuse ne peut pas la mettre en garde. Elle s'est tenue à l'écart de la ville de peur que la fille ne la surprenne en train de l'observer.

Elle essuie l'évier, le plan de travail en chêne. Nettoie le tiroir à graines. Pose des bocaux propres près d'un panier d'oignons sans yeux.

*Boum boum* le monde m'appartient.

Un pirate cuvait ses horribles méfaits dans une taverne de Cape Cod. Il rencontra la beauté locale, qui allait sur ses seize ans. Maria Hallett tomba folle amoureuse de ce bandit. Puis Black Sam Bellamy reprit la mer. Elle se retrouva enceinte.

Le bébé mourut la nuit de sa naissance – caché dans une grange, étouffé par un brin de paille.

C'était ce que racontaient les gens. Peu d'entre eux savaient la vérité. La femme du fermier, qui éleva l'enfant, ne se confia qu'à son journal.

Goody Hallett fut emprisonnée. Ou bannie du village. Elle devint recluse. Habita dans une cabane près d'un champ d'herbes folles. Attendit Black Sam Bellamy en haut des falaises avec ses chaussures rouges du dimanche. Chevaucha des baleines, attacha des lanternes à leurs ailerons, attira les bateaux pour qu'ils s'échouent sur les bancs de sable. Acquit une réputation de sorcière.

Black Sam était le Robin des Bois des pirates. Ils volent les pauvres sous couvert de la loi, disait-il, et nous pillons les riches sous la protection de notre propre courage[e]. En 1717, après un pillage dans les Caraïbes, le capitaine Bellamy remonta l'Atlantique avec sa bande de flibustiers. Leur bateau volé, le *Whydah,* essuya la pire tempête de l'histoire de Cape Cod. Le navire n'y résista pas. Les pirates morts jonchaient la baie. On ne retrouva jamais le corps de Black Sam.

En 1984 on découvrit les débris du *Whydah* au large de la côte de Wellfleet, dans le Massachusetts. Cette même année, Temple Percival acheta un magasin de matériel de pêche mis aux enchères à Newville dans l'Oregon, disposa de curieux bibelots sur les rayons et le baptisa Goody Hallett's.

Aujourd'hui les ongles de Temple sont au fond d'un bocal sur l'étagère de la cabane. Les cils enveloppés dans du papier cristal. Les cheveux et les poils pubiens dans des boîtes en papier séparées – presque vides désormais. Le reste de son corps dans le congélateur coffre derrière la mangeoire de l'enclos des chèvres.

On gratte sur le seuil. Malky se faufile à l'intérieur sans saluer sa maîtresse ni s'excuser. Elle essaie de prendre un ton sévère : « Tu n'as pas honte de rentrer aussi tard, petit con ? » Il ronronne, agacé, réclamant son souper. Elle sort une assiette de saumon du miniréfrigérateur. C'est un bonheur de le voir laper sa nourriture avec sa langue rose. Joyeux, joyeux est le roi des forêts.

Deux légers coups à la porte. Stop. Encore deux coups. Stop. Un seul. Malky, qui reconnaît ce code, continue de manger.

— C'est toi ?

— C'est moi.

Elle ouvre, mais reste sur le seuil. Cotter est son seul ami humain, la personne la plus gentille qu'elle connaisse ; ça ne veut pas dire qu'elle le laisse entrer dans la cabane. Il essaierait de s'incruster.

— Un nouveau client, dit-il, lui tendant une enveloppe blanche.

Ses pauvres joues boutonneuses sont pires que d'habitude, les toxines ne peuvent pas sortir, elles devraient passer par le foie, mais sont filtrées par la peau.

La guérisseuse empoche l'enveloppe.

— Tu parles à celui-là ?

— Il travaille à la fabrique de pâte à papier de Wenport. Depuis dix semaines.

— Bien, merci.

Elle a besoin de se réapprovisionner en tussilage et en vergerette. De vérifier si elle a encore assez de menthe pouliot.

— Bonne soirée.

Cotter frotte son bonnet noir en laine.

— Tu vas bien ? Tu as besoin de quelque chose ?

— Je me porte à merveille. Bonne soirée.

— Encore une chose, Ginny...

Il enlève son bonnet, passe la paume sur son front.

— Les gens racontent que tu as fait revenir les algues.

La guérisseuse acquiesce.

— Je te le dis, c'est tout, explique Cotter.

Elle a envie de s'asseoir près du poêle avec Malky sur ses genoux, la tête libre. Sans vigilance ni peur.

— Je suis fatiguée.

Cotter soupire.

— Couche-toi tôt, alors.

Il fait demi-tour et disparaît dans les bois.

Cotter travaille à la poste. Il entend tout ce que disent les gens. Mais elle savait avant qu'il l'en informe. Elle a reçu des mots dans sa boîte postale. Des pêcheurs, ou des femmes de pêcheurs, terrifiés par la peste des algues.

Une guirlande d'algues séchées est suspendue devant une fenêtre de sa cabane. Clementine l'a-t-elle raconté à ses frères pêcheurs ? Ils détestent les *doigts noirs* parce qu'ils bloquent les coques des bateaux dans le port, s'accrochent aux huîtres et les emportent au loin.

*Tu trouves ça drôle ? C'est notre GAGNE-PAIN.*

Elle ajoute des branches de pin dans le poêle. Où est Malky ?

— Viens, petit coquin.

Il sait combien il lui a manqué, mais refuse de se laisser convaincre de sauter sur ses genoux.

*Salope, arrête d'ensorceler l'eau.*

Son propre chat ne lui obéit pas ; pourquoi les algues le feraient-elles ?

Je supportais de voir tuer les baleines, mais pas les agneaux, pourquoi ?

# La fille

Elle n'avait pas prévu la tournure des événements. Elle n'aurait jamais pensé qu'en empruntant l'escalier est pour aller déjeuner elle verrait la main d'Éphraïm dans le corsage de Nouri Withers, dont les paupières palpitaient.

Mattie n'émet aucun son. Elle remonte l'escalier à pas de loup.

Mais elle ne peut plus respirer.

*Respire, idioterrine.*

Elle s'assied sur le palier, déployant sa cage thoracique pour l'emplir d'air.

*Respire, ignorante petite Blanche.*

Elle doit cependant terminer sa journée. Subir les cours de latin et de maths. Aller chercher son nouvel appareil dentaire.

Nouri Withers ? Peut-être, si tu aimes les cheveux emmêlés et le vernis à ongles fabriqué avec des crottes de loutre.

Jamais Yasmine ne lui a autant manqué qu'à cet instant.

Yasmine, la reine de la chantilly, qui aimait tant les fraises.

Qui chantait des cantiques et fumait de l'herbe.

Qui aurait dit : Oublie cette pute de Transylvanie.

Qui aurait dit : Est-ce que tu te rappelleras seulement le cul de ce mec dans cinq ans ?

Yasmine, qui était plus brillante qu'elle, mais dont les notes étaient plus mauvaises à cause de son « attitude ».

Yasmine sortit de la salle de bains, tenant le bâtonnet urinaire.

Un mois plus tôt, l'interdiction d'avorter était entrée en vigueur au niveau fédéral.

Mattie s'était dit : Il faut qu'on t'emmène au Canada. Ils n'avaient pas encore fermé la frontière aux demandeuses d'IVG. Le mur Rose n'était qu'une idée en l'air.

Un an et demi plus tard, la patrouille frontalière canadienne arrête les Américaines désireuses d'avorter et les renvoie aux États-Unis pour qu'elles y soient poursuivies. « Dépensons l'argent du contribuable pour pénaliser des femmes vulnérables », a dit Ro/Miss en classe, et un élève s'est exclamé : « Mais si elles enfreignent la loi, ce *sont* des criminelles ! » « Les lois ne sont pas des phénomènes naturels, a répondu Ro/Miss. Elles ont des histoires particulières et horribles. Vous avez déjà entendu parler des lois de Nuremberg ? Ou de Jim Crow[1] ? »

Yasmine aurait apprécié Ro/Miss, car elle parle de l'histoire d'une manière qui la rend mémorable et porte des vêtements d'ado : pantalons en velours côtelé marron, sweats verts à capuche, baskets.

Une masse de cellules qui se multiplient dans son ventre. Une moitié vient d'elle, l'autre d'Éphraïm.

*Tu ne peux pas en être sûre.*

Elle transporte le test encore emballé dans sa sacoche.

1. Lois racistes en vigueur aux États-Unis jusqu'à leur abolition, en 1965.

Si elle *est*…

Pas forcément. Elle se sent à peu près comme d'habitude.

Mais si elle l'est, que va-t-elle faire ?

*Pas besoin de t'inquiéter…* Maman

*Reste à ta place.* Papa

Après tout, elle ne l'est peut-être pas.

En cours de maths, Nouri Withers tapote le pied de sa chaise avec la pointe en acier de sa botte, un signe d'excitation sans doute, elle pense à sa prochaine rencontre avec Éphraïm. Où iront-ils ? Que vont-ils faire ? *Qu'ont-ils déjà fait ?* Ash n'est pas là pour la réconforter, Mattie n'a pas d'amis dans cette salle, c'est un cours de calcul intégral, il y a seulement des élèves de première et de terminale. Ses camarades de seconde la trouvent snob parce qu'elle vient de Salem, que son père n'est pas pêcheur, qu'elle suit des cours d'une classe supérieure, et s'est permis de dire une fois combien c'était stupide d'appeler les professeures Miss. Pour prouver le contraire, elle dit elle aussi Miss aujourd'hui.

Après les cours, M. Xiao la prend à part pour lui « dire un mot ». Elle tremble déjà à cause de ce retard de huit semaines, avec en plus la main d'Éphraïm glissée dans le corsage de Nouri ; la perspective d'une réprimande de la part de son deuxième professeur préféré lui fait monter les larmes aux yeux.

— Oh ! oh ! Vous n'avez pas de problème ! Allons, Quarles, *cool.*

Elle se tamponne les paupières.

— Désolée.

— Tout va bien ?

— Mes règles.

Les professeurs hommes ne tiennent pas à s'attarder sur ce sujet.

— Bon, d'accord, j'ai de bonnes nouvelles pour vous. Vous avez entendu parler de l'académie de mathématiques de l'Oregon ?

Elle acquiesce.

Comme si elle avait secoué la tête en signe de dénégation, M. Xiao explique :

— C'est un programme résidentiel d'une semaine à Eugene. Le camp d'étude le plus prestigieux et compétitif de l'État. Aucun élève de Central Coast n'a jamais été sélectionné. Et c'est votre nom que je propose.

Elle entend les mots, mais ne ressent rien.

— Merci infiniment.

— Je pense que vous avez de fortes chances d'être prise. Vous êtes brillante, vous êtes une fille, et j'ai fait ma licence avec un des membres de leur jury d'admission, ce qui est un petit plus.

Il attend qu'elle prenne un air impressionné.

La Matilda Quarles de l'an dernier – du *mois* dernier – serait euphorique à cet instant. Impatiente de rentrer chez elle pour l'annoncer à ses parents.

— La date limite est le 15 janvier, précise M. Xiao, qui n'est pas doué pour deviner ce que les gens éprouvent, sauf s'ils se mettent à hurler ou à pleurer, et pense donc que la fille est aussi enthousiaste qu'elle le devrait.

— J'ai hâte de déposer ma demande, dit-elle.

Elle en sait très long, en fait, sur l'académie de mathématiques de l'Oregon. Elle désire y aller depuis la cinquième. Yasmine et elle avaient l'intention d'en faire ensemble la demande. En quatrième, Yasmine avait obtenu les meilleures notes de leur établissement dans la section maths de l'examen d'État ; Matilda avait deux points de moins qu'elle.

Aller à l'académie l'aiderait à entrer dans les universités dotées des meilleurs départements de biologie marine.

Ses parents seraient aux anges.

Le programme de l'académie a lieu en avril, pendant les vacances de printemps.

Si elle est enceinte de trois mois aujourd'hui, elle le sera de huit mois à ce moment-là.

Comment préparer du *skerpikjøt* (« viande découpée en lanières ») :

1. Suspendre les pattes arrière et la selle de l'agneau dans un hangar de séchage (en octobre).

2. Découper la selle et la manger comme *ræst kjøt* (viande semi-sèche) (à Noël).

3. Décrocher les pattes et découper avant de servir (en avril).

## L'épouse

Rassembler les miettes dans sa paume.

Vaporiser la table.

Essuyer la table.

Rincer les tasses et les bols.

Placer les tasses et les bols dans le lave-vaisselle.

Ouvrir la facture du dentiste de Didier.

Ouvrir la facture du plombier, qui n'a même pas réparé le robinet qui gouttait.

Ouvrir l'avis de retard de paiement pour la visite aux urgences de John, pendant laquelle ils se sont contentés de lui donner un comprimé contre la nausée, ce qui au final a coûté six cents dollars.

Faire un chèque pour les frais dentaires parce qu'ils ne s'élèvent qu'à 49,84 dollars.

Glisser la note du plombier et celle de l'hôpital dans le dossier étiqueté « Régler le mois prochain ».

Commencer une liste au dos d'une enveloppe : « Pourquoi nous devons aller voir un conseiller conjugal. »

Penser à ce qu'il faut inscrire en premier – ni la raison la plus forte ni la plus faible.

À la fac de droit on vous apprend à toujours terminer une plaidoirie par l'argument le plus convaincant et à enfouir au milieu le plus faible.

Au printemps dernier, la réponse de Didier s'était limitée à cinq variations de « parce que je ne veux pas ».

À onze heures du matin la berline violette se gare.

Mme Costello dérange moins John que Bex, et ce gentil garçon ne se plaint jamais le mardi et le jeudi lorsque le véhicule la dépose avec son nécessaire à tricot. L'épouse est déjà prête, son sac à l'épaule, les clés à la main. Quatre heures, deux fois par semaine, n'appartiennent qu'à elle seule.

— Il y a des bâtonnets de poisson dans le congélateur, des minicarottes, et j'ai racheté du thé noir en sachets pour vous...

— C'est parfait, réplique Mme Costello d'un air morne.

John lui permet de tapoter sa tête blonde – John, qui est plus agréable que le reste des habitants des collines, et se blottit sur ses genoux malgré son odeur de vieilles dents pourries. Bex était un accident, mais pour John il a fallu essayer pendant dix mois ; l'épouse avait commencé à désespérer ; elle pleurait tous les matins après le départ de Didier pour le lycée ; ensuite, elle est enfin tombée enceinte. John est venu au monde en murmurant, des gouttelettes blanches comme le lait s'écoulant de ses petits tétons. Du lait de sorcière.

L'épouse est libre jusqu'à la sortie de l'école, à deux heures quarante-cinq.

Que va-t-elle faire avant de récupérer Bex ?

Elle n'est pas impressionnée par la maîtresse de CP. Les devoirs se résument à une page de blancs à remplir ou à une question inintéressante à laquelle ils doivent répondre en utilisant une encyclopédie en ligne.

Elle n'a pas envie de faire les magasins et encore moins les courses – les enfants peuvent tout à fait l'accompagner pour cela.

Mais que peut-elle attendre d'un secteur scolaire rural qui n'a pas les moyens d'assurer un enseignement musical ?

Elle n'aime pas rester à la maison en se cachant de John, parce qu'elle y est coincée du matin au soir.

L'école privée la plus proche (catholique) est à une heure de chez eux et, quoique moins coûteuse que la moyenne des établissements privés, elle n'est pas à la portée de la famille Korsmo. Les parents de la jeune femme n'ont plus rien à leur donner. La mère de Didier est serveuse à mi-temps, et son père a disparu de sa vie lorsqu'il avait quatorze ans.

Elle opte pour la bibliothèque. Elle était douée pour la recherche autrefois, à l'aise dans les rayons, fouillant, empilant, parcourant, avant de faire son choix.

La pluie se calme.

L'épouse a son propre box dans la bibliothèque de droit aux fenêtres de neuf mètres de haut, pareilles à des miroirs obscurs le soir.

La nièce de Temple Percival est assise sur un tabouret bas, près du présentoir de journaux. Elle a des brindilles dans les cheveux et empeste l'oignon. Ce tabouret est son préféré.

L'épouse sourit, comme toujours.

Elle se sent coupable de la juger répugnante.

Mais la fille *est* répugnante.

Temple Percival lui a une fois tiré les cartes dans sa boutique : « La tour va tomber. »

Susan étale son journal sur l'une des tables en bois blond.

— Excusez-moi, vous avez encore besoin de la page des sports ?

Aisselles et après-rasage. Elle se retourne. Il enseigne au lycée. Quel…

— Oh ! salut, dit-il. Vous êtes la femme de Didier, c'est ça ?

— Susan. Je pense que nous nous sommes rencontrés au pique-nique d'été. Comment allez-vous ?

Il est si grand que renverser la tête pour le regarder lui fait mal à la nuque.

— *En sueur.* Désolé.

Il tire une chaise près d'elle.

— Les gamins passent des tests de niveau, donc je suis libre jusqu'à l'entraînement de foot, et j'ai eu la mauvaise idée d'aller courir.

— Vous enseignez quelle matière ?

— L'anglais. Pour mes péchés.

Il est massif, tout en lui est massif : le cou, les avant-bras, les épaules, la tête, les touffes de cheveux noirs luisants. Une fossette quand il sourit.

— Désolée, mais j'ai oublié votre…

— Bryan Zakile.

— Bien sûr ! Mon mari dit que vous êtes… euh… un professeur génial.

— Didier est une bonne pâte. Les gosses l'adorent.

— C'est ce qu'il me dit toujours, répond-elle.

Il touche le coin du journal.

— Je suppose que vous ne lisez pas la section sports ?

— Je ne suis pas vraiment fan, c'est vrai.

— Un tas de conneries frivoles, je sais. Mais ça occupe le cortex paresseux des hommes.

Elle observe Bryan Zakile, qui ne la quitte pas des yeux. D'une voix plus basse, il demande :

— Alors, de quoi êtes-vous fan ?

— Hum, répond-elle. De différentes choses.

Ils vont prendre une glace au Cone Wolf, à deux pas de là. En dégustant sa boule au chocolat, elle apprend deux ou trois choses sur Bryan.

Il a joué en division 1 de football à l'université et a été invité à passer une épreuve de sélection pour entrer dans l'équipe olympique des États-Unis, mais une blessure au genou a mis un terme à ce projet.

Il a voyagé en Amérique du Sud.

Il entame sa troisième année d'enseignement au lycée, où il a obtenu un poste parce que le proviseur est marié avec sa petite-cousine.

— Mme Fivey est votre cousine ? Comment va-t-elle… ?

— Elle parle et se déplace. Elle est encore hospitalisée mais va bientôt rentrer chez elle.

— C'est une bonne nouvelle. D'après Didier, ils ont dû la maintenir dans un coma artificiel ?

— Elle s'est cogné la tête très fort contre les marches de l'escalier. Œdème cérébral. On ne pouvait pas la réveiller avant qu'il ait désenflé.

— C'est arrivé comment ? Vous le savez ?

Bryan hausse les épaules. Il lèche sa cuillère, la jette sur le comptoir, puis croise les bras en regardant la coupe de Susan.

— C'était *substantiel.*

L'épouse est loin de se sentir rassasiée par sa minuscule bille de glace au chocolat.

— Délicieux, dit-elle en rougissant.

La pendule du magasin indique quatorze heures trente-huit.

— Je dois aller chercher ma fille.

— Quel âge ?

La première question qu'il lui pose depuis leur départ de la bibliothèque.

— Six ans. J'ai aussi un fils de trois ans.

— Ouah ! vous avez une vie bien remplie.

Elle comprend comment il la voit. Cheveux blonds noués négligemment sur la nuque. Une écharpe drapée pour cacher le ventre. Un pantalon de yoga noir. Des sabots suédois.

Au cours de l'évolution, les hommes ont-ils appris à être attirés par les femmes minces parce qu'elles n'avaient pas l'air enceintes ? Des formes voluptueuses laissaient-elles entendre que le corps se consacrait déjà à la survie du matériel génétique d'un autre mâle ?

Lorsque Bex grimpe sur le siège rehausseur, elle est à cran. L'épouse a appris à redouter ce visage particulier après l'école : les traits chiffonnés, les joues en feu.

— Shell est si stupide.

— Que s'est-il passé ?

— Je la déteste.

— Ta ceinture, s'il te plaît. Tu t'es disputée avec Shell ?

— Je ne me *dispute* pas, maman chérie. C'est contraire aux règles.

— Je veux dire, est-ce que tu as eu une discussion avec elle ?

L'épouse coupe le contact. Les voitures qui viennent chercher des enfants derrière elle n'ont qu'à la contourner.

La fillette prend une longue inspiration frémissante.

— Elle a prétendu que j'avais volé son sac de pennies, mais elle ment.

— Quel sac de pennies ?

— Elle avait rempli un sac de pièces, qu'elle n'était pas censée prendre avec elle puisque nous n'avons pas le droit d'apporter de l'argent à l'école, mais elle l'a fait quand même, elle ne le retrouvait pas et m'a accusée de l'avoir volé. Et c'est faux !

— Bien sûr que oui.

Elle est capable de l'avoir dérobé.

C'est la fille de son père.

Didier et l'épouse se moquent des donneurs de sperme de Ro, mais qu'en est-il des gènes de Didier, qui ont peut-être instillé en Bex un intérêt puéril pour les drogues et le désir de puiser dans la caisse d'une pâtisserie ?

Deux héritages contradictoires s'affrontent chez la fillette : des yeux marron bien dessinés contre des yeux gris-bleu enfoncés, une dentition régulière contre de grandes dents inégales, de solides résultats à l'examen d'entrée à l'université contre quelqu'un qui ne s'y est jamais présenté.

À l'âge de trente ans, lorsqu'elle s'est retrouvée enceinte de Bex, l'épouse a eu l'impression de glisser sous une porte de garage en train de se refermer.

Pourquoi le cap des trente ans se profilait-il comme une date butoir ?

Ils n'avaient pas planifié la naissance ; ils n'étaient pas mariés ; ils sortaient ensemble depuis sept mois. Mais l'épouse se sentait vieille. C'était le mois d'août, sa dernière année de droit allait commencer, le test de grossesse avait fait une croix sur ses études. *C'est bien ça que je veux !* – le droit n'était rien en comparaison.

— Elle a dit que j'avais volé, insiste Bex, et maintenant elle n'est plus mon amie.

— Laisse-lui un peu de temps pour se calmer.

— Et si elle ne se calme *jamais* ?

— Je pense que si, répond sa mère. Nous devons aussi parler de ton projet de recherche ! Tu as déjà choisi un sujet ?

Un petit sourire.

— Je n'en ai plus que deux.

— Ah ! tu as réduit ta liste ?

L'épouse démarre, met son clignotant. Sa gorge se noue : elle a oublié d'emprunter de nouveaux livres pour Bex à la bibliothèque.

— L'elfe des bois, ou le piment bhut jolokia, le piment le plus fort connu de l'homme.

— Ce sont de bons choix, mon ange.

— La maman de Shell a du piment bhut jolokia chez elle. Ils ont soixante-treize épices différentes dans leur placard à épices.

— Oh ! ils n'en ont pas autant.

— Si, c'est la vérité… nous les avons comptées. Combien d'épices avons-nous, maman chérie ?

— Aucune idée.

Dans le rétroviseur, une pétasse lui fait signe d'avancer.

L'épouse va prendre tout son temps.

Si elle élabore une solide argumentation, il se laissera convaincre.

*Mais alors tu devras vraiment y aller avec lui.*

Ça pourrait marcher !

C'est le but de la manœuvre.

Se sentir bien de nouveau. Très bien, même.

Ne plus sentir sa gorge se nouer quand Bex lui demande : « Est-ce que vous vous aimez, papa et toi ? »

Cesser de lire en ligne les articles sur les mécanismes de mésadaptation des enfants de foyers brisés.

Bloquer la petite musique *foyersbrisésfoyersbrisésfoyersbrisés* dans sa tête.

Arrêter de fixer les parapets.

J'ai apporté à bord un sac de *skerpikjøt,* que les marins canadiens étaient curieux de découvrir. Ils ont jugé le goût « atroce ». J'ai expliqué que si la viande d'agneau sèche pendant une saison exceptionnellement chaude ou pluvieuse, elle peut fermenter au point de se décomposer.

# La biographe

La biographe aime bien Penny au lycée, où elles partagent des snacks dans la salle des professeurs, mais elle la préfère encore le dimanche soir, lorsqu'elles regardent des séries policières Masterpiece dans sa petite maison au papier peint parsemé de roses, avec sa cheminée en pierre et ses tapis de laine, la pluie martelant les fenêtres en encorbellement.

Penny lui tend une serviette de table, une fourchette et une portion de hachis parmentier.

— Eau du robinet ou limonade ?

— Limonade. C'est l'heure, non ?

— Zut alors !

Penny se précipite vers le poste de télévision. (Elle perd sans arrêt sa télécommande.) Elle s'installe avec son assiette à côté de Roberta, glisse une serviette dans le col de son pull turquoise.

— Montre-nous ton talent, brigadier Hathaway.

Le générique commence à défiler, la musique s'amplifie sur les images des clochers rêveurs[1] d'Oxford, le faible soleil anglais teinte d'une nuance abricot la pierre des Cotswolds.

— Qui va mourir ce soir ? entonne Penny.

1. Allusion à un poème de 1865 de Matthew Arnold, *Thyrsis*.

— Tu devrais écrire des romans policiers, pas des romans de gare, répond la biographe.

— Mais je préfère le cœur qui bat. Je t'ai dit que j'allais à un congrès d'auteurs de romans d'amour ? Il y aura des agents à qui présenter un argumentaire.

— Ils demandent combien en échange de ce privilège ?

— Euh... très cher. Pourquoi s'en priveraient-ils ? On leur offre le billet d'avion depuis New York.

— Je peux lire ton argumentaire ?

— Ma chère, je le sais par cœur. *Enlèvement sur le sable noir* commence à la fin de la Première Guerre mondiale. Euphrosyne Farrell est une jeune infirmière irlandaise, si retournée par la mort de son amoureux lors de la bataille de la Somme qu'elle émigre à New York. Après s'être fiancée à un veuf d'un âge certain, elle ressent une attirance pour Renzo, le neveu du veuf, dont les yeux napolitains sont aussi irrésistibles qu'un aimant.

— Quel rapport avec le sable noir ? demande la biographe.

— Euphrosyne et Renzo font l'amour pour la première fois dans une petite baie de Long Island.

— Mais ce serait plus intéressant et... euh... peut-être moins cliché si elle se fiançait avec le neveu, pour trouver ensuite l'oncle irrésistible ?

— Seigneur Dieu, non ! Il ne s'agit pas des *Quatre Filles du docteur March*. Renzo est un étalon de Brooklyn et son caleçon est si rempli qu'il menace de craquer.

Penny est professeure d'anglais et auteure, dit-elle, de divertissements. « Ils sont rigolos », a-t-elle répliqué lorsque Roberta s'est risquée à demander pourquoi elle tenait à écrire des feuilletons mélo valorisant l'amour romantique comme si c'était le seul *telos,* l'objectif unique d'une vie de femme. Penny en a écrit neuf, qui attendent tous une couverture où des hommes au sexe gonflé débarrassent de leur corset des femmes à l'opulente poitrine. Elle compte être une écrivaine publiée le jour de son soixante-dixième anniversaire. Il lui reste trois ans pour atteindre cet objectif.

— Bien, dit-elle, voici le brigadier Hathaway. Des pommettes comme ça, j'y crois pas.

L'inspecteur Lewis et le brigadier Hathaway échangent des plaisanteries au-dessus d'un cadavre recouvert d'un drap, boivent des bières au Lamb & Flag, poursuivent un marionnettiste assassin au milieu d'une réception de l'université, laissant dans leur sillage une foule de professeurs éberlués.

Puis une énorme viande rose envahit l'écran. « Il n'est jamais trop tôt pour se faire plaisir. Commandez dès aujourd'hui votre jambon de Noël ! » Ayant perdu tous ses financements publics, parce que l'Administration actuelle refuse de subventionner les émissions de cuisine et les documentaires sur l'alpinisme en raison de « leur parti pris libéral », la chaîne PBS diffuse désormais de longs tunnels de publicité. Un spot pour le collant renforcé (« M'man, tu es super jolie ce soir… c'est tes cheveux ? – Non, ma culotte minceur ») provoque des picotements dans le nez de Roberta.

— Hé, tu pleures ! s'exclame Penny qui revient de la cuisine avec deux verres de limonade.

— Pas du tout.

Penny presse une serviette sur la joue de son amie.

— C'est ce nouveau médicament pour les ovaires vieillissants, sanglote la biographe.

— Mouche-toi, dit Penny. Prends ta serviette ; je peux la laver. Les pubs sur les enfants te font…

— Non.

Roberta s'exécute, s'essuie le nez et fourre le morceau de tissu entre ses genoux.

— Ça me fait penser à ma mère.

Elle inspire.

Qui prendrait sa fille en pitié pour tous ces efforts, cette vie sans homme.

Elle expire.

Mais sa mère, qui avait quitté la maison de son père pour le dortoir de l'université, puis le foyer conjugal, sans avoir passé seule un jour de sa vie, n'avait jamais connu les joies de la solitude.

— Qu'en dit ton thérapeute ? demande Penny.

— J'ai cessé de le voir.

— Une bonne décision, à ton avis ?

« Le mieux, c'est de les tuer sans hésiter, déclare une femme d'un air sombre à Lewis et Hathaway. Par la voie où j'excelle naturellement, le poison[1]. »

— Médée ! crie la biographe.

— Tu ferais un malheur dans un jeu télévisé ! s'exclame Penny.

Cinq heures et demie du matin, l'air froid, grenu à cause du sel. Elle n'est pas capable d'affronter sans un café le trajet en voiture jusqu'à son rendez-vous pour le test d'ovulation du neuvième jour, bien que la caféine figure dans le manuel Hawthorne de médecine de la reproduction dans la rubrique *À éviter*. Le gobelet entre les dents, elle s'engage sur la route qui monte sous d'imposants sapins baumiers et épicéas de Sitka, s'éloignant des habitations. Newville reçoit deux cent quarante-cinq centimètres de pluie par an. À l'intérieur des terres, les champs sont marécageux, impossibles à cultiver. Les routes de corniche sont dangereuses en hiver. Les tempêtes si violentes qu'elles font couler les bateaux et emportent les toits des maisons. La biographe aime ces difficultés parce qu'elles découragent les gens – c'est-à-dire ceux qui pourraient avoir envie de s'installer ici, et non les touristes qui roulent sur l'asphalte sec en été et se fichent de l'agriculture comme de l'ornithogale à longues bractées[2].

Sur la Route 22, elle voit un panneau publicitaire où figure le dessin stylisé d'une personne en jupe avec un ballon à la place du ventre, et la légende :

---

1. *Médée*, d'Euripide, deuxième épisode, vers 384-385.
2. Appelée également « femme enceinte » ou « mère réceptive ».

NON À L'IVG

NON À LA PMA

LE CANADA SOUTIENT LA LOI AMÉRICAINE !

Les services de renseignement américains ont dû récolter des détails croustillants sur le Premier ministre canadien. Sinon, pourquoi aurait-il approuvé le mur Rose ? La police des frontières peut arrêter n'importe quelle femme ou jeune fille qu'elle soupçonne « raisonnablement » de venir au Canada interrompre une grossesse. Les candidates sont renvoyées (sous escorte policière) dans leur État de résidence, où l'avocat général est habilité à les poursuivre pour tentative d'avortement. Les professionnels de santé canadiens ont par ailleurs l'interdiction de proposer une fécondation in vitro à des citoyennes américaines.

Dévoilant les termes de cet accord lors d'une conférence de presse l'an dernier, le Premier ministre canadien a déclaré : « La géographie a fait de nous des voisins. L'histoire a fait de nous des amis. L'économie a fait de nous des partenaires. Et la nécessité a fait de nous des alliés. Que personne ne vienne séparer deux peuples que la nature a ainsi réunis[f]. »

Kalbfleisch juge encourageante son échographie. Roberta a cinq follicules mesurant douze et treize millimètres, et une quantité de plus petits.

— Vous serez prête pour l'insémination juste à temps, je suppose. Le quatorzième jour. Ce qui est…

Il se cale sur son siège, attend que l'infirmière ouvre l'agenda et compte les carrés du doigt.

— … mercredi. Avons-nous au moins deux fioles disponibles sur place ?

Selon son habitude, il ne la regarde pas, même quand il lui pose une question directe.

En fait, quatre fioles sont entreposées dans le congélateur de la clinique, de minuscules flacons d'éjaculat issu des bourses d'un étudiant en deuxième année de biologie (3811) et d'un varappeur enthousiaste qui a décrit sa sœur comme une jeune femme « d'une extrême beauté » (9072). Elle possède aussi un échantillon du sperme de 5546, le coach sportif qui a confectionné un gâteau pour le personnel de la banque de sperme ; mais ses dernières fioles sont encore stockées à la banque de Los Angeles.

— Commencez les tests d'ovulation demain ou après-demain, dit Kalbfleisch. On croise les doigts.

Il se frotte les mains avec un désinfectant mousseux.

— Autre chose.

Elle s'assied sur la table, couvrant son entrejambe avec un drap d'examen en papier.

— Se pourrait-il que j'aie le syndrome des ovaires polykystiques ?

Kalbfleisch s'immobilise en plein mouvement. Il fronce ses sourcils dorés.

— Pourquoi cette question ?

— Une amie m'en a parlé. Je n'ai pas *tous* les symptômes, mais…

— Roberta, vous avez lu ça sur Internet ?

Il soupire.

— Vous pouvez diagnostiquer tout et n'importe quoi sur Internet. D'abord, la majorité des femmes qui souffrent d'OPK sont en surpoids, et ce n'est pas votre cas.

— Bon, alors vous ne…

— Mais…

Il l'observe, sans croiser son regard. Il se concentre sur sa bouche.

— Vous avez une pilosité faciale excessive. Et si on y réfléchit bien, une pilosité corporelle excessive. Ce qui est un symptôme.

*Si on y réfléchit bien ?*

— Mais… euh… en quoi cela influe-t-il sur la génétique ? Certains groupes ethniques sont naturellement plus poilus.

Mes arrière-grand-mères maternelles avaient toutes les deux une moustache.

— Je ne suis pas qualifié pour aborder ce sujet, répond le médecin. Je ne suis pas anthropologue. Je sais en revanche que l'hirsutisme est un signe d'OPK.

Ne s'agirait-il pas plutôt de biologie humaine, puisque cette matière fait partie du cursus des études de médecine, et non d'anthropologie ?

— Quand vous viendrez...

Il lance un coup d'œil à l'infirmière.

— Mercredi, annonce-t-elle.

— J'examinerai vos ovaires de plus près, et nous inclurons un dosage de testostérone dans vos analyses de sang.

— Si j'ai l'OPK, ça veut dire quoi ?

— Que vos chances de conception par voie d'insémination intra-utérine sont extrêmement minces.

Pour justifier ses retards au lycée, qui se reproduisent souvent jusqu'à deux fois par semaine, elle laisse entendre qu'elle est atteinte d'une maladie mortelle. Le proviseur Fivey est agacé – il a abordé l'éventualité d'un congé sans solde. Mais il n'a pas passé beaucoup de temps dans l'établissement depuis que sa femme a été hospitalisée.

En prenant des carnets bleus[1] tout neufs dans le placard des fournitures, la biographe demande à l'économe des nouvelles de Mme Fivey.

— La pauvre petite est dans un état très critique.

L'adjectif « critique » peut-il être précédé par un adverbe d'intensité ?

— Que s'est-il passé exactement ?

— Elle a fait une mauvaise chute dans l'escalier.

— Quel escalier ?

Elle se représente les marches de *L'Exorciste,* ses dix minutes préférées d'un voyage en famille à Washington.

---

1. Carnets vierges qu'utilisent les élèves pour leurs examens.

— Chez elle, je crois… Nous faisons circuler une carte.

Mme Fivey a toujours belle allure dans ses tenues de Noël. Un style tape-à-l'œil, certes, mais seyant. Et pourquoi tape-à-l'œil ? Sans doute seulement parce que la biographe a grandi dans une banlieue du Minnesota. Une des phrases de sa mère était : « N'enlève pas tes vêtements avant qu'il ne l'ait fait. » La confusion grammaticale avait toujours préoccupé sa fille. Cela signifiait-il qu'elle ne devait pas se déshabiller la première ? Ou bien qu'elle devait attendre que l'homme se charge de la dévêtir ?

— Voici la carte, dit l'économe. Vous voulez bien écrire quelque chose de personnel ? La plupart des gens se sont contentés de signer.

— Je ne…

— Chut, l'interrompt-il. Je vais vous indiquer ce que vous pouvez écrire : « J'espère de tout mon cœur que vous vous remettrez rapidement. » C'est si difficile ?

— Difficile ? Non. Mais le cœur n'y est pas.

Les deux bajoues de l'homme frémissent comme sous l'effet d'une brise.

— Vous ne souhaitez pas sa guérison ?

— Mentalement, oui. Mais pas de tout mon cœur.

Mentalement elle veut que Mme Fivey sorte de l'hôpital. Au fond de son cœur elle voudrait que son frère soit de nouveau vivant. Dans un lieu qui n'est ni le mental ni le cœur, ou les deux à la fois, elle veut une ligne cendrée au milieu d'un ventre arrondi ; elle veut des nausées. Les signes physiques de la maternité chez Susan ; les veines en étoile derrière les genoux, la peau flasque du ventre, les seins tombants. Autant d'outrages à la vanité portés comme des trophées de l'ultime accomplissement.

Pourquoi les veut-elle en réalité ? Parce que Susan les a ? Parce que la gérante de la librairie de Salem les a ? Parce qu'elle a toujours vaguement supposé que c'était son destin de femme ? Ou le désir jaillit-il d'un lieu imaginaire, d'une pulsation biologique qui submerge ses artères du message « Reproduis-toi » ? Dupliquer, et non améliorer. Au regard de cette pulsation ancienne, peu importe qu'elle crée un bel ouvrage pendant sa courte vie – si elle publie, par exemple, un superbe livre sur Eivør Mínervudottír, qui apporterait aux lecteurs du plaisir et des connaissances. Cette pulsation veut simplement une autre machine humaine capable, à son tour, d'en fabriquer une autre.

En féroïen, sperme : *sáđ.*

Trois donneurs entrent dans un bar.

— Qu'est-ce que je vous sers ? demande le garçon.

— Un whisky, répond le donneur 5546, bête, arrogant et excité.

Le donneur 3811, qui regarde la météo sur son téléphone, répond :

— Un instant.

Le donneur 9072, qui remarque que le serveur boit lui aussi un verre, répond :

— La même chose que vous.

Le serveur désigne 5546 et dit :

— Vous êtes un peu trop excité.

Et à 3811 :

— Vous êtes un peu trop distant.

À 9072 :

— Mais vous êtes parfait.

Fidèle à sa nature humble, 9072 rougit, ce qui renforce encore l'impression du serveur, à savoir que cet homme serait un excellent pourvoyeur de matériau génétique. Au cours de la soirée, 9072 se montre sociable et posé, à l'aise avec lui-même et les autres. Pendant ce temps, 5546 drague quatre femmes différentes avant la fermeture, et 3811 reste assis sur un tabouret, lointain et solitaire, occupé à surfer sur son téléphone.

La fille la moins sûre d'elle des quatre emmène 5546 dans son appartement, où ils ont un rapport sexuel non protégé alors qu'elle est en période d'ovulation, mais comme les spermatozoïdes sont trop faibles pour percer l'ovule, elle ne tombe pas enceinte.

Le donneur 3811 s'en va après deux bières, sans parler à aucun humain.

Le donneur 9072 engage la conversation avec la plus assurée des quatre femmes draguées par 5546. Elle est séduite par la bonne santé et la solide intelligence de 9072. Ils discutent de ses talents de varappeur et de sa jolie sœur. Il la raccompagne jusqu'à sa voiture, où elle lui déclare qu'elle a envie de coucher avec lui, mais il secoue poliment la tête.

— Je suis un donneur de sperme, explique-t-il, et mon sperme est si exceptionnel par sa vigueur que je risque de féconder chaque corps qui le reçoit, soit par un rapport direct, soit par insémination intra-utérine. Donc je ne peux pas batifoler ici et là. Si trop d'enfants sont conçus grâce à ma semence crémeuse, surtout dans la même zone géographique, certains d'entre eux pourraient se croiser et tomber amoureux. Ce qui serait mal.

Elle comprend, et ils se quittent bons amis.

Mais comment élever un enfant seule si on est incapable de résister à trente-six centilitres de café ?

Si on a la réputation de manger du beurre de cacahuètes à la petite cuillère en guise de dîner ?

Si on va souvent se coucher sans s'être brossé les dents ?

*Ab ovo.* Les jumeaux nés de l'œuf pondu par Léda, séduite par Zeus métamorphosé en cygne : l'un des poussins devint Hélène – *visage qui lança mille bateaux.* Recommencer à zéro. Sauf qu'il n'y a pas de commencement. La biographe se rappelle-t-elle avoir une première fois pensé ou décidé qu'elle voulait être la mère de quelqu'un ? Le moment initial où elle a éprouvé le désir de sentir un bulbe de lichen grandir en elle pour jaillir ensuite sous une forme humaine ? Ce désir est largement applaudi. Législateurs, tantes et publicitaires l'approuvent. Ce qui, à son avis, le rend un peu suspect.

Autrefois, les bébés se résumaient à une abstraction. C'était *peut-être que oui, mais pas tout de suite.* La biographe se moquait des discours sur l'horloge biologique, convaincue que l'obsession de tomber enceinte était une connerie dont les magazines d'art de vivre raffolaient. Les femmes préoccupées par le compte à rebours étaient aussi celles qui échangeaient des recettes de saumon et demandaient à leurs maris de nettoyer les gouttières. Elle ne leur ressemblait pas et ne serait jamais l'une d'elles.

Soudain, elle était l'une d'elles. Pas à cause des gouttières, mais de l'horloge.

La peau tachetée du narval a été comparée à la peau d'un marin noyé. Son estomac a cinq compartiments. Il peut retenir son souffle sous la glace pendant des périodes incroyablement longues. Et bien sûr, il y a beaucoup à dire sur l'incisive torsadée du mâle.

# La guérisseuse

Elle serait capable de tuer pour ne plus jamais se rendre à l'Acmé, mais la forêt, les vergers, les champs ou les clients qui troquent du poisson et des batteries contre des soins et des potions ne suffisent pas à satisfaire ses besoins. Pour certains produits de première nécessité elle doit se servir de billets verts. Les lumières du magasin lui font mal aux yeux. Et les planchers sont si durs. De plus, elle remarque – en effet, même si les professeurs de Central Coast Regional l'ont jugée stupide, elle ne l'est pas – que les gens la dévisagent au supermarché. Ils retiennent leurs enfants par la main.

Elle vient chercher du gingembre, de l'huile de sésame, des pansements, du fil, et une boîte de carrés de réglisse. En passant devant le comptoir du boucher, elle est dégoûtée par la vue des tranches découpées par une machine automatique, des pains de viande. Les graisses de la chair de porc, de vache et d'agneau scintillent dans l'air. Elle a une longue marche sous la pluie devant elle, et la nuit approche. Elle accélère le pas en direction de l'allée des sucreries, où sa réglisse…

— Je sais ce que tu as fait…

Un ricanement sourd, presque inaudible.

La guérisseuse continue d'avancer.

Plus fort :

— Dolores Fivey a failli *mourir.*

Elle ne s'arrête pas, fixant le bout de l'allée, où elle tournera à droite.

Plus fort encore :

— Elle était en RÉA ! Tu te sens concernée ? Est-ce que tu te sens seulement *concernée* ?

La voix monte vers les tubes fluorescents, mais la jeune femme ne regarde pas, elle ne leur fera pas ce plaisir.

— Vous avez trouvé tout ce qu'il vous fallait aujourd'hui ? demande la caissière.

La guérisseuse hoche la tête, les yeux baissés.

— Super collier, à propos.

Elle porte toujours ses lanternes d'Aristote pour aller en ville.

Lola n'avait pas failli mourir. Gin l'aurait lu dans le journal à la bibliothèque.

« Ignore-les, dit Temple depuis le congélateur, les gens croient n'importe quel bobard. »

La guérisseuse a la cape trempée quand elle parvient à la cabane. Les chaussettes de laine font un bruit de succion dans ses sandales. Dans l'enclos des chèvres, elle verse les céréales, sentant le museau de ses beautés se frotter contre elle, et elle annonce à Temple : « Je les déteste tous. » Elle passe la main sur le couvercle du congélateur, guettant un son, bien qu'elle sache que Temple ne reviendra pas.

Salem, Massachusetts, 1692 : on fabriquait des « gâteaux de sorcière » avec de la farine de seigle et l'urine de filles qui, disait-on, avaient été frappées par un sort. Cette pâtisserie odorante était présentée à un chien. Lorsque l'animal la mangeait, la sorcière souffrait – d'après la sagesse populaire – et ses hurlements de douleur l'accusaient.

« Comment obtenaient-ils cette urine ? demandait la fillette à sa tante.

— On s'en moque, répliquait Temple. Ce qui compte, c'est que les gens avalent n'importe quel bobard. Ne l'oublie jamais, d'accord ? N'importe. Quel. Bobard. »

Sa tante lui manque chaque jour.

Ce n'est pas vrai qu'elle les déteste tous, mais ça lui fait du bien de le dire.

Elle ne déteste pas la fille qu'elle guette.

Elle ne déteste pas Lola. Les compliments de celle-ci lui manquent… « Tu as les yeux les plus calmes que j'aie jamais vus. » Les sachets de sucre et les salières que Lola volait pour elle dans les restaurants. Le doigt de Lola dans sa fente lui manque. Les tétons charnus de Lola dans sa bouche.

Ni visites ni petits mots depuis plus d'un mois. La guérisseuse a envisagé de retourner dans la grande maison en grès quand le mari est au travail, pour lui apporter un brin de lis des bois. Mais Lola pourrait cette fois encore l'interpréter de travers.

Elle était venue à la cabane pour soigner une brûlure. La guérisseuse savait qu'elle avait menti sur la cause de cette brûlure.

Elle ajoute du bois dans le poêle. Elle mange la tige blanche glacée d'un monotrope uniflore. Elle se débarrasse de ses vêtements mouillés et reste nue devant le feu pour se sécher.

Qui étaient ces gens qui criaient à l'Acmé ? Qu'est-ce que Lola a bien pu raconter ?

La dernière fois, Lola portait une robe verte sans manches. La cicatrice était en bonne voie, moins boursouflée, mais la trace persisterait toute sa vie sur l'avant-bras. La guérisseuse fit pénétrer dans la peau abîmée de l'huile de fleur de sureau dans laquelle avaient macéré du citron, de la lavande et du fenugrec.

« Ça fait tellement de bien, dit Lola.

— Bon », répondit la guérisseuse, s'essuyant les mains sur un vieux gant de toilette.

Elle rangea le flacon et le gant dans son sac à dos.

« Au revoir.

— Mais tu viens juste d'arriver ! »

Gin fixa en clignant des paupières le canapé fleuri, le sac de clubs de golf, les photos de famille accrochées dans la montée d'escalier. Sous les semelles en liège de ses sandales elle sentait le grouillement des larves d'attagènes dans la moquette.

« Il ne rentre pas avant cinq heures. Nous pourrions... »

Lola fronça ses fins sourcils épilés d'un air cajoleur.

« Ça fait deux semaines que je ne t'ai pas vue, ajouta-t-elle en se rapprochant. Tu m'as manqué. J'ai cette amie à Santa Fe... »

Elle poussa l'orteil de Gin avec sa botte noire étincelante.

« ... qui vend des petites statues de Kokopelli en *piñon*[1]. Nous pourrions y aller quelque temps. Il ne découvrirait jamais...

— Je ne peux pas laisser mes bêtes. »

Lola caressa maladroitement les biceps de la guérisseuse.

« Et si je m'installais chez toi, alors ? »

La gorge de Gin s'embrasa d'un coup.

« C'est impossible.

— Pourquoi ? »

Lola recula, plissant le front.

« Je croyais que tu m'aimais bien, Gin. »

Les humains en veulent toujours plus.

« C'est le cas, dit la guérisseuse.

— Mais... »

---

1. Kokopelli : divinité amérindienne ; *piñon* : espèce de pin parfumé.

Un sourire paniqué.

« Attends, est-ce que tu es… ?

— C'est seulement… », commença Gin.

Les fleurs du diable dansaient sur le canapé, l'image se brouilla.

« Quoi ? *Quoi* ? »

Mais certains sentiments ne se rattachent pas à des mots.

« C'est… ce n'est pas… Je ne… »

La langue de la guérisseuse glissait tel un orteil huileux.

« Tu ne peux pas parler ? Tu n'es même pas capable de prononcer une phrase ? »

Lola passait les mains sur ses cuisses, serrant la jupe verte dans ses poings, puis lissant l'étoffe, avant de l'agripper de nouveau.

« Tu sais que tout le monde te croit folle, n'est-ce pas ?

— Je ne suis pas folle.

— Tu es cinglée », siffla Lola.

La guérisseuse prit l'huile de cicatrisation dans son sac et la posa sur la table basse.

« Tu peux garder tout le flacon. Cadeau.

— Fous le camp de chez moi », jeta Lola.

Elle ne pouvait pas comprendre – et Gin n'était pas douée pour l'éclairer dans ce domaine – à quel point son amie aimait être seule. À l'écart des humains.

Le phare baigné par la mer, construit avec :
du granit d'Aberdeen
du peuplier tolérant au sel
de la chaux hydraulique

Cloches et marteau de forgeron = signal de brume

## La fille

Pourvu qu'il soit souillé de sang. D'un flot de glaires noires, rouges striées de noir.

Elle baisse son slip.

Blanc comme neige.

— Où est cette maudite rallonge de table ? crie son père qui tape du pied au rez-de-chaussée.

Les cousins de Salem arrivent dans une heure pour le dîner.

Elle attrape la boîte de protections périodiques sous le lavabo et en extrait l'objet dissimulé sous les tampons normaux et Super Plus.

— Tais-toi, dit-elle au bébé blond radieux sur l'emballage.

Les cuisses plaquées sur le siège des toilettes, elle déchire l'étui en plastique du test de grossesse.

*Il existe ici-bas un foyer aimant prêt à accueillir chaque bébé qui vient au monde.*

Elle ne pleure pas, contrôle sa respiration, elle n'envoie pas à Ash la photo du signe + qui flamboie sur le bâtonnet. Elle enveloppe la boîte du test et son contenu dans un sachet de papier brun, qu'elle fourre dans une botte de pluie au fond de son placard. Elle s'habille.

La sorcière propose un traitement, s'il est encore temps. Et elle ne réclame pas d'argent. L'amie de la sœur d'Ash, qui s'est fait avorter par Gin l'an dernier, a dit que c'était efficace uniquement avant une certaine semaine de la grossesse. Gin utilise des herbes sauvages qui ne vous compromettent pas si on les trouve sur vous, parce que la police ignore ce que c'est. La fille n'a pas l'intention de se faire prendre.

Yasmine aurait pu aller au Canada pour une IVG, car le mur Rose n'existait pas encore. Ou bien elle aurait pu donner le bébé à quelqu'un.

Yasmine lui a demandé comment on se sentait quand on était adopté.

« Normal », a répondu la fille.

Ce qui était à la fois faux et vrai.

Yasmine savait que la fille s'interrogeait sur sa mère biologique.

Peut-être qu'elle :
était trop jeune ;
était trop vieille – n'avait plus l'énergie ;
avait déjà six enfants ;
savait qu'elle était sur le point de mourir d'un cancer ;
était une junkie ;
n'avait juste pas envie de gérer.

C'était une adoption fermée. La fille n'a aucun moyen de la retrouver, sauf en engageant un détective privé qu'elle ne peut pas s'offrir pour le moment.

Donc elle rêve.

À sa mère biologique qui devient célèbre après avoir développé une thérapie contre la paralysie, qui fait pour cela la couverture d'un des magazines empilés près de la caisse du supermarché où Matilda fait la queue, et dont elle reconnaît instantanément le visage.

À sa mère biologique qui *la* retrouve. La fille descend les marches du lycée, la sonnerie de trois heures de l'après-midi retentit, une femme avec des lunettes de soleil se précipite vers elle et demande : « Tu m'appartiens ? »

À sa grand-mère biologique, qui aimait peut-être faire de la pâtisserie. Elle voit les ramequins qu'elle utilisait pour la crème anglaise. Un ensemble de six pots bleus avec une bordure blanche, dont l'un était ébréché. Peut-être celui que sa mère choisissait chaque fois.

Les ramequins sont brisés au fond d'un puits dans la cour de la maison où ils sont tous morts, la grand-mère, le grand-père, les cousins et sa mère biologique, encore affaiblie par l'accouchement, submergée par le chagrin, résolue à retourner le lendemain à l'agence pour reprendre son bébé – elle avait un délai de quarante-huit heures pour changer d'avis ; cela faisait trente heures à peine ; elle irait le jour d'après ; pour l'instant elle avait juste besoin d'un peu de repos, mais d'où venait cette odeur ? C'était la fumée, à cause du feu, du chauffage défectueux, mais tout le monde était soûl et personne n'y prêtait attention, et sa mère, qui pourtant était sobre, était trop épuisée par les douleurs du travail pour les mettre en garde ; donc ils étaient morts.

Une tante, arrivée ensuite pour fouiller les décombres, avait jeté dans le puits tous les objets sans valeur. Si ce puits existait – si la fille parvenait à le retrouver –, elle y descendrait en rappel pour sauver les morceaux de ramequins, les cuillères et les couteaux, les boîtes en fer-blanc pleines de lettres d'amour, les médaillons en étain contenant des cheveux qui renfermaient sans doute l'ADN de sa mère biologique, ainsi protégé du feu et de l'humidité.

Il y a seize ans, l'avortement était légal dans tous les États.

Pourquoi avait-elle passé neuf mois à fabriquer sa fille alors qu'elle se préparait à l'abandonner ?

Les cousins de Salem jacassent dans l'entrée. En voyant sa nièce, tante Bernadette s'exclame :

— Pourquoi ces adolescents s'habillent-ils donc d'une façon aussi *inemployable* ?

Papa rit. Maman, qui ne rit pas, lui répond :

— Mattie peut porter tout ce qu'elle veut. Aux dernières nouvelles, nous sommes toujours en Amérique.

La mère et la fille disparaissent dans la cuisine.

— Tu veux bien laver les pommes de terre ?

Mattie les verse dans une passoire, et se met à les brosser sous le robinet.

— À propos…

Le ton enjoué de maman est forcé.

— … Susan Korsmo m'a téléphoné.

— Ah ? répond sa fille, frottant de plus belle.

— Franchement, c'était une conversation bizarre.

— Ah oui ?

— Elle a paru préoccupée.

— À propos de quoi ?

Merci, patates terreuses. Il faut vous brosser encore et encore.

— Eh bien, je lui ai dit que c'était ridicule, mais elle avait l'air… je ne sais pas, catégorique. C'est vrai qu'elle a tendance à l'être la plupart du temps.

Impossible, Mme K. ne pouvait pas le savoir. Impossible.

— Matilda, regarde-moi.

Mattie ferme le robinet, s'essuie les mains sur son jean.

— Alors, qu'est-ce qui la rendait si catégorique ? dit-elle.

Maman a le visage crispé, blanc comme un linge.

— Elle raconte que tu as vomi chez elle. Quand tu as gardé ses enfants la semaine dernière. Elle t'a entendue dans la salle de bains.

*Non.*

— Elle pense que tu as un trouble du comportement alimentaire.

*Oui !*

— Tu trouves ça drôle ? dit maman.

— C'est… non… parce qu'elle se trompe carrément.

— Ah oui ?

Mattie entoure le cou de sa mère avec ses bras, appuie la joue sur son épaule.

— J'ai mangé un burrito pourri au lycée et j'ai vomi. Mme K. a trop de temps libre, alors elle…

— Invente un drame là où il n'y en a aucun, chuchote sa mère.

Puis elle s'écarte et prend le menton de sa fille entre ses doigts.

— Tu es sûre, chaton ? Tu me le dirais, si tu avais un problème ?

— Je te jure que je ne suis pas anorexique.

— Dieu soit loué.

Elle a les larmes aux yeux.

Mattie a de la chance d'avoir cette mère-là, même si elle a déjà soixante ans, même si elle fait des jeux de mots du genre : « Comment faire rougir des tomates ? En jardinant tout nu. » Une jeune mère comme celle d'Éphraïm aurait pu dire : « Boulimique ? Tu as bien retenu mes conseils. »

Pour des raisons qu'elle ne peut s'expliquer, elle ne rêve jamais à son père biologique.

Elle se sert une énorme cuillerée de purée supplémentaire. Elle désigne l'assiette avec un clin d'œil à sa mère, écœurée par le large sourire qu'elle voit se dessiner sur son visage. Elle respire par la bouche quand on lui passe le bol de choux de Bruxelles cuits, dont l'odeur ressemble à s'y méprendre à un pet humain.

Les cousins de Salem jacassent comme des pies et débitent des stupidités. « Eh bien, à quoi s'attendent les clandestins, à ce qu'on leur déroule le tapis rouge ? » Bla-bla-bla. « Ensuite ils refusent d'apprendre l'anglais… » Bla-bla-bla. « Et pourquoi je devrais apprendre l'espagnol pendant trois ans ? »

Bla-bla-bla. Les envahisseurs sont tous des copies conformes, robustes et, d'une génération à l'autre, imbus d'eux-mêmes. Alors que Mattie est grande, et papa, petit. Mattie est pâle, et maman a le teint cireux.

Cette grappe de cellules serait devenue grande, mais peut-être pas pâle. Éphraïm devient très brun en été.

De la sauce a séché sur la manche de Mattie. Elle déteste cette chemise de toute manière. Peut-être qu'elle la donnera à tante Bernadette, qui la déteste encore plus.

Papa et maman ne doivent jamais savoir.

*Et si ta mère biologique avait décidé de mettre un terme à sa grossesse ?*

— Matilda, c'est à toi.

— Je passe, dit la fille.

*Songe à toutes les heureuses familles adoptives qui n'existeraient pas !*

Jamais, jamais savoir.

— Hé, toi !

— Ne gâche pas la soirée.

— Aucune plaisanterie ne me vient à l'esprit, réplique-t-elle.

— Très drôle !

— Pourquoi ces gosses font-ils semblant d'être aussi malheureux ?

Yasmine avait dit qu'elle mourrait plutôt que d'en parler à ses parents.

fend le ciel (la foudre)

les moutons gémissent (cela ressemble au chant des narvals)

une odeur s'amplifie

saisi par la mer, pris par les glaces

causant du regret là où il n'existait pas auparavant

## L'épouse

Didier fredonne *You Are My Sunshine* et dégraisse les blancs de poulet crus. Il a été cuisinier pendant des années, il méprise les recettes, il a le talent d'un grand chef. Un emploi convenable dans un restaurant rapporterait plus qu'un poste de professeur à Central Coast Regional, mais il a renoncé à la restauration pour ne pas être privé de l'enfance de John et de Bex. Susan imagine un programme de soirées vides, déprimantes, Didier toujours au travail, les petits au lit, et elle toute seule, qui n'a de comptes à rendre à personne.

— … le papier alu ?

— Quoi ?

— Le papier alu, femme !

Didier traverse la pièce pour s'en emparer. Il est d'humeur enjouée ; c'est l'homme le plus heureux du monde quand il est à ses fourneaux, un torchon jeté sur l'épaule. Le plus heureux, pourtant il cuisine rarement.

— Quoi d'autre ? demande-t-elle.

— J'ai tout ce qu'il me faut. Va te reposer.

— Vraiment ? Parfait.

Elle frotte une tache ancienne de yaourt sur la table de cuisson.

— Tu veux que je fasse une salade ?

— Assieds-toi plutôt.

Elle le regarde hacher les olives, les rassemblant d'une main et abaissant sa lame de l'autre, le geste sûr, rapide. Les yeux fixés sur sa besogne. Les épaules droites. Heureux et sûr de lui, pourtant c'est elle qui a la charge de la plupart des repas, puisqu'elle a « du temps ».

— À propos, pourquoi Mattie est-elle encore là ?

— Elle s'occupe de leur coucher.

Didier délaisse son couteau et la dévisage.

— Nous payons douze dollars de l'heure pour faire garder nos enfants à la maison quand nous y sommes ?

— Euh… j'avais envie, pour une fois, d'un dîner en tête à tête. Sans les avoir sur les bras.

— Je pense juste que c'est du luxe, alors qu'une entreprise de nettoyage…

— Tu veux dire que ne pas avoir de loyer à payer, c'est du luxe ?

Avec son couteau, il fait glisser les olives de la planche à découper dans un bol, et lève sa bouteille de bière.

— Tu vas me jeter ça à la figure pendant six années encore ?

— Et l'énorme économie que ça nous rapporte, ça compte pour du beurre ?

— C'est comme si tu me disais : « Tu peux être reconnaissant de vivre au purgatoire, parce que c'est moins cher que… »

— Newville n'a rien d'un purgatoire, réplique la femme.

Le yaourt résiste ; elle se lèche le doigt et frotte encore.

— J'ai vu cette chose sur la route. Un petit animal brûlé. J'ai pensé qu'un gamin y avait mis le feu. Il essayait d'atteindre l'autre côté.

— Tu veux parler de l'au-delà ?

— Non, de la route. Il était à deux doigts de la mort, mais il bougeait encore – ce qui paraissait… euh… si courageux ? – et je voulais l'aider, mais c'était déjà fini.

Son mari dispose les blancs de poulet sur une plaque garnie de papier d'aluminium.

— Je n'ai jamais compris cette expression : « à deux doigts de la mort ». Comme si un danger rôdait à deux doigts de sa vie sans vraiment l'atteindre.

— Ce petit animal. C'est bizarre. Je ne peux pas arrêter d'y penser.

— Où est le sel ?

— Je pense que c'était un opossum. On aurait dit qu'il n'acceptait pas la mort… ou ne se rendait même pas compte qu'elle était proche. Il continuait d'avancer.

— Te voilà, coquin de sel.

Il saupoudre le poulet, glisse le plat dans le four.

— Tu sais ce qui foire chez les donneurs de sperme de Ro ?

Susan ferme les yeux.

— Quoi donc ?

— Il se peut qu'ils ne racontent que des mensonges dans le formulaire. Les quatre grands-parents sont morts d'une cirrhose, mais le type prétend qu'ils sont vivants et en bonne santé… Personne ne vérifie. Je suis surpris qu'une personne aussi névrosée que Ro ne s'en inquiète pas.

— Elle n'est pas névrosée.

Mais cela lui plaît de l'entendre le dire.

— Tu ne travailles pas avec elle.

Il règle le minuteur.

— Elle est à fond dans le déni. Elle ne se rend pas compte que ça va être un vrai cauchemar. Toute seule ? C'est un cauchemar même à deux.

— Didier, je veux voir un psy.

Il s'essuie énergiquement les mains avec un torchon.

— Eh bien, vas-y.

— Pour une thérapie de couple.

— Je te l'ai déjà dit, répond-il en attrapant sa bière, ce n'est pas mon truc. Désolé.

— Qu'est-ce que tu entends par là ?

— Que si on me reproche des choses dont je ne suis pas responsable, je réagis mal.

Ah non ! il ne va pas remettre son père sur le tapis.

— J'ai trouvé à Salem, reprend-elle, quelqu'un qu'on m'a chaudement recommandé, et qui donne des rendez-vous en fin d'après-midi…

— Tu n'as pas entendu ce que j'ai dit, Susan ?

— C'est juste parce qu'il y a trente ans tu as consulté un thérapeute incompétent à Montréal ? Quelle *formidable* raison de ne pas tenter de sauver…

Elle s'interrompt. Elle se lèche encore le doigt, gratte la tache de yaourt sur la cuisinière.

— Comment ? Sauver quoi ?

— S'il te plaît, tu ne peux pas juste y penser ? Juste une séance ?

— Pourquoi les gens sont-ils obsédés par la thérapie aux États-Unis ? Il existe d'autres moyens de résoudre les problèmes.

— Par exemple ?

— Engager une entreprise de nettoyage.

— Ah bon ! *d'accord.*

— Puisque manifestement tu ne veux pas t'en charger toi-même. Ce que…

Il lève la paume en hochant la tête.

— … je conçois. Je n'ai pas envie moi non plus de faire le ménage, spécialement après toute une journée de travail.

— Je préférerais de loin être au travail toute la journée, réplique-t-elle, se demandant, à l'instant où ces mots résonnent dans l'air, si c'est la vérité.

— Alors trouve-toi un boulot. Personne ne t'en empêche. Ou bien retourne en fac de droit.

— J'aimerais bien que ce soit aussi facile.

— C'est simple comme bonjour, à mon avis.

Avec un morceau d'essuie-tout, il ramasse des bribes de poulet rose translucide sur la planche à découper.

— Honnêtement, Susan ? La situation n'est pas si grave. Je veux dire, bon, certaines choses pourraient s'arranger. Mais je ne vais pas faire plus de cent kilomètres en voiture pour raconter que j'aurais dû t'offrir de plus beaux cadeaux pour ton anniversaire.

*Des cadeaux tout court.*

— Et les enfants ? insiste-t-elle. Ils sentent les choses… Bex demande…

— Les enfants vont très bien.

Elle prend une profonde inspiration.

— Tu veux dire que, si notre relation s'améliorait, ça ne leur rendrait pas la vie plus agréable ?

— C'est intéressant d'apprendre que tu te fiches de ce qui pourrait m'être agréable *à moi.* Ce connard a embobiné ma mère, et elle n'a jamais cessé de tout me mettre sur le dos. Alors que je n'étais qu'un enfant.

— Je sais que ce n'était pas ta faute s'il est parti, mais…

— Le thérapeute ne se souciait même pas de savoir pourquoi je l'avais frappé. Il a déclaré que c'était hors sujet. Tu m'en diras tant, mec.

— Tu as cassé le nez de ton père.

— Eh bien, ce qu'il m'a fait était bien pire. C'est ce que je tiens à préciser. Le but de la thérapie est de te donner l'impression d'être un con fini au nom de l'introspection. J'irais payer deux cents dollars pour me sentir comme une merde ?

— Madame Korsmo ?

Une petite voix dans le couloir.

— Oui ?

— Désolée de vous déranger, dit Mattie, mais John a griffé le bras de Bex, et elle est très perturbée.

— Est-ce que sa peau est éraflée ? crie Susan.

— Non, mais…

— Dans ce cas vous êtes capable de la calmer, non ?

Mattie apparaît sur le seuil, assez nerveuse.

— Bex dit qu'elle a besoin de vous.

— Eh bien, c'est faux. Répondez-lui que je monterai la voir plus tard.

— J'y vais, intervient Didier. Sors le poulet quand le minuteur sonnera.

— Mais nous n'en avons pas terminé, proteste Susan.

Il suit Mattie en direction de l'escalier.

L'épouse place la planche à découper souillée de jus de poulet dans le lave-vaisselle. Elle ramasse les olives sur le plan de travail. Fait glisser le sel éparpillé dans le creux de sa paume.

Elle se lave les mains.

Arrête le minuteur, mais n'éteint pas le four.

Allume un brûleur de la plaque de cuisson et le règle au maximum.

Enfile une manique, plonge la main dans le four pour attraper un blanc de poulet, qu'elle lâche sur la haute flamme du brûleur. Il s'embrase, crachote et grésille, le morceau entier bleui par la chaleur du feu.

Il noircit, crépite.

Carbonisé, caoutchouteux.

Petit animal, calciné.

La main de sa mère, posée sur la sienne qui tient le couteau.

La tête de l'agneau tombe.

En goûtant une nouvelle fournée de *skerpikjøt,* sa mère se vanta de pouvoir reconnaître le versant de colline où l'agneau avait brouté. Personne ne la crut, mais avec une mère pareille il était plus sage d'applaudir la sensibilité de son palais.

Deux jours à peine avant les noces, cette mère informa l'exploratrice qu'elle devait épouser un veuf de cinquante-deux ans, pêcheur de saumons de son état, sur lequel elle n'avait jamais posé les yeux. Eivør avait dix-neuf ans, un âge avancé pour une fille non mariée.

# La biographe

Le restaurant Good Ship Chinese est plein de professeurs, car un mandat fédéral a doublé le nombre de tests de niveau dans les écoles publiques. Seule une moitié du personnel enseignant est requise pour surveiller les examens de cet après-midi.

La serveuse blond décoloré remplit d'eau leurs verres et dit :

— Je vous accorde une minute.

Un grain de beauté poilu s'accroche à sa joue.

Didier détache une miette du col de la biographe.

— Tu as mangé des flocons d'avoine au petit déjeuner.

Elle repousse sa main. Il lui donne un coup de pied sous la table. Devant Susan, elle ne le touche pas. Elle ne veut pas qu'elle pense : « Est-ce qu'elle veut me prendre mon mari ? » Parce que c'est faux, et si c'était le cas, raison de plus pour ne pas éveiller les soupçons. Susan avait une fois raconté à Roberta que la professeure de musique avait tortillé son petit cul pour draguer Didier au pique-nique d'été, et Bex, qui dessinait à la table de la cuisine, avait demandé : « Est-ce qu'elle a remis son petit cul droit, après ? » Sa mère s'était alors exclamée : « J'aimerais qu'une fois dans ta vie on te voie sans t'entendre ! » La biographe avait été enchantée d'apprendre que Susan était capable d'être un parent désagréable.

— Où en est ta saga de la dame aventurière ? s'enquiert Pete.

— Presque terminée.

— Je n'en doute pas.

Il s'évente d'une main vigoureuse.

— Chacun de nous a besoin d'un bon passe-temps.

— Ce n'est pas un passe-temps, réplique Roberta.

— Le poil qui pousse dans ce nævus doit mesurer plus de cinq centimètres, observe Didier.

— Bien sûr que si, souligne Pete. Tu t'y consacres le week-end ou pendant les vacances. Le fait de l'écrire ne te procure ni bénéfice ni avantage, mais te distrait.

— On commande ? Je peux héler le taxi poilu.

— Donc si une activité ne rapporte pas d'argent, rétorque la biographe, elle est reléguée automatiquement dans la case des passe-temps ?

La serveuse revient. Un instant, le poil qui jaillit de son grain de beauté, très long et très noir, les fascine tous. Roberta, qui décolore sa moustache toutes les deux ou trois semaines, est envahie par un élan de solidarité. Comme Pete, elle commande une assiette Golden Lily, et Didier choisit la Consolation de l'Empereur.

Il se penche en avant pour dire tout bas :

— Pourquoi est-ce qu'elle ne l'arrache pas d'un bon coup ?

Un ovule tente de s'échapper de sa poche pour pénétrer dans la chaleur humide de la trompe de Fallope. Aujourd'hui le test d'ovulation n'a affiché aucun smiley ; elle recommencera demain. Dès que le résultat sera positif, elle retournera chez Kalbfleisch pour l'insémination.

— Tu me sers encore du thé, Roanoke[1] ?

Elle pousse la théière dans sa direction.

— Je t'ai demandé de me *servir,* femme ! À propos, tu peux me ramener chez moi ? J'ai laissé la voiture à Susan.

— Tu comptais rentrer comment si j'avais dit non ?

1. Roanoke est une ville de Virginie.

Didier rit. *Beau-laid**.

— Je savais que tu accepterais.

Bryan Zakile s'approche de leur table d'un pas nonchalant et claironne :

— Ces trois-là préparent un mauvais coup ! Vous voulez savoir ce que me prédit mon biscuit chinois ? « Vous serez reconnu pour vos prouesses. »

— Au lit, ajoute Didier.

— Ce n'est pas moi qui l'a dit.

— Qui l'*ai* dit, marmonne la biographe.

Bryan tressaille.

— Merci, grammaire SS.

Elle tourne sa fourchette dans son plat.

— Ce n'est pas moi qui enseigne l'anglais.

— Lui non plus il n'est pas vraiment prof d'anglais, répond Didier. Sa matière, c'est le ballon rond.

— Si seulement ce genou avait tenu bon, dit Pete, nous serions en train de regarder Bryan à la télé. Tu jouerais pour qui ? Le Barça ? Manchester United ?

— Très drôle, Peter, sache que j'ai joué trois ans pour la division de l'université du Maryland.

— *Très* impressionnant.

Roberta sourit à Pete. Surpris, il lui rend son sourire.

Parfois il lui rappelle son frère.

Elle ne peut pas utiliser le test d'ovulation Predictor au réveil, parce que la première urine du matin n'est pas optimale pour détecter l'hormone lutéinisante qui annonce la libération de l'ovule. Elle doit attendre quatre heures pour laisser suffisamment d'urine s'accumuler dans la vessie, et pendant ces quatre heures elle ne peut pas boire trop de liquides, de peur de diluer l'urine et de fausser les résultats. Au lieu de boire un café, elle fait griller une gaufre congelée et la grignote sans beurre à la table de la cuisine. Elle regarde la photographie de la librairie. Le rayonnage où son livre sera exposé.

Entre le premier et le deuxième cours, dans une cabine des toilettes des professeurs, la biographe insère une languette intacte dans le support en plastique de la trousse d'ovulation Predictor et s'accroupit sur le siège. Les instructions précisent qu'on n'a pas besoin d'absorber tout le flux d'urine, cinq secondes sont suffisantes, une bonne chose parce que le premier jet gicle hors de portée du bâtonnet. Elle continue de tourner le bâtonnet sous elle pour le trouver. Compter jusqu'à cinq. Poser le bâtonnet sur du papier toilette, sur le réceptacle du tampon en métal, orienté de manière à permettre à l'urine récoltée de se frayer un chemin à travers le bâtonnet et de pénétrer dans le mécanisme qui contrôle son dosage d'hormone lutéinisante. Ce qui prend une minute ou plus.

Elle essuie ses mains mouillées ; remonte son jean, se rassied sur les toilettes. Pendant cette minute ou plus encore, alors que le symbole de l'horloge clignote sur l'écran d'affichage – où apparaîtra un cercle vide ou un cercle avec un smiley –, la biographe chante la comptine de la fertilité. *Je suis peut-être seule et vieille, mais bordel je peux encore ovuler !*

Elle vérifie : l'image clignote toujours…

Une femme maigre et laide. Une vieille desséchée. Une vieille femme cruelle et moche. Un genre de sorcière. Un stéréotype de conte de fées. Une femme de plus de quarante ans. *Caronia* (charogne) en latin, *charoigne* en moyen français, et *croonje* (vieille bique) en moyen néerlandais.

… clignote…

Derrière le mur des toilettes résonnent les hurlements de filles dont les ovaires sont jeunes et croustillants, remplis d'ovocytes.

… clignote…

Quel est le nombre exact d'ovocytes humains dans ce bâtiment à ce moment précis ?

… clignote…

Parmi les ovocytes humains présents dans ce bâtiment à cette minute, combien, devenus ovules, seront pénétrés par un spermatozoïde qui fusionnera avec eux pour produire un autre humain ?

Elle vérifie : un smiley !

Une joie soudaine s'épanouit en elle.

*J'ai peut-être quarante-deux ans, mais bordel je peux encore ovuler.*

« Allô, oui, je vous appelle parce que j'ai aujourd'hui ma montée de LH… Bien, entendu… » Rester en ligne, rester en ligne. « Oui, bonjour, c'est Roberta Stephens… Oui, c'est ça… J'ai eu ma montée aujourd'hui… Oui… Et j'utilise du sperme de donneur, donc je voulais… OK, bien sûr. » Rester en ligne, rester en ligne… Une sonnerie stridente retentit ; puis la seconde sonnerie ; elle est en retard pour son cours. « OK… Oui, j'ai plus d'un donneur en stock, mais je voudrais que vous utilisiez le numéro 9072. »

Le sperme du donneur est congelé peu après avoir été recueilli, et décongelé juste avant l'insémination. Entre-temps, des millions de spermatozoïdes sont immobilisés, en suspension, leur matériau génétique au repos. Demain matin, avant son arrivée, le personnel de la clinique décongèlera la fiole du 9072 (le varappeur dont la sœur est si belle), il fera tourner son contenu dans une centrifugeuse pour séparer les spermatozoïdes du liquide séminal, et laver les nageurs afin d'éliminer les prostaglandines et les débris.

« À demain matin sept heures ! » dit-elle à l'infirmière, si excitée que sa gorge est douloureuse.

Demain matin à sept heures. À sept heures, demain. Demain, à Salem, dans la petite rue arborée d'un quartier chic, entre les mains d'un ancien ailier de l'équipe de football américain, la biographe sera inséminée.

S'il t'est possible de venir à moi, petit, viens, je t'en prie.

Si ce n'est pas possible, alors ne viens pas, mais ne me brise pas le cœur.

Elle dort à peine. Elle tient un pot d'une sorte de crème pour le visage qui contient des opiacés, s'apprête à la faire chauffer pour se l'injecter, cherche du coton dans la salle de bains de sa mère. Elle a besoin de cacher le matériel pour que sa mère ne le voie pas. Mais elle est aussi sa mère, et c'est Archie qui tient le pot.

« Où sont passées les boules de coton ? demande-t-il.

— Il n'y en a plus. Prends un filtre.

— Mais je n'ai plus de cigarettes ! s'exclame Archie.

— J'en ai peut-être une », dit la biographe.

Elle ouvre les yeux avant que le réveil sonne. Un verre d'eau, le vieil anorak vert de son frère, la clé de l'antivol de sa mère au bout d'une chaîne qu'elle porte autour du cou. Elle est athée, mais n'exclut pas les fantômes utiles.

« Archie est un charmeur, disait leur mère. Toi, tu es une sage. »

Elle quitte son immeuble dans l'obscurité saumâtre, le grondement des vagues déferlantes, la voiture glacée. Aucun autre véhicule sur la corniche. Ses phares balaient la paroi rocheuse, les cimes des sapins, l'océan noir pailleté d'argent, cette route et cette eau que le bébé verra un jour.

Sept heures douze : elle s'enregistre à la réception. S'installe parmi les femmes silencieuses qui croisent les doigts.

Sept heures cinquante-huit : l'infirmière Jolly la conduit dans une salle d'examen, où elle enlève le bas et grimpe sous le drap en papier. Son cœur bat deux fois plus vite. Un pouls accéléré affecte-t-il la fécondation ? Hier soir elle a rêvé qu'elle était Archie et voulait se piquer dans la poitrine du côté gauche, car, lui avait-on dit, un « direct au cœur » procurait un plaisir immense.

Huit heures quarante-neuf : Kalbfleisch se tient près des jambes écartées de la biographe, qui a les pieds calés dans les étriers, et il lui montre une fiole.

— C'est le bon donneur ?

Elle plisse les yeux. C'est le numéro 9072 de la banque cryogénique Athéna. Oui.

— La concentration de ce flacon est très bonne, dit-il. Treize millions trois cent mille spermatozoïdes mobiles.

— Rappelez-moi quelle est la moyenne ?

— Nous souhaitons qu'il y en ait au moins cinq millions.

Il introduit un spéculum dans le vagin de la biographe. Ce n'est pas vraiment douloureux – plutôt une sensation de forte pression –, puis il ouvre le col, et la pression se transforme en serrement de dents. Il guide un cathéter en plastique dans le spéculum, et à l'intérieur de l'utérus de la biographe. L'infirmière tend à Kalbfleisch la seringue de sperme lavé, deux centimètres et demi de liquide jaune pâle. Il l'injecte dans le cathéter, déposant la semence au fond de l'utérus, près des trompes dc Fallope.

Tout le processus prend moins d'une minute.

Il retire ses gants avec un claquement sec, dit « Bonne chance » et s'en va.

— Reposez-vous un peu, mon petit, propose l'infirmière Jolly. Vous voulez de l'eau ?

— Non merci, mais c'est très gentil.

Inspirer.

Elle a tellement, tellement peur.

Expirer.

Soit cette opération va réussir, soit elle va devoir engager une mère porteuse dans les deux mois qui viennent. Après le 15 janvier, lorsque la loi « Chaque enfant a besoin d'un père et d'une mère » (UPUM) entrera en vigueur, aucun enfant adopté n'aura à souffrir du manque de temps d'une femme célibataire, de sa faible opinion d'elle-même, de son pouvoir d'achat insuffisant. Chaque enfant adopté récoltera les avantages que procure un foyer avec deux parents. S'il y a moins de mères célibataires, disent les membres du Congrès, le nombre de criminels, toxicomanes et bénéficiaires de l'aide sociale diminuera. Il y aura moins de cultivateurs de grenades. Moins d'animateurs de talk-shows. Moins d'inventeurs de nouveaux traitements. Moins de présidents des États-Unis.

Inspirer.

*Tiens bon, Stephens.*

Expirer.

Elle est allongée, parfaitement immobile.

Au lycée elle courait pendant des heures chaque jour de la saison d'entraînement – elle était musclée à cette époque, elle avait de l'endurance. Elle avait couru les deux cents mètres et les huit cents mètres sur piste, et si elle n'était pas une star elle avait un bon niveau, elle avait même gagné quelques courses en terminale. Archie, alors élève en seconde, se pressait contre la clôture à mailles et l'encourageait. Ses parents, assis sur les gradins, l'applaudissaient. Sa mère préparait des dîners de fête avec les plats préférés de la biographe : œufs brouillés aux piments verts, tarte au beurre de cacahuètes. Roberta aimait tant la table dressée, les lampes, les grillons des soirs de printemps, maman avant sa maladie, Archie avec son tee-shirt à tête de mort, se balançant, une cuillerée de tarte en équilibre sur la tête. Dans le rayonnement de l'attention qu'ils lui portaient elle était fière et lasse, telle une guerrière dont chaque flèche a atteint le talon qu'elle visait.

Si c'est possible, viens, je t'en prie, et je t'appellerai Archie.

Dans la voiture, elle ouvre le sac de morceaux d'ananas, dont la broméline est censée encourager un ovule fécondé à s'implanter dans la paroi utérine. Il faut attendre cinq jours pour que l'œuf soit prêt à s'implanter, mais grignoter de l'ananas réconforte la biographe. La douceur du fruit est puissante et bénéfique face à la terreur gluante, amère.

Cinq jours. Deux mois. Quarante-deux ans. Elle hait le calendrier.

Pourvu que ça marche cette fois-ci.

Elle ne bouge pas le bassin un seul instant pendant le trajet en voiture jusqu'à Newville. Elle lève avec précaution ses orteils des pédales du frein ou de l'accélérateur, sans contracter les muscles de la cuisse. « Voyons ! s'est exclamé Kalbfleisch après la première insémination, vous pouvez aller en salle de sport aujourd'hui si vous en avez envie », soulignant ainsi qu'aucune activité physique, après quelques minutes d'immobilité sur la table d'examen, n'aurait la moindre incidence sur la suite des événements ; néanmoins, la biographe va rester aussi tranquille que possible.

Il faut que ça marche cette fois-ci.

Elle se tiendra assise à son bureau pendant les cours, veillant à ne pas bouger un seul muscle, soucieuse d'éviter tout mouvement intempestif du bassin ; les ovules flotteront alors en toute liberté dans les fluides des trompes, sans croiser le moindre obstacle ; et un ovule touché par le sperme accueillera un unique spermatozoïde envahisseur, prêt à fusionner et à sc fragmenter. À partir d'une cellule, deux cellules. À partir de deux cellules, quatre. À partir de quatre, huit. Un embryon de huit cellules a une chance.

J'ai passé dix-huit mois dans la maison de mon mari avant qu'une tempête ne fasse couler son bateau, et lui avec.

En dix-huit mois je n'avais pas conçu d'enfant, et ma mère en ressentit de la honte.

Le matin rouge où je partis pour Aberdeen, elle dit : « Allez, débarrassons-nous de cette *fisa*[1] défectueuse. »

1. « Chatte », en féroïen.

# La fille

Ses parents ne sont pas religieux. Leurs raisons, disent-ils, sont pragmatiques. Tant de gens *veulent* adopter. Pourquoi seraient-ils privés de bébés à nourrir, chérir, inonder d'amour, juste parce que d'autres femmes n'ont pas envie d'être enceintes pendant quelques mois ? Lorsque l'amendement sur l'identité de la personne est passé, son père a dit qu'il était temps que le pays reprenne ses esprits. Il n'avait rien à voir avec les dingos qui posaient des bombes dans les cliniques, et il pensait que forcer les femmes à payer les obsèques de leurs fœtus perdus lors de fausses couches était tout de même excessif ; mais, affirmait-il, il existait ici-bas un foyer aimant prêt à accueillir chaque bébé qui venait au monde.

Le cours de sciences sociales de la classe de quatrième de la fille avait organisé un simulacre de débat sur l'avortement. Mattie avait préparé des points clés pour l'équipe pro-choix. Son père relut son travail, comme toujours ; mais au lieu de son habituel « C'est excellent ! », il s'assit à côté d'elle, posa la main sur son épaule, et déclara qu'il était préoccupé par les incidences de son argumentation.

« Et si ta mère biologique avait décidé de mettre un terme à sa grossesse ?

— Eh bien, elle ne l'a pas fait, mais d'autres gens devraient en avoir la possibilité.

— Songe à toutes les heureuses familles adoptives qui n'existeraient pas.

— Mais papa, beaucoup de femmes feraient encore adopter leurs enfants.

— Et les femmes qui s'y refuseraient ?

— Pourquoi chacun de nous ne pourrait-il pas prendre ses propres décisions ?

— Quand quelqu'un décide d'assassiner son semblable avec une arme, on l'envoie en prison, n'est-ce pas ?

— Pas si c'est un flic.

— Pense à toutes les familles qui attendent un enfant. Pense à moi et à ta mère, qui avons attendu si longtemps.

— Mais…

— Un embryon est un être vivant.

— Un pissenlit aussi.

— Eh bien, je ne peux imaginer le monde sans toi, chaton, et ta mère non plus. »

Elle ne veut pas qu'ils imaginent le monde sans elle.

Ash propose de la raccompagner, mais Mattie décline, son père vient la chercher ; il s'ennuie tellement depuis qu'il a pris sa retraite qu'il est disponible à n'importe quelle heure. Il fait froid, le ciel est terne, l'herbe argentée du terrain de foot est figée par le gel. L'équipe a un match à l'extérieur aujourd'hui. La fille n'a rien dit à Éphraïm. Et s'il répondait « Est-ce que c'est seulement le mien ? » ou « Comme on fait son lit on se couche » ? Il l'a dépassée la semaine dernière à la cafétéria, il portait le chapeau démodé qu'elle adorait autrefois, il a dit « Salut » et elle a répondu « Salut, comment ça va ? », mais il a poursuivi sa route, et la question de Mattie est devenue purement formelle. Il allait sans doute glisser sa main dans le corsage de Nouri Withers.

La mère biologique de Mattie était peut-être jeune elle aussi. Elle s'apprêtait peut-être à entrer en faculté de médecine et à préparer ensuite un doctorat en neurochimie, puis à créer son propre labo de recherche en Californie. (Et si elle était sur le point, à ce moment précis, de découvrir un traitement contre la paralysie ?) Élever sa fille aurait signifié qu'elle devait renoncer à sa bourse d'étudiante.

Mattie ne veut pas que l'enfant se demande pourquoi elle l'a fait adopter.

Elle ne veut pas non plus se demander ce qui lui est arrivé. A-t-il été confié à des parents comme les siens ou à des gens intolérants, qui crient et ne l'emmènent pas assez souvent chez le docteur ?

Elle sursaute à cause de la sirène du tsunami – elle ne s'habituera jamais à ce son aigu qui la hérisse.

— C'est juste un exercice, ma chérie, dit son père.

Elle allume la radio.

— Comment ça s'est passé, au lycée ?

— Bien.

— Ton dossier pour l'académie de maths est prêt ?

— Bientôt.

— Maman prépare des tacos de poisson.

Elle ravale un léger reflux de vomi.

— Génial.

« Tôt ce matin, annonce la radio, douze cachalots se sont échoués sur la côte à un kilomètre au sud de Gunakadeit Point. La cause de ce drame n'a pas encore été établie. »

— Mon Dieu.

Elle monte le son.

« Onze cachalots sont morts, d'après le bureau du shérif, bien qu'il reste à déterminer… »

— Tu te souviens de ce qui s'est passé en 1979 ? dit son père. Quarante et un cachalots sur la plage près de Florence. Mon papa a fait le trajet en voiture pour les photographier de près. Il a raconté qu'ils émettaient…

— Des petits clics en mourant.

Elle connaît les horribles détails, parce que son père adore les répéter. Il lui a expliqué des centaines de fois qu'une baleine peut être tuée par la pression de sa propre chair. Hors de l'eau, la masse de l'animal est trop lourde pour sa cage thoracique – les côtes se brisent ; les organes internes sont écrasés. Et la chaleur fait souffrir les cétacés. Les militants de Greenpeace avaient apporté des draps de lit pour les tremper dans l'eau de mer et les jeter sur eux ; ça n'avait servi à rien.

Mais cela se passait en 1979. Aujourd'hui, personne n'a imaginé un moyen de les remettre dans l'océan ?

— Est-ce qu'on peut y aller, papa ?

— Ils n'ont pas besoin que le public se mêle de…

— Mais l'un d'eux est encore vivant.

— Tu vas toi-même le faire rouler jusqu'à l'eau ? Ne transforme pas cette histoire en une préoccupation morbide.

— Le cœur d'un cachalot pèse près de cent quarante kilos.

— Comment tu…

— Moi et Yasmine, on a fait une fois la liste du poids des cœurs de beaucoup d'animaux différents.

— Yasmine et moi.

Son père se crispe à l'évocation de cette fille.

— Tu ne devrais pas t'inquiéter autant pour les baleines, d'accord, chaton ? Sinon ces jolis sourcils pourraient s'emmêler et tu ne pourrais plus jamais les démêler.

— Ils ne sont pas jolis mais épais.

— C'est ce qui fait leur beauté.

— Tu n'es pas objectif.

Elle a envie d'une cigarette, mais se contentera pour l'instant d'un carré de réglisse.

L'idée ne plaît guère à Ash. Elle est si fatiguée, etc. Mais elle se laisse convaincre. Mattie sort par la fenêtre de sa chambre et rampe sur le toit, elle descend le long du treillis, reste immobile une minute entière dans l'ombre du porche au cas où on l'aurait entendue. La boîte aux lettres bleue, lieu de leur rendez-vous, se trouve à une rue de là, et elle attend son amie en fumant.

Yasmine lui a demandé un jour pourquoi les Blancs avaient cette obsession de sauver les baleines.

La plage fourmille de gens qui crient, de chiens qui aboient, d'appareils photo qui cliquettent sous la pluie battante. Une équipe de télé a mis en place des projecteurs éblouissants qui illuminent une rangée de douze cachalots, dont la peau couleur d'étain est striée de blanc crayeux. On dirait des bus en pierre. Celui qui se trouve au bout soulève lentement ses nageoires, puis les laisse retomber. Chaque fois qu'une nageoire heurte le sable, les cuisses de Mattie tremblent.

Des humains posent devant les morts.

Un type a grimpé sur une énorme queue grise.

— Prends-moi en photo ! hurle-t-il. Prends-moi !

— Descendez de là !

— Écartez-vous, s'il vous plaît !

— Les algues ont un rapport avec ça ?

— À qui je m'adresse pour réserver une partie des dents ? Pour une gravure *scrimshaw* ?

— Monsieur, descendez de là immédiatement.

— Ils ont été empoisonnés par les algues ?

— Écartez-vous, écartez-vous.

Une femme avec des gants et un long couteau – une scientifique ? – s'accroupit près du premier cachalot de la rangée. Va-t-elle découper une tranche de graisse pour faire des analyses et détecter une maladie ? Peut-être que la folie a infecté leur colonne vertébrale et les a poussés à s'échouer sur la terre, enfiévrés tous les douze par un désir de mort. Peut-être que l'infection peut se transmettre aux humains. Newville sera mis en quarantaine.

— Vous devez partir, les filles, dit un flic à peine plus âgé qu'elles. Nous évacuons la plage. Et éteignez cette cigarette.

— Pourquoi est-ce que personne ne les remet à l'eau ? demande Mattie.

Le flic la dévisage.

— A, ils sont morts. B, vous avez une idée du poids que font ces foutues baleines ?

— Mais il y en a une qui n'est pas morte !

— Rentrez chez vous, OK ?

Ash et Mattie passent devant les énormes corps – sur l'un d'eux est tagué un point d'interrogation orangé, et sur un autre apparaissent les mots NOTRE FAUTE ! – jusqu'au dernier cachalot, qui respire encore. Ses nageoires sont immobiles. Sur le sable près de sa tête, des flaques de sang. La bouche est ouverte, baignée de sang. La mâchoire inférieure en forme de bec, d'une taille réduite illogique pour un crâne aussi énorme, est remplie de dents. Mattie en touche une, qui ressemble à une banane en os.

*Tu as évolué parmi les fondations de ce monde*[1].

— Maintenant ta main est infectée, dit Ash.

Mattie s'essuie sur son jean.

L'œil noir du cachalot, encastré dans des plis de chair fripée, est ouvert et frémit. *Tu en as vu assez pour faire éclater les planètes*[2]. Elle s'agenouille. Elle appuie une joue contre le corps gris. Un cuir sec, balafré.

— Ça va aller, dit-elle.

Elle n'entend aucun cliquetis.

Où sont les machines ? Les câbles, les leviers ?

Une baleine est une maison dans l'océan.

Un utérus pour une personne.

Le chant des baleines retentit depuis le fond de la mer jusqu'aux étoiles, d'Icy Strait Point, en Alaska, à la péninsule Valdés, en Argentine.

---

1. Herman Melville, *Moby Dick, op. cit.*
2. *Ibid.*

— Ash, donne-moi ton sweat.

— J'ai froid.

— *Donne-le.*

Mattie court vers les vagues et trempe dans l'eau le sweat d'Ash et le sien. Elle revient en hâte pour les jeter, dégoulinants, sur la tête du cachalot. Le seul chant qui lui vienne à l'esprit est *I've Been Working on the Railroad.* Elle en est à « *Someone's in the kitchen with Dinah* » lorsqu'elle entend un coup de feu.

Puis des hurlements.

Tout le monde s'agglutine autour de quelque chose sur la plage.

Ce n'était pas une arme mais un cachalot. Qui a explosé. Du ventre gris largement ouvert s'échappent des paquets visqueux d'intestins roses et de fragments d'organes violets. Des lambeaux de chair grasse claquent dans le vent. « Enlevez-moi ça ! Enlevez-moi ça ! » hurle un garçon, repoussant des nœuds d'entrailles collés à sa poitrine.

Et la puanteur – atroce ! –, une éruption de pets, de relents de poisson pourri et de remontées d'égouts, qui vous prend à la gorge. Mattie se couvre la bouche avec sa chemise.

Un liquide rouge foncé fume à ses pieds.

La scientifique est en train d'expliquer au flic qu'elle essayait de récolter des échantillons de tissu adipeux sous-cutané et de tissu adipeux viscéral. Lorsqu'elle a planté son couteau dans le cachalot, il a explosé.

— Le méthane s'accumule dans la carcasse, précise-t-elle. Celui-ci a dû être le premier à mourir, sans doute il y a plusieurs jours. S'il était leur chef et s'il est mort en mer, et que son cadavre ait flotté jusqu'au rivage, les autres l'ont suivi. Ils sont d'une loyauté sans faille.

— Madame, vous n'êtes pas autorisée à dépecer les cadavres comme bon vous semble, dit le flic.

— Cette magnifique créature n'appartient à personne, réplique la femme. J'ai l'intention d'analyser les tissus pour comprendre comment ces animaux sont arrivés ici.

— Vous travaillez pour quel labo, madame ? Mon capitaine a dit que les types de l'OIMB[1] ne viendraient pas ici avant…

— Je suis une chercheuse indépendante. Mais je sais ce que je dois faire avec *ça,* déclare-t-elle en montrant deux sacs plastique transparents de chair rouge.

Mattie retourne auprès de sa baleine.

L'œil ne bouge plus.

*Tu as vu le second assassiné, lorsque les pirates l'ont jeté par-dessus bord*[2].

Elle appuie sur l'œil avec le bout de son doigt.

Il est moite et élastique, comme un œuf trop cuit.

---

1. Oregon Institute of Marine Biology.
2. Herman Melville, *Moby Dick, op. cit.*

Comment faire du *tvøst og spik* :

1. Préparer la viande de baleine-pilote selon l'une des façons suivantes : faire bouillir la viande fraîche / faire frire la viande fraîche / la conserver dans du sel sec / la conserver dans de la saumure / la découper en longues lanières (*grindalikkja*) et la suspendre pour la faire sécher.

2. Préparer du lard de baleine-pilote en le faisant bouillir / en le salant / en le mettant à sécher. (Ne pas le frire.)

3. Servir la viande et le lard ensemble avec des pommes de terre cuites à l'eau et salées. Dans certaines maisons féroïennes, on ajoute du poisson séché sur l'assiette de *tvøst og spik*.

## La guérisseuse

Cotter rapporte que Lola est tombée dans l'escalier. Elle est restée brièvement dans le coma. Elle va mieux à présent.

Les nouveaux clients sont censés lui déposer un mot à la poste, mais Lola est arrivée un jour sans prévenir, trempée.

« Mon amie m'a parlé de vous. »

Gin l'a fait entrer, lui a donné une serviette, et elle a examiné la marque rouge sur son bras.

« Ça va cicatriser ?

— Oui », a-t-elle répondu.

Elle a appliqué de la joubarbe fraîchement écrasée sur la peau abîmée, a attendu, cligné des yeux devant les seins de Lola, ces superbes friandises, puis a enveloppé le bras dans un cataplasme de jus de poireau et de saindoux.

« Que s'est-il passé ?

— Un accident stupide, a répliqué Lola. Je préparais le dîner et je me suis cogné le bras contre une poêle brûlante. »

Son mari lui avait aussi cassé l'os d'un doigt. Il avait laissé une ecchymose de six couleurs sur sa mâchoire.

Deux verrues de plus sur la chatte de Clementine.

— C'est carrément humiliant, non ? dit la jeune femme.

— C'est juste un corps qui s'exprime.

— Mais c'est tellement vilain.

— Des tas de gens en ont, dit la guérisseuse, qui maintient une compresse de graines pilées de lupin sur la vulve.

Le lupin blanc est aussi efficace pour déclencher un saignement – si on saute un cycle, ou si l'utérus, par malchance, contient un fœtus – et pour faire remonter les vers à la surface de la peau. L'été, Gin brûle les graines dans des récipients en pierre pour chasser les moucherons.

— Tire la langue.

Bords dentelés, comme d'habitude.

— Tu manges toujours de la pizza ?

Clementine plisse joliment la bouche.

— Pas tant que ça.

— Arrête tous les laitages. Il y a trop d'humidité dans ton corps.

— Hé ! tu n'as jamais songé à t'épiler les sourcils ?

— Pourquoi ?

— Je veux dire, ce n'est pas que tu en aies besoin, puisque les sourcils épais reviennent à la mode, mais une amie à moi fait des super épilations au sucre au Snippity Doo Dah, si ça te…

— Non, répond la guérisseuse.

Si Clementine a ce genre d'amie, pourquoi ne se débarrasse-t-elle pas du poil de plus de cinq centimètres qui pendouille de ce grain de beauté ? C'est un poil disgracieux, qui jure avec ses boucles décolorées et ses faux ongles.

Gin applique une mixture d'armoise et de gingembre sur le nombril de Clementine ; elle pose dessus une tranche de gingembre frais ; elle tient un moxa enflammé au-dessus du gingembre jusqu'à ce que la fille se plaigne de la chaleur ; puis elle colle deux pansements sur le cataplasme pour le garder en place au moins une journée, deux si possible.

Clementine baisse son tee-shirt.

— Merci pour ton aide, Gin.

Elle sort des petites boîtes blanches de son sac à dos.

— J'espère que tu aimes le riz grillé et les crevettes à l'ail. Ne t'inquiète pas, ce ne sont pas les restes des clients.
— Je ne suis pas inquiète, répond la guérisseuse.

Ou bien elle n'a pas assez faim pour manger chinois. Une fois que Clementine est partie, elle verse un peu d'huile de sésame sur une demi-tranche de pain complet. Tous les jeudis, Cotter laisse sur le seuil de sa cabane une miche cuite par ses soins, enveloppée dans un torchon.

Certains pains de supermarché sont fabriqués avec des cheveux humains dissous dans l'acide afin d'en extraire un acide aminé qui, intégré dans l'agent levant de la pâte, accélère le processus industriel. Gin ne mange pas cette sorte de pain, et elle a sa propre réserve de cheveux, qu'elle broie dans ses mixtures au lieu de les dissoudre dans l'acide. Elle conserve les cheveux et les poils pubiens dans des boîtes séparées, car ils ont un usage différent – il y a plus de fer dans les poils pubiens, plus de magnésium et de sélénium dans les cheveux. Sa réserve lui vient d'une seule personne et diminue à vue d'œil.

Les longs cheveux roux peuvent être utilisés dans les mixtures. Les poils pubiens bruns aussi. Mais certains poils ne servent à rien. Les poils épars des aisselles ; la légère moustache brune sur la lèvre supérieure. Ces poils-là sont durcis par le gel sur la peau du cadavre dans le congélateur.

Quel goût ont les cheveux de la fille, qui sont noirs, plats et brillants ? Elle ne les lisse pas, et ne les laque pas non plus. Ils sont assez longs pour s'accrocher dans la lanière de sa sacoche, a remarqué Gin quand elle l'a vue franchir les portes bleues du lycée, la petite a dû les dégager et les arranger à nouveau, agacée un instant, les joues à peine enflammées, puis elle a oublié sa coiffure, a constaté Gin, parce qu'elle cherchait quelqu'un, mais la personne ne se trouvait pas dans le groupe de jeunes. La fille a continué de marcher, seule, et Gin a failli la suivre.

Le pain complet est sec, parce que c'est mardi.

Tante Temple est morte un mardi, il y a huit ans.

Avant Temple, quand sa mère oubliait d'acheter de la nourriture, la guérisseuse faisait cuire un mélange de ketchup, de moutarde et de mayonnaise, qui se transformait en une croûte chaude comestible.

Avant Temple, elle se couchait toute seule.

Avant Temple, elle prenait beaucoup d'aspirine, parce que les médecins normaux coûtaient trop cher et que le personnel des urgences ne connaissait que trop bien sa mère.

Avant Temple, elle n'était jamais allée au cinéma.

Sa tante avait des nattes rousses hirsutes, des pantalons amples violets, et n'était pas mariée. Elle poussait de grands éclats de rire. Sa boutique portait le nom d'une sorcière qui avait vécu trois siècles auparavant dans le Massachusetts. Les habitants de Newville considéraient aussi Temple comme une sorcière, mais n'employaient pas ce mot de la même manière quand ils parlaient de Gin.

Au temps de sa jeunesse, Goody Hallett s'était éprise d'un pirate qui l'avait abandonnée. D'après la légende, elle avait tué leur bébé la nuit de sa naissance, l'étouffant dans une grange, puis avait été emprisonnée et, devenue folle, attirait les navires qui s'écrasaient sur les roches de Cape Cod. En réalité, disait Temple, elle avait confié l'enfant en secret à l'épouse d'un fermier. Celle-ci avait tenu un journal où elle consignait les faits.

Le bébé est l'arrière-arrière-arrière-arrière-arrière-arrière-arrière-grand-père de la guérisseuse.

Le vestibule de son oreille interne gauche détecte des vrillettes qui grattent l'intérieur des solives du toit et pondent leurs œufs dans les veines du bois.

« N'oublie jamais, dit Temple, que tu descends de Black Sam Bellamy et de Maria Hallett. »

Mais Gin n'attacherait jamais une lanterne à la nageoire d'une baleine. Comme les marins et les pêcheurs, elle déteste nager.

« C'est comme un matin rouge annonçant à l'envi,
Le naufrage aux marins, aux campagnes l'orage,
Le chagrin aux bergers, le malheur aux oiseaux,
La bourrasque et l'ondée aux pâtres et troupeaux[1]. »

1. *Vénus et Adonis*, poème de William Shakespeare, dans la traduction de Jean Fuzier, in *Œuvres*, © éditions Gallimard.

## L'épouse

Il a crié crié crié. Non assez non assez non assez.

— REMETS LA MUSIQUE !

John veut qu'elle repasse encore le disque ; elle ne le fera pas. Il a réclamé des disques toute la matinée : hurlé crié hurlé crié, se jetant sur le sol, les bras et les jambes en étoile de mer, « REMETS-LE ! », non assez non.

— Maman remets-le maman remets-le maman remets-le maman…

Elle a raisonné, imploré, ignoré, elle a craint que ses tympans ne soient sérieusement endommagés ; et voilà qu'elle lâche :

— Putain, ferme-la !

Ce qui ne produit aucun effet sur son fils, qui continue de hurler et de faire l'étoile de mer, mais Didier s'exclame dans la salle à manger :

— Ne lui dis pas ça !

— Alors viens t'occuper de lui, rétorque sa femme, sinon dégage !

Son mari s'approche d'un pas pesant, soulève le couvercle, pose l'aiguille sur le disque, libérant une guitare endiablée.

John se tait, en larmes, respirant fort.

« *We are the dinosaurs, marching, marching.*
*We are the dinosaurs. Whaddaya think of that ?* »

— La leçon qu'il va retenir, proteste l'épouse, c'est que, s'il crie assez longtemps, il obtient ce qu'il veut.

— Eh bien, c'est parfait. La vie est dure.

« *We are the dinosaurs, marching, marching.*
*We are the dinosaurs. We make the earth flat* [g] *!* »

— Tu peux l'emmener faire un tour ? demande Susan.

— Il pleut, répond Didier.

— Son imperméable est posé sur la rampe.

— Il n'a pas l'air d'avoir envie d'une promenade.

— S'il te plaît, fais ce minuscule effort, insiste-t-elle.

— Je n'en ai vraiment pas envie.

— Je ne suis jamais seule.

— Eh bien, moi non plus. Je suis avec ces *trous du cul** cinq jours par semaine.

— Didier, dit-elle lentement, avec précaution, peux-tu, s'il te plaît, sortir avec lui ? Bex sera de retour dans une heure, et je vais préparer le déjeuner, mais d'ici là je désire rester seule.

— Moi aussi j'aimerais être seul, dit-il, se dirigeant néanmoins vers la rampe. Viens, *Jean-voyage**.

Rassembler les miettes dans sa paume.

Vaporiser la table.

Essuyer la table.

Rincer les tasses et les bols.

Mettre les tasses et les bols dans le lave-vaisselle.

Faire tremper le quinoa dans un bol d'eau.

Rincer et hacher les poivrons rouges.

Mettre les lamelles de poivron dans le frigo.

Rincer le quinoa dans une passoire.

Mettre le quinoa lavé, non cuit, dans le frigo.

Verser l'eau où le quinoa a trempé dans le pot du ficus.

Vaporiser de fines gouttelettes sur les tentacules sinueux de l'euphorbe.

Sortir les vêtements du sèche-linge au sous-sol.

Plier les vêtements.

Empiler les vêtements dans le panier.

Laisser le panier au bas de l'escalier qui mène au premier.

Inscrire *détergent lessive* sur la liste dans le portefeuille.

*Ploc, ploc, ploc,* chantonne le robinet de la cuisine.

En tout cas, personne n'aime le quinoa sur cette colline.

Elle descend les citrouilles en plastique des enfants de l'étagère du haut.

Il s'est écoulé près d'un mois depuis Halloween. Elle leur a dit qu'il n'y avait plus de bonbons.

Dans la cuisine déserte ou dans l'atelier de couture, elle mange des sucreries dont personne ne connaît l'existence.

Elle s'autorise à présent trois bouchées de noix de coco. Et une friandise moelleuse aux amandes. Et un paquet de minuscules bonbons de Halloween.

*C'est ce qui te manque, Ro ! Pouvoir fourrer dans ton gosier des confiseries que tu as volées à tes enfants.*

Comment l'épouse peut-elle souhaiter à Ro de ne pas tomber enceinte ? De ne pas publier son livre sur la scientifique de la banquise ?

*Ploc, ploc, ploc.*

Si Ro n'avait pas d'enfant et ne publiait pas son livre, la vie de Susan en serait-elle meilleure ?

Si Susan trouvait un emploi, la vie de Ro en serait-elle plus ardue ?

Le sentiment de rivalité lui inspire tant de honte qu'elle ne peut pas l'affronter.

Il scintille et reste en suspension.

Il attend.

Il fait si froid dans cette maison.

Elle retire son pull et le cale sous la porte extérieure de la cuisine, dont le sol, remarque-t-elle, est constellé de miettes.

Elle va chercher le balai, mais se retrouve le téléphone à la main.

Samedi matin : sa mère est en train de s'affairer, de nettoyer, de feuilleter des magazines.

Elles se voient, bien sûr, elles se rendent visite – la semaine prochaine, ce sera pour Thanksgiving –, mais ce n'est pas la même chose que de l'avoir ici, de pouvoir l'appeler au pied levé en cas de nécessité. Cent vingt kilomètres, c'est trop loin pour un impératif de dernière minute.

Elle a trente-sept ans et sa mère lui manque.

Mais dans trente ans, ne sera-t-elle pas ravie d'apprendre que Bex et John s'ennuient d'elle ?

Elle se représente le petit visage de John plus grand, mais toujours avec ces émotions translucides, ces sentiments purs qui jaillissent et s'estompent, son enfant à l'humeur capricieuse. Il aura toujours besoin d'elle.

Bex a un goût trop marqué pour l'indépendance ; elle se débrouillera toute seule.

— Bonjour, maman, dit Susan. Quel temps as-tu ?

— De la bruine. Et toi ?

— Oh ! euh… il fait gris.

— Mon ange… ?

— Les elfes vont bien, dit l'épouse.

— Susan, que se passe-t-il ?

— La classe de Bex étudie l'histoire de l'arrivée des Pères pèlerins en 1620, et John est obsédé par les chansons de dinosaures.

— Je parle de toi.

— Rien, répond l'épouse.

— À quelle heure veux-tu que nous venions jeudi ? demande sa mère. J'apporte des patates douces confites. Je pense qu'elles vont faire un malheur.

Sur cette colline tout le monde déteste les patates douces.

— Viens dès que tu en as envie, maman. Je t'aime.

*Ploc, ploc, ploc.*

La mère parfaite de Shell déposera Bex dans un quart d'heure, et sa fille ne tarira pas d'éloges sur les moments formidables passés avec cette famille, la cueillette des baies sauvages, la préparation de la tarte aux baies maison sucrée seulement avec du sirop d'érable ambré parce que le sucre raffiné est toxique.

Ensuite elle voudra qu'on l'aide à remplir sa feuille d'exercices. *Indiquez le temps de chaque jour de la semaine. Ensoleillé ? Brumeux ? L'océan était-il joyeux ou en colère ?*

À l'instant où Susan s'assoupit, elle s'imagine dans les bras de Bryan, elle sent sa verge gonflée plonger en elle, ses élans puissants, c'est un léopard en action, mon Dieu, il est infatigable, c'est grâce à tout ce football, à ces muscles extra-longs qui font circuler le sang jusqu'au cœur…

— *Meuf**.

Didier la pince au niveau des côtes.

— Hmmmmm.

Elle sent son souffle sur sa nuque.

— Ça m'a turlupiné de t'entendre dire ça aujourd'hui. À John.

— Hmmmmm.

— Ça m'a vraiment pas plu.

— Tu plaisantes ? murmure-t-elle. Tu n'arrêtes pas de dire « putain » devant eux. Et quand moi je le dis une fois…

— Mais je ne leur dis jamais de la fermer. Je ne veux pas que tu leur parles comme ça.

— Désolée, mais tu n'as pas voix au chapitre, réplique l'épouse.

Le lendemain matin, elle sort par l'arrière de la maison, les pieds nus sur l'herbe mouillée, glacée, elle dépasse les buissons de lavande, le garage et le pneu-balançoire. Elle ouvre son téléphone, compose le numéro.

— Allô ?

— Salut, Bryan, c'est Susan.

Un ange passe.

— La femme de Didier, précise-t-elle.

— Oui, oui, bien sûr. Vous allez bien ?

— Très bien ! Je… euh… j'ai trouvé votre numéro dans l'annuaire du lycée et j'appelais pour… dire bonjour.

*Quoi ?*

— Eh bien, bonjour, répond Bryan.

— Je voulais aussi vous inviter à dîner chez nous pour Thanksgiving. Si vous n'avez pas de projets. Ro viendra. Elle est un peu orpheline. Enfin, pas vraiment, mais… Et mes parents, ce qui n'est pas… je veux dire…

*Arrête de parler. Tu dois te taire.*

— C'est très aimable à vous, répond-il, mais il se trouve que j'ai d'autres projets.

— Ah ! Enfin, je voulais vous le proposer.

— Hmm.

— Bon.

Elle toussote.

— Oui, fait-il.

— Nous pourrions peut-être prendre un café ensemble un de ces jours ? reprend-elle.

Un ange passe.

Il finit par dire :

— Très bonne idée.

ancre
bougie
dérive
rapide
frasil
graisse
nilas
vieux
banquise
crêpe
flotté
jeune

## La biographe

Elle l'annonce en vitesse à son père, pendant le trajet pour le lycée. Il ne prend pas la peine de cacher son mécontentement.

— Encore un Noël que je passerai seul ?

— Je suis désolée, papa. J'ai très peu de vacances, et le voyage en avion dure une journée entière…

— Je n'aurais jamais dû déménager.

— Tu détestais le Minnesota.

— Je préfère de loin une tempête de neige tous les jours à cet enfer humide.

Le pli au-dessus de l'os du pubis est vaguement gonflé – ou sensible –, une sensation différente des crampes dues aux règles, mais de la même famille tout de même. Près d'une semaine s'est écoulée depuis l'insémination ; elle fera un test de grossesse dans huit jours. Ces signes indiquent-ils que l'implantation a réussi ? Un blastocyste s'est-il enfoncé dans la paroi rouge ? S'accroche-t-il de toutes ses forces pour se développer ? Chromosomes XX ou XY ?

— Est-ce que je te reverrai un jour ? lance son père.

Il ne prendra pas l'avion, à cause de son dos. Il lui enverrait de quoi payer un billet si la biographe le lui demandait, mais il n'en a pas plus les moyens qu'elle. Ses revenus sont fixes et limités. « Je n'ai peut-être pas d'argent à te laisser, aime-t-il à répéter, mais tu peux vendre ma collection de pièces de monnaie. Elle vaut des milliers de dollars. »

— Bien sûr que oui, papa.

— Je m'inquiète, mon petit.

— Inutile ! Je vais bien.

— Mais qui sait combien de voyages autour du Soleil il *me* reste, à moi ?

Les garçons de troisième fabriquent des boulettes de papier et demandent :

— Miss, autrefois, quand vous étiez jeune, les boulettes de papier existaient ?

Les élèves de première apprécient les résultats des recherches de quelqu'un sur les termes archaïques désignant le pénis. Quand Éphraïm hurle « Bilbo ! », la biographe le fixe, mais il soutient son regard. D'habitude elle n'a aucun problème avec la discipline ; cet éclat lui donne l'impression d'être une ratée.

Eh bien, elle en est une. Elle et son utérus échouent encore et encore.

Éphraïm :

— Prépuce !

La biographe :

— C'est simplement la peau qui recouvre le gland, mon ami.

Rires. Huées. *Vous avez dit gland.*

La biographe et ses ovaires échouent encore et encore.

— Moine chauve !

Mais il y a eu des élancements – des petites douleurs aiguës. Comme s'il se passait quelque chose là-dedans. Peut-être *pas* un échec, après tout ? Des milliers de corps réussissent chaque année ; pourquoi pas celui d'une biographe du Minnesota dont le vêtement préféré est le jogging ?

— Nouri, dit-elle, vous pouvez attendre que le cours soit terminé pour mettre du rouge à lèvres.

— Je n'en mets pas, je le retouche.

Nouri Withers aime les récits de meurtres célèbres et c'est elle qui, parmi tous les élèves de la biographe, est capable d'écrire les plus belles phrases. Il faut les copier/coller dans un moteur de recherche pour s'assurer qu'elles ne sont pas plagiées.

— Vous pouvez le retoucher plus tard.

— Mais mes lèvres ont l'air moches *maintenant*.

— Accordé ! crie Éphraïm, qui est remuant, a de longues jambes et se croit éblouissant avec son chapeau de feutre vintage.

C'est un garçon qui se déplace dans le monde sans peur. S'il n'était pas aussi intrépide, beau et doué pour le football, il aurait pu être contraint d'évoluer dans des directions plus intéressantes. La seule chose intéressante chez lui, autant que la biographe peut en juger, c'est son prénom.

Elle décide de crier elle aussi.

— Avez-vous jamais songé au temps que le souci de leur apparence vole à la vie des jeunes filles et des femmes ?

Quelques élèves esquissent un sourire embarrassé.

Plus fort encore :

— Combien de minutes, d'heures, de mois, et même d'années entières de leur vie les femmes et les jeunes filles gaspillent-elles à se tourmenter ainsi ? Combien de milliards de dollars de bénéfices cela rapporte-t-il aux entreprises ?

Nouri, la bouche ouverte, repose son rouge à lèvres sur son bureau, tel un doigt pourpre.

— Une tonne de milliards, miss !

Ces gosses doivent la prendre pour une originale.

— Ça a commencé, dit-elle aux élèves de seconde, par une disposition fiscale grâce à laquelle le père de la jeune mariée transférait à l'époux les terres, l'argent et le bétail. Les bases économiques de cet arrangement ont été, ces derniers siècles, dissimulées – certains diraient même étouffées – sous le voile de l'amour romantique.

— Vous êtes mariée, miss ? demande Ash.

— Tais-toi, dit une autre fille.

— Non, répond la biographe.

— Pourquoi ? insiste Ash.

— Tais-toi ! crie Mattie.

Le silence crépite. Même les élèves à moitié assoupis s'éveillent brusquement.

— Pourquoi sont-ils morts ? demande Mattie d'une voix plus douce.

Ash tend le bras depuis le bureau voisin pour lui frotter l'épaule.

— Les cachalots, tu veux dire ?

— La chercheuse a dit que leur sonar était peut-être endommagé. Le niveau de décibels des signaux radars peut rendre sourds les cachalots.

Mattie cache ses joues rondes entre ses mains.

— Mon père a dit que c'est la faute de la sorcière, déclare le fils du héros local de la marine, parce qu'elle a fait revenir les algues à Newville et qu'elles ont pollué l'eau.

Cris et protestations :

— Ouais, les algues ont empoisonné les baleines !

— C'est absurde…

— Mais il y a eu aussi plus de merlans morts dans les filets…

— Ça suffit, jeunes gens ! s'exclame la biographe. Peut-être que votre père plaisantait ?

— Ma grand-mère Costello a dit la même chose, dit Ash, et la dernière fois qu'elle a plaisanté c'était en 1973.

— Et mon père n'est pas stupide, affirme le fils du héros.

La biographe envisage des digressions sur la biologie marine et l'histoire de la persécution des sorcières au Royaume-Uni et aux États-Unis d'Amérique, mais elle doit terminer son cours avec quelques minutes d'avance pour se rendre à son rendez-vous à la clinique. Kalbfleisch insiste pour qu'elle vienne discuter des résultats de ses analyses concernant l'OPK. Un trajet de deux heures en voiture pour entendre sans doute – presque certainement – une mauvaise nouvelle.

— Sur une petite île du Japon, dit-elle, il y a un temple bouddhique qui avait l'habitude d'offrir des requiem pour les baleines tuées par les baleiniers. Ils priaient pour l'âme de ces mammifères. Ils avaient aussi un tombeau pour les fœtus de baleines extraits du corps de leurs mères pendant le dépeçage. Ils attribuaient un nom posthume à chaque fœtus qu'ils enterraient, et conservaient une nécrologie où était consignée la date de capture des mères.

Elle s'interrompt, passant la salle en revue.

— Vous voyez où je veux en venir ?

— Une sortie éducative au Japon ?

— Les baleines de la plage avaient des fœtus dans le ventre ?

— Vous saviez qu'un *tus* est un fœtus mâle ?

— On va faire un requiem, dit Mattie. Mais il faut d'abord leur donner des noms.

C'est une fille bien. Même quand elle est affolée, elle reste attentive.

— OK, conclut la biographe. Vous êtes vingt-quatre. Regroupez-vous par deux. Chaque couple d'élèves nomme un cachalot. Vous avez trois minutes. Ensuite nous reprendrons avec une récitation et une minute de silence.

— Mais les moines du temple ont baptisé les fœtus, pas les adultes. Vous avez changé le rituel.

— En effet, Ash. Au travail.

Elle ouvre son carnet.

Choses à faire avec bébé :

1. Prendre le train pour l'Alaska.
2. Se pelotonner sous les couvertures.
3. Se gorger de mangues séchées.
4. Raconter des histoires sur l'échouage en masse des cachalots.
5. Mettre les orteils dans les vagues le jour le plus court de l'année.

Ses élèves baptisent un Moby Dick, deux Mike, un Spermy – bon sang de bonsoir ! Mais à leurs yeux les baleines ne sont pas exotiques. La côte proche de Newville est connue dans l'Ouest américain comme la capitale des croisières de baleines. Depuis des décennies, l'économie locale dépend de l'apport financier des touristes désireux de voir un colosse sauter, s'élancer, donner des coups de nageoire, pulvériser l'eau de mer, soulever la tête hors de l'eau en s'appuyant sur sa queue pour un saut d'observation. Ils payent pour regarder depuis le pont des bateaux ou avec les puissantes longues-vues du phare de Gunakadeit ; ou pour nager en compagnie de guides, vêtus de combinaisons de plongée, dans les aires d'alimentation des cétacés.

La biographe est en train de fermer son sac à dos, anticipant la circulation sur la Route 22 – si elle se dépêche, elle pourra échapper à l'heure de pointe –, quand Mattie s'approche de son bureau.

— Je peux vous parler ?

— Bien sûr. Mais pas tout de suite, parce que j'ai rendez-vous chez le médecin. Demain ?

Si elle est sortie du parking dans trois minutes, elle sera sur la route de corniche dans sept.

— Demain, c'est Thanksgiving.

— Lundi, alors.

La fille acquiesce, fixant ses mains.

— Je sais que les baleines vous perturbent, reprend Roberta, mais…

— Il ne s'agit pas de ça.

— Passez un bon week-end, Mattie.

Elle remonte la fermeture Éclair de son anorak, ajuste son sac à dos et fonce.

Elle a lu l'histoire de l'échouage dans le journal, mais n'y a guère pensé depuis. Constellées d'anatifes, les baleines aux paupières épaisses ne lui paraissent réelles que dans son livre, quand la jeune Eivør les regarde mourir dans le *grindadráp*.

— Le Dr Kalbfleisch a pris combien de retard ? demande-t-elle à l'infirmière de la réception. Je suis là depuis près d'une heure.

— C'est un garçon populaire, répond-elle.

— Vous pourriez me donner une vague idée ?

— C'est la veille d'un jour de fête.

— Et ?

— Pardon ?

— Pourquoi cela devrait-il faire une différence ?

La fille fait semblant de lire quelque chose sur son écran.

— Je n'ai aucun moyen de savoir à quelle heure il vous recevra. Si vous souhaitez reporter votre rendez-vous, je serai heureuse de vous en proposer un.

— Merci, non, réplique la biographe, qui retourne à sa chaise fauve.

Elle touche la clé d'antivol à son cou. Sa mère avait pris sa bicyclette chaque matin par tous les temps jusqu'au jour où elle était allée consulter le médecin à cause d'une douleur dans l'épaule et avait appris qu'elle avait un cancer des poumons.

Accusations du monde :

13. Préférer sa propre compagnie est pathologique.

14. Les êtres humains sont destinés à vivre en société.

15. Pourquoi n'avez-vous pas consacré plus d'efforts à chercher un partenaire ?

16. Les gens mariés vivent plus longtemps, et en meilleure santé.

17. Vous pensez vraiment que quelqu'un va croire que la solitude vous rend heureuse ?

18. C'est bizarre que vous ayez autant d'affinités avec les gardiens de phare.

Kalbfleisch porte une cravate ornée de tamias rieurs.
— Prenez place, Roberta.
— C'est votre plus belle cravate, dit-elle.
— Comme vous le savez, je craignais que vous n'ayez le syndrome des ovaires polykystiques. Après avoir constaté des signes d'élargissement ovarien et d'une tendance polykystique, nous avons contrôlé votre taux de testostérone, et malheureusement les résultats confirment que vous êtes atteinte d'OPK.

Bien sûr.

Mais elle va rester calme, tenace. Elle saura résoudre le problème.

— Ce qui signifie ?

— Cela veut dire que certains de vos follicules, voire la plupart, n'arrivent pas à maturité, et que l'ovulation est donc sensiblement compromise. Même lorsque les OPK détectent une montée de LH, par exemple, il est très possible qu'aucun ovule n'apparaisse. Croisons les doigts pour votre cycle actuel. Vous revenez quand pour la prise de sang ?

— Mercredi, répond-elle, sollicitant les muscles de son visage pour ébaucher un sourire.

*Je résoudrai le problème.*

— Et si le test est négatif, ajoute-t-elle, j'utiliserai un donneur différent pour le cycle d'après. Quelqu'un qui ait à son actif un nombre de grossesses déclarées plus…

— Roberta.

Kalbfleisch se penche en avant et, pour une fois, la regarde dans les yeux.

— Il n'y aura pas de cycle d'après.

— Comment ?

— Étant donné votre âge, votre taux de FSH et le diagnostic d'aujourd'hui, votre chance de concevoir par IIU est quasi nulle.

— Mais s'il y en a une, au moins…

— Par quasi nulle, je veux dire nulle, en réalité.

Une tension douloureuse au fond de la gorge.

— Ah !

— Je suis désolé. Il serait contraire à l'éthique que je continue les inséminations quand les statistiques prouvent que c'est inutile.

*Ne pleure pas devant cet homme. Ne pleure pas devant cet homme.*

Il ajoute :

— Bon, gardons espoir pour ce cycle, OK ? On ne sait jamais. J'ai vu des miracles.

Elle attend d'être arrivée sur le parking pour fondre en larmes.

Sur la route obscure, elle recalcule son calendrier.

Elle fera le test de grossesse, le dernier de sa vie, le 1er décembre.

S'il est positif… !

S'il est négatif, il lui restera six semaines et demie avant le 15 janvier.

Avant le 15 janvier, elle pourrait encore être sélectionnée dans le catalogue, choisie par une mère porteuse, recevoir un appel téléphonique du travailleur social : *Madame Stephens, j'ai de bonnes nouvelles !*

Le 15 janvier, la loi « Chaque enfant a besoin d'un père et d'une mère » (UPUM) rétablira la dignité, la force et la prospérité des familles américaines.

Dans l'entrée de son immeuble, elle prend son courrier dans la boîte aux lettres. Une carte de rappel du dentiste ; un catalogue de jupes longues et de hauts flottants pour des femmes d'un certain âge ; et une enveloppe du centre Hawthorne de médecine de la reproduction, qu'elle ouvre en déchirant le rabat. VOICI UNE FACTURE, lit-elle, d'un montant de 936,85 dollars.

*Il est très possible qu'aucun ovule n'apparaisse.*

Dans sa cuisine, sur une plaque à pâtisserie, elle brûle la facture et regarde les flammes la consumer jusqu'à ce que l'alarme incendie se déclenche. *Hiiiiii ! Hiiiiii ! Hiiiiii ! Hiiiiii !*

— La ferme, la ferme…

*Hiiiiii ! Hiiiiii ! Hiiiiii !*

Elle tire une chaise en direction des hurlements

*Hiiiiii ! Hiiiiii !*

et grimpe dessus

*Hiiiiii ! Hiiiiii !*

et tape sur l'alarme avec son poing (« Tu vas la fermer, bordel ! ») jusqu'à ce que la protection en plastique se fende en deux.

Je suis partie pour Aberdeen avec ma *fisa* défectueuse. J'ai travaillé comme laveuse dans une blanchisserie du chantier naval.

## La fille

La sonnerie de trois heures retentit toujours quand elle remonte Lupatia Street en direction de la route de corniche. Dans sa poche, elle a glissé l'itinéraire de la maison de la sorcière, qu'Ash a réussi à extorquer à sa sœur.

Le cœur d'un cochon d'Inde pèse quatre-vingt-cinq grammes.

Celui d'une girafe, douze kilos.

*Yasmine, j'ai complété notre liste.*

Où est Yasmine en ce moment ?

Mattie entend battre son aorte tandis qu'elle fait craquer sous ses pas les aiguilles et les feuilles, et suit le chemin qu'elle espère être le bon. Elle a quitté la route au panneau bleu CAMPING 6,5 km, emprunté le sentier de randonnée jusqu'au panneau marron FORÊT D'ÉTAT GUNAKADEIT (à moins qu'il n'y en ait d'autres ?), puis s'est engagée sur une piste plus étroite.

« Tu bois juste des plantes sauvages », a expliqué la sœur d'Ash.

Le corps de Mattie sera nettoyé.

Mais ce sera un crime.

Moitié Éphraïm, moitié elle.

Un crime moins grave que si elle se rendait au Canada.

Mais on pourrait tout de même l'enfermer dans l'établissement pénitentiaire de Bolt River pour mineures.

Ce serait douloureux.

Moins qu'un centre d'IVG, où ils utilisent du fil de fer rouillé…

Mattie accélère le pas. Sa nuque ruisselle, ses cuisses brûlent, elle respire par à-coups.

Ash a refusé de l'accompagner. Si elles se faisaient prendre, la police pourrait penser qu'elle voulait elle aussi avorter, elle serait accusée d'être complice d'un meurtre et à seize ans on peut être poursuivie comme une adulte.

Mattie comprend. Mais Yasmine serait venue avec elle.

Une cabane apparaît, un carré tout simple en rondins, les fenêtres sont éclairées, un filet de fumée monte de la cheminée. La sœur d'Ash a dit de chercher les poules et les chèvres, preuve que c'était bien la maison d'une sorcière, pas celle d'un violeur. Pourtant les violeurs peuvent avoir des poules et des chèvres. Mattie voit ce qui ressemble à un poulailler, mais pas un seul volatile – peut-être qu'ils dorment ? –, et un enclos où (elle se glisse à l'intérieur pour vérifier) se trouvent deux petites chèvres, une noire, une grise. Elles la fixent avec des yeux de robot sans émettre un son. « Chut », dit-elle tout de même. La cheminée fume, les fenêtres sont éclairées, la sorcière est chez elle ; alors pourquoi s'attarde-t-elle auprès de ces chèvres ? Et si la sorcière détestait les visiteurs inopinés, et si elle était armée ? Il est légal de tirer sur quelqu'un s'il s'agit d'un intrus.

En gravissant les marches qui mènent à la cabane, elle inspire profondément comme maman lui a appris à le faire aux compétitions de gymnastique, quand sa petite taille lui permettait d'y participer.

Maman comprendrait mieux cette situation que papa.

Bien sûr la fille ne lui en parlera jamais.

*Toc, toc.*

La personne qui ouvre la porte n'est pas vieille. Elle est même presque jolie. De grands yeux verts, des cheveux noirs bouclés qui encadrent des joues pâles. Sa tenue – un tour de cou en velours et une grossière robe sac – évoque la rencontre d'une prostituée victorienne avec Cro-Magnon. C'est bien elle, la sorcière ?

La personne fronce les sourcils et la dévisage.

— Bonjour, dit Mattie.

C'est peut-être la domestique de la sorcière, ou sa petite sœur ?

— Toi.

La femme croise les bras sur sa poitrine, commence à se gratter les épaules à travers le tissu de sa robe sac. Les ongles font un bruit furtif.

— Je suis désolée de vous déranger, mais je cherche… je ne sais pas si vous êtes… Gin Percival ?

— Pourquoi ?

Elle lance un regard oblique à la fille. Plus comme un animal que comme un être humain.

— J'ai besoin d'une aide gynécologique.

— Comment es-tu venue ici ?

— C'est Clementine qui m'a parlé de vous.

— Clementine.

Elle fronce encore les sourcils, mais à présent elle sourit aussi : le visage partagé entre deux expressions.

— Elle m'a priée de vous dire… euh… que la verrue a disparu…

— Bien.

La personne s'écarte. Mattie entre. La pièce est chaude et sent le bois ; de minuscules lumières blanches sont fixées à ses chevrons, les étagères remplies de bocaux, de bouteilles et de livres. Il y a un poêle à l'ancienne. Pas de chaudron.

— Je suis Mattie… Matilda.

— Je m'appelle Gin Percival.

— Enchantée.

La gorge de la sorcière émet un long gargouillis sourd. Ses épais sourcils frémissent. Il se peut bien qu'elle soit folle.

— Assieds-toi.

— Merci.

La fille prend un siège.

— Quel genre d'aide ?

— J'ai besoin des herbes pour l'IVG.

— Tu es enceinte et tu ne veux pas le rester ?

Elle acquiesce.

Gin Percival place une main sur son front, comme pour s'abriter les yeux. Elle a un petit rire forcé.

— Je ne suis pas ici pour vous espionner, ajoute Mattie. Et personne ne m'a suivie.

Elle en est certaine.

— Quel âge as-tu ?

— Bientôt seize ans.

— En quel mois es-tu née ?

— En février.

— Quel jour ?

— Le 15. Je suis Verseau.

Gin arpente la petite pièce, les doigts croisés sur la tête.

— Ah ! le 15 février. Tu vas avoir seize ans.

— Vous ne...

La fille tousse, pour cacher sa nervosité.

— Est-ce que la peine de prison est pire si la patiente est mineure ?

Gin cesse de faire les cent pas. Elle laisse retomber ses mains le long de ses flancs.

— Ça n'a rien à voir. Tu veux de l'eau ?

— Non, merci. Je suis désolée de ne pas avoir pris rendez-vous.

— Tu es enceinte de combien de semaines ?

— Je n'en suis pas tout à fait sûre, onze ou douze, je pense... J'aurais dû avoir mes règles à la mi-septembre. Enfin, environ.

— Donc tu en es à peu près à quatorze semaines. Fin du premier trimestre. Tu dois inclure les deux semaines précédant la conception.

— Mais j'ai encore le temps, n'est-ce pas ?

Ces sourcils. Des chenilles brunes frénétiques. Peut-être que, parce qu'elle vit seule, la femme n'a aucune idée de la façon dont se comportent ses sourcils. La fille ne voit aucun miroir dans la pièce.

— Pour le genre de traitement que je propose ? À peine. Mais ça ira. Tu es sûre que c'est ce que tu veux ?

*Et si ta mère biologique avait décidé de mettre un terme à sa grossesse ?*

— Est-ce que…

La fille regarde les planches nues sous ses pieds.

— Ça fait très mal ?

— Pas vraiment. Tu vas boire une tisane qui a mauvais goût, et ensuite tu saigneras. Tu devras rester à la maison au moins une journée. Plutôt deux. Tes… tes parents sont au courant ?

*Pense à moi et à ta mère, qui avons attendu si longtemps.*

La fille secoue la tête.

— Mais je peux aller chez mon amie… Ouah ! Salut !

Une chose grise a sauté sur ses genoux, un accordéon ronronnant.

— C'est Malky.

— Bonjour, Malky.

Elle a plutôt horreur des chats, mais elle veut que celui-ci l'aime et que la sorcière le remarque.

— Il est très amical, ajoute-t-elle.

— Faux, répond Gin. Mets-toi sur le lit. Il faut que je t'examine. Enlève ton jean et ta culotte.

Elle va se laver les mains dans l'évier.

La fille se déshabille. Gin n'a rien étendu sur le lit où elle dort sans doute, ni drap ni serviette propre. La couverture marron est pleine de poils de chat.

— Allonge-toi, dit Gin en s'agenouillant.

Elle sent un peu le lait aigre. Elle place les deux mains sur le ventre de Mattie et exerce une légère pression. Les mains se déplacent méthodiquement, frottant et poussant.

Au-dessus de l'os du pubis elle s'arrête un moment. Comme si elle écoutait.

Ensuite elle dévisse le couvercle d'un bocal et prend un peu de gelée transparente du pouce.

— Je vais introduire deux doigts dans ton vagin. Tu es d'accord ?

— Oui.

La fille ferme les yeux, se concentre sur l'objectif de sa visite.

Les doigts ne s'attardent que quelques secondes, et ça ne fait pas mal. Pourtant...

Gin se relave les mains, et revient s'asseoir au bord du lit. Elle dévisage la fille.

— Tu as des dents très droites, dit-elle.

— L'appareil dentaire, répond la fille, sans comprendre pourquoi Gin éprouve le besoin de souligner ce détail. Je porte encore une gouttière la nuit.

— Tu as grandi à Newville ?

— À Salem.

— Tu es arrivée quand ici ?

— L'an dernier.

Gin touche la peau au-dessus de la hanche droite de la fille.

— D'où vient cette cicatrice ?

— Je suis tombée de vélo.

— Et ce grain de beauté ?

Elle appuie sur un nævus en forme de pomme sur la cuisse gauche.

— Quand est-il apparu ?

— Je l'avais à la naissance, je suppose.

Le doigt de Gin entoure le grain de beauté. Ses sourcils ont cessé de bouger, mais des larmes brillent dans les yeux qui le fixent.

C'est bizarre qu'elle le palpe aussi longtemps.

— C'est cancéreux ou quelque chose comme ça ? demande Mattie en haussant la voix.

— Non, répond Gin en se relevant. Tu peux te rhabiller.

Elle prend quelque chose sur une étagère. Les plantes abortives ?

Elle lui tend le bocal.

— Bonbons au marrube.

— Oh ! bien sûr.

Le carré marron, au goût de menthe et de réglisse, colle aux molaires de la fille.

— À propos, mes gencives saignent quand je me brosse les dents. Est-ce que j'ai le scorbut ?

— On n'attrape le scorbut que sur les bateaux. Ton corps fabrique plus de sang maintenant… c'est ça, la raison.

Gin fronce les sourcils, tapote sa joue d'un doigt.

— Je peux interrompre la grossesse, mais pas aujourd'hui. Il me manque des plantes, je dois me réapprovisionner.

— On dit demain, alors ?

— Plus tard. Je déposerai un mot à la poste.

*Plus tard ?*

La peur lui étreint les côtes.

— Mais je n'ai pas de boîte postale !

— Cotter sera au courant. Adresse-toi à lui dans deux ou trois jours.

— Le type qui a de l'acné ?

— Oui. Et la tisane aura un goût horrible.

Ce maudit chat est de retour sur les genoux de la fille. Elle le caresse.

— Comme le kombucha ?

— Un mauvais goût différent. Plus fort.

Gin Percival sourit. Ses dents sont jaunes, pas très droites ; elle n'est pas jolie, décide Mattie, mais sûre d'elle. C'est une personne qui n'est pas soucieuse de plaire aux autres. À sa manière, elle lui fait penser à Ro/Miss.

— Il vaut mieux que tu y ailles à présent… La nuit tombe. Tu connais le chemin ?

Suivre la piste jusqu'au sentier de randonnée, prendre la route de la corniche, puis descendre jusqu'à Lupatia Street, d'où elle appellera son père pour qu'il vienne la chercher après les heures passées à la bibliothèque. Elle rentrera chez elle plus angoissée que jamais. Elle n'est pas stupide, mais elle a été sotte. Pourquoi a-t-elle cru que le problème serait réglé aujourd'hui ?

— Il vaut mieux que je te montre le chemin.

Gin enfile un pull couleur de terre. Le chat saute des genoux de la fille.

— Ce n'est pas nécessaire.

— C'est facile de se perdre. Je t'accompagne jusqu'au sentier.

— Vous êtes sûre ?

— J'en suis sûre, Mattie Matilda.

Entre les différents noms de la glace polaire, celui que je préfère, c'est « banquise » (en ancien nordique, *pakki* – paquet – et *iss* – glace).

Il évoque les meutes de chiens et de loups. Les bêtes qui chassent.

Être pourchassée par les glaces flottantes, et déchiquetée.

# La guérisseuse

Elle a menti. Elle est bien approvisionnée en vergerette et en menthe pouliot, elle a du tussilage en quantité. Mais elle avait besoin de temps pour réfléchir. Le temps, du moins, d'accepter l'idée de violenter le corps qu'elle a fabriqué pour détruire un corps à venir.

Il y a des mois, lorsqu'elle a aperçu Mattie devant la bibliothèque, elle a eu l'impression d'être face à un miroir où elle ne voyait pas son propre reflet, mais celui de toute sa famille réunie dans un seul visage. L'agence avait garanti que le bébé serait placé au moins à cent kilomètres, et pourtant Matilda se trouvait là, sortant de la bibliothèque de Newville d'un pas enjoué, le portrait craché de sa grand-mère et de sa grand-tante.

La fille est un miroir qui répète l'histoire et replie le temps. Lorsque la guérisseuse a été confrontée au même problème, elle ne l'a pas résolu de la façon que lui conseillait Temple. Les avortements étaient légaux alors, mais elle voulait savoir ce qu'on éprouvait en créant un être humain avec son sang et ses minéraux, au rythme de sa propre horloge écarlate.

Créer, pas garder.

Les parents de la fille se sont bien occupés d'elle. L'haleine est fraîche, les cheveux lustrés, la langue rose saumon, les yeux brillants. La couleur de lune de sa peau est naturelle, et bien sûr elle est grande.

À l'entrée du sentier de randonnée, elles se disent au revoir. Gin attend que Mattie Matilda disparaisse au bas du chemin, une minute, dans l'air teinté de mauve, deux minutes, au-dessous des chouettes qui hululent, trois minutes, sur le sol veiné de glace… puis elle la suit. Elle veut s'assurer qu'aucun démon ne touche cette fille. Elle avance comme un chat, sans bruit, sur le sol grouillant d'hexapodes aveugles qui ingèrent champignons et racines. Malky a reconnu la fille à ses fluides ; il est allé directement sur ses genoux parce que, sous le rose à lèvres et le déodorant, il a détecté l'odeur d'une Percival.

Cachée dans l'ombre des sapins, la guérisseuse la voit atteindre le chemin de la falaise et tourner à gauche, en direction de la ville et des gens. Gin prend à droite, vers la mer, la nuit s'infiltrant par les trous de son pull-over. Elle s'approche au plus près de la falaise. Le bassin des requins est au repos. Un rayon de lune traverse les eaux lisses. Au loin, sur l'horizon, un aileron noir. Et le phare. Grâce au fanal placé au sommet de la tour, les bateaux ne se fracassent pas contre les rochers. Le pinceau lumineux empêche l'océan de les engloutir. Le bateau a des guetteurs, des hommes en imperméable qui scrutent l'obscurité et ont peur de mourir. Le phare éclairé leur dit « Ne venez pas ici » ; la lumière les oriente ailleurs, sur l'eau noire au fond de laquelle s'empilent des ossements que ces marins ne veulent rejoindre à aucun prix. Sur les bateaux, toute référence à des avocats, des lapins, des porcs et des églises porte malheur. En mer on ne dit pas « se noyer », mais « se perdre ».

Le jour de la réunion des parents, l'institutrice a demandé : « Mais où est ta maman ? » Et Gin a répondu : « Elle a pris un bateau. »

En réalité sa mère est partie à bord d'un taxi, a payé avec l'argent volé dans la caisse de Goody Hallett's. La guérisseuse, alors âgée de huit ans, l'a attendue des heures. Une journée entière. Tout l'hiver. Ensuite Temple l'a emmenée à Salem dans sa voiture et a obtenu sa garde légale.

Huit hivers plus tôt, Gin a découvert le corps de Temple écroulé au pied d'un sapin argenté, et n'a jamais pu déterminer la raison de sa mort. Crise cardiaque ? Attaque ? Partie cueillir du pourpier, sa tante était restée absente si longtemps que Gin avait commencé à s'inquiéter. Elle était allée à sa recherche. Elle l'avait trouvée. La peau bleuie, mais, cela mis à part, sa tante avait l'air endormie.

Goody Hallett's avait fermé, parce que les touristes qui achetaient des bougies et des jeux de tarots n'étaient plus assez nombreux. Temple avait vendu le bâtiment. Elles avaient quitté l'appartement situé au-dessus de la boutique pour s'installer dans une cabane en pleine forêt, et Temple avait dit à sa nièce, qui depuis son départ du lycée passait son temps à la bibliothèque et sur les falaises : « Il est temps que tu te mettes au travail. »

La guérisseuse ne voulait pas qu'on emporte le corps. Elle refusait de livrer sa tante à un salon funéraire où elle serait vidée de ses organes et embaumée ; la terre était gelée ; et Temple n'avait jamais aimé le feu. Gin lui avait alors coupé les ongles, les cheveux et les cils, découpé au rasoir la peau du bout de chaque doigt, et avait mis le corps dans le congélateur, sous le saumon et la glace.

L'hiver dernier, Gin a eu trente-deux ans : deux fois seize (l'âge de la fille en février prochain), la moitié de soixante-quatre. Soixante-quatre est le nombre de démons dans le *Dictionnaire infernal**. Le nombre de cases d'un échiquier. Soixante-quatre est le carré de huit, qui est le nombre de la régénération et de la résurrection : recommencer encore et encore.

Comment peut-elle s'assoupir alors qu'elle revoit sans cesse devant elle le visage de la fille ?

Elle passait des mois, des années, sans y penser. Puis un détail (l'odeur des cerises, le mot « bientôt ») le lui rappelait. Elle oubliait de nouveau, laissant s'échapper le petit poisson. Mais après avoir vu ce visage à la sortie de la bibliothèque, elle n'avait plus arrêté d'y songer. De se demander si c'était vraiment elle. *C'est toi ?*

C'est elle.

— Malky, viens ici.

Elle coupe un morceau du pain de Cotter, elle offre la première bouchée au chat. Elle masse un coin de la plante de son pied droit avec une goutte d'huile d'épinette noire.

Et elle s'endort.

Des coups frappés contre le bois, Malky crache, et tous les poulets de la famille s'égosillent. Elle se lève, frappée de stupeur, se racle la gorge, pète.

On frappe encore. Malky feule, puis se met à hurler.

— Chut, Mo, dit-elle, l'écartant du seuil avec son gros orteil.

Des hommes en uniforme bleu. Un brun, un blond.

— Quoi ? dit-elle.

— Je suis l'officier Withers et voici l'officier Smith, dit le policier aux cheveux bruns. Vous êtes Gin Percival ?

Est-ce qu'ils l'ont vue l'épier ? Sera-t-elle accusée de l'avoir traquée ? Mattie, quand elle l'a rencontrée, s'est-elle souvenue de l'avoir aperçue sous les arbres près du lycée, en a-t-elle parlé à ses parents ?

Gin voulait juste regarder son visage. Voir ce qu'elle était devenue. Entendre sa voix.

— Gin Percival, déclare le policier brun, je vous mets en état d'arrestation pour faute médicale.

La guérisseuse reste bouche bée.

— Elle ne parle pas anglais ? demande le blond.

Le policier brun se racle la gorge.

— Vous avez le droit de garder le silence. Tout ce que vous direz pourra être et sera utilisé contre vous dans un tribunal. Vous avez le droit de parler à un avocat et d'exiger sa présence pendant l'interrogatoire. Si vous n'avez pas les moyens de payer un avocat, vous en aurez un commis d'office. Comprenez-vous les droits qu'on vient de vous lire ?

Elle attend sur un banc près du bureau du policier blond. Ils lui ont donné un paquet de crackers et de l'eau dans un gobelet en carton paraffiné.

Qui versera le grain de Pinka et de Hans ? Qui portera la poule boiteuse jusqu'à son abri ? Qui donnera son poisson à Malky ? Et s'ils ouvrent…

— Je veux téléphoner à quelqu'un, dit-elle.

— Vous avez déjà eu votre appel, réplique le policier blond.

— Non, c'est faux.

Il hurle par-dessus son épaule :

— Jack, elle a déjà passé son coup de fil ?

— Aucune idée ! crie quelqu'un que Gin ne voit pas.

— Bon, allez-y, dit le blond.

Gin reste debout près du bureau, les doigts sur le combiné en plastique.

— Allez-y, m'dame.

Elle n'a pas utilisé de téléphone depuis la mort de Temple.

— J'ai oublié le numéro, répond-elle.

Combien de saumons a-t-elle congelés récemment ? Combien se trouvent encore dans le congélateur ? Combien de sacs de glace ?

— Tous vos contacts sont dans votre portable, je me trompe ? dit le policier. Fâcheux, mais ça arrive souvent.

— J'ai besoin du numéro de la poste.

— Celle de Newville ?

Elle sourit, parce qu'un hochement de tête ferait jaillir un flot de larmes sur ses joues.

La glace lancée à ma poursuite s'appelle *ivu* chez les Inupiat et « poussée de glace » chez les Européens ; et jamais elle ne prévient. Elle galope vers la côte depuis la mer extérieure, gerbe d'eau tourbillonnante canalisée, façonnée en un raz-de-marée aussi tranchant que l'acier. Mais je serai plus rapide que l'*ivu*. Je me changerai en cerf des neiges et je le dépasserai.

## L'épouse

Elle promène les enfants dans Lupatia Street, tuant le temps. Le vent est rapide, vif et cinglant à la fin novembre.

Devant le Cone Wolf, elle pense à la fossette de Bryan.

Aux cuisses de Bryan.

À la manière dont il l'a regardée.

— Bonjour, Susan ! dit le bibliothécaire en passant.

— Bonjour.

Goody Hallett's a disparu, le Snippity Doo Dah est nouveau, mais les autres magasins, le pub, la bibliothèque et l'église existent ici depuis des décennies, dans le vent salé.

L'épouse mourra-t-elle à Newville ?

Alors qu'ils traversent Lupatia, un vélo les frôle de si près que le duvet de son bras se hérisse.

— Tu peux pas regarder, putain ! hurle le cycliste qui ralentit pour la dévisager. Ça te suffit pas d'avoir choisi de procréer sur une planète à l'agonie ?

— Connard ! lance-t-elle à son tour.

C'est vrai, elle marchait en dehors du passage piéton.

C'est vrai, elle a ajouté quelques individus à ce tas fumant.

Le parfum chaud et soyeux, tout neuf, du cou de Bex.

Sa bouche avide sur le téton de Susan, pressée de faire jaillir le lait qui picote l'intérieur du mamelon.

John qui dormait contre sa poitrine avec une confiance sans bornes.

La planète est peut-être en train d'étouffer, saignant par tous ses pores, mais elle les choisirait tout de même sans hésiter une seconde.

— Maman chérie, on a école demain ?

— Oui, poussin.

Elle met son clignotant, freine et quitte la rue pavée.

— Pourquoi ?

— Parce que demain c'est lundi.

Elle gravit la colline sous une canopée mouvante d'aulnes rouges et d'arbousiers.

*Nous pourrions peut-être prendre un café ensemble un de ces jours ?*

Ils pourraient se retrouver à Wenport. Pour un café.

Autrefois elle traversait Wenport lors de ces interminables trajets en voiture à l'heure de la sieste – quand Bex était bébé, elle ne voulait jamais fermer les yeux – pendant que Didier enseignait et qu'elle ne savait plus que faire pour endormir sa fille.

L'air de Wenport empeste l'œuf, à cause de l'usine de pâte à papier.

Elle pourrait coucher avec Bryan à l'arrière de cette voiture.

Peut-être pas sur la banquette ; il est trop grand.

Un motel. Payé en espèces.

Les arbres cèdent la place à une pente dégagée, parsemée de touffes de graminées et de lavande. L'allée de terre. La maison.

— On est rentrés, Baby Bones, dit Bex à John, qui sera marqué à vie parce que sa mère lui a dit de la fermer, putain.

John, à qui Susan donnerait sa propre vie pour ne pas le traumatiser.

Détacher la ceinture, le soulever, le poser sur le sol.

Elle lâche les clés de voiture sur la table de l'entrée. Son mari est prostré sur le canapé du salon.

— C'est ton tour, dit-elle. Je vais marcher.

— Et le déjeuner ?

— J'ai mangé en ville avec les enfants.

— Pas moi.

— Eh bien… mange.

— Je t'attendais, répond-il. Il n'y a rien à la maison.

— Faux.

— Je suis censé manger quoi, alors ?

L'épouse se dirige vers la cuisine, puis s'arrête.

— En fait, ce n'est pas à moi de me demander ce que tu vas te mettre sous la dent.

— Tu pourrais au moins me faire une suggestion. Il n'y a absolument *rien** dans le frigo.

— Je suggère que tu remettes les enfants dans la voiture pour les emmener quelque part, et que tu achètes quelque chose.

— Je suis épuisé, répond-il.

L'épouse envoie promener ses mocassins, enfile des baskets, noue les lacets. L'heure de son moment de solitude a sonné.

— Papa, je peux te faire un gâteau si tu veux.

— Je voudrais un brownie à la marijuana.

— Quels sont les ingrédients ? demande Bex.

Didier lance à sa femme un regard, aiguisé par des années de pratique, qui lui attribue le rôle d'une mégère coincée et fait de lui un adolescent impénitent de quatorze ans.

— Réflexion faite, Bex, tu peux me préparer un *sammie*[1] ? Avec du beurre et du sucre roux ?

— Un *sammie,* ça marche !

La fillette s'éloigne en sautillant.

— Je te vois dans une heure et cinquante-sept minutes, dit l'épouse.

Elle descend la colline dans la pénombre feutrée de la verdure.

Il fait plus chaud dans les bois qu'à la maison. Si Didier gagnait plus d'argent, ils auraient les moyens de rénover ce

1. Sandwich.

capharnaüm plein de courants d'air, mais ça n'arrivera jamais, et tout restera en l'état.

*Tu n'as qu'à travailler, alors !* crie Ro.

*Reprends donc tes études de droit !* crie la jeune femme que l'épouse était autrefois.

Elle n'aurait pas dû arrêter ses études.

Bien sûr que si.

Et si elle ne l'avait pas fait ?

Son programme n'était pas de haut niveau, mais il était honorable. Au bout de deux ans, elle était allée boire un verre avec une amie de son groupe. À l'heure de la fermeture, l'amie avait dit qu'elle connaissait un magasin de beignets ouvert toute la nuit.

Si l'amie n'avait pas connu cette pâtisserie, ou si elle avait été fatiguée, ou n'avait jamais existé, l'épouse aurait mené à bien son programme, elle serait entrée au barreau, aurait été engagée par un cabinet d'avocats, et peut-être aurait-elle même eu le temps d'avoir des enfants.

Pas forcément. En tout cas, ces enfants-là, si elle avait eu le temps de les avoir, ne seraient pas Bex et John.

Ce fait éclipse tous les autres.

L'épouse marche sur une main, molle et caoutchouteuse.

Une main morte sur le sol de la forêt.

Une main arrachée à son propriétaire, détachée du corps.

Une main morte est aussi un champignon.

Un sac en plastique noir est aussi un animal.

Vous n'en croyez pas vos yeux.

Elle s'est convaincue alors que c'était un sac parce qu'elle se refusait à reconnaître que c'était un animal à l'agonie.

*Je voulais l'aider, mais c'était déjà fini.*

Comment peut-on aider une chose calcinée, à demi vivante ?

Rouler dessus très vite pour mettre fin à sa torture.

Elle pourrait mettre fin à son mariage avec Didier.

Mettre John à la crèche et terminer sa licence de droit.

Avec quel argent ?

Mettre John à la crèche et obtenir un emploi au Cone Wolf.

Ou au lycée Central Coast Regional, où la titulaire d'une licence dénuée d'expérience peut enseigner l'histoire, et où un diplômé d'un simple *community college* dénué d'expérience peut enseigner le français.

Elle pourrait cesser d'être l'épouse de Didier.

En thérapie, Bex et John la rendront responsable de leur enfance brisée et des problèmes d'inadaptation qui en ont résulté, causant le naufrage de leur vie d'adulte.

Leurs thérapeutes diront : « Vous pensez pouvoir lui pardonner un jour ? »

D'abord laveuse dans la blanchisserie du chantier naval, puis bonne dans la maison du directeur du chantier naval. J'ai fait infuser le thé pour le majordome et la cuisinière, j'ai appris l'anglais, entendu par hasard les leçons données au fils aîné du directeur. Bocaux de bestioles à épingler et à disséquer. Un volcan fait de papier mâché. Navigation maritime : démonstration avec un astrolabe.

L'exploratrice polaire demanda à s'asseoir avec eux dans la salle de classe.

~~Le jeune précepteur accepta et n'exigea rien en échange.~~

~~Le jeune précepteur accepta, mais exigea la moitié de son salaire mensuel en échange.~~

~~Le jeune précepteur accepta, mais exigea de coucher avec elle en échange.~~

Le jeune précepteur, Harry Rattray, accepta si elle promettait de se promener avec lui le dimanche au milieu des crocus violets, dans le parc Victoria récemment ouvert à Aberdeen.

## La biographe

Deux heures de route pour une prise de sang. À la clinique, ils vont mesurer ses taux de HCG et la rappeler pour lui donner les résultats. Elle n'a pas fait le test chez elle avant de venir, contrairement à son habitude. Elle veut procéder d'une manière tout à fait différente pour cet ultime test de grossesse, afin que l'issue soit différente elle aussi.

Si ce cycle échoue, elle n'aura pas d'enfant biologique.

Pour adopter en Chine, votre index de masse corporelle doit être inférieur à trente-cinq, le revenu annuel de votre foyer doit être supérieur à quatre-vingt mille dollars.

Pour adopter en Russie, le revenu annuel de votre foyer doit atteindre au moins cent mille dollars.

Pour adopter aux États-Unis – à partir du 15 janvier – vous devez être mariée.

« Vous êtes mariée, miss ? »

Lorsque la première assistante sociale de l'agence d'adoption lui a dit « J'espère que vous vous rendez compte qu'un enfant ne remplace pas un partenaire amoureux ? », la biographe a failli partir au milieu de l'entrevue. Elle s'en est abstenue, parce qu'elle voulait être inscrite sur leur liste d'attente. Ce soir-là elle a projeté un cactus en pot contre le réfrigérateur.

La dernière fois qu'elle a eu un rapport sexuel, c'était il y a près de deux ans avec Jupiter, un membre du groupe de méditation.

« Ta chatte a une odeur exquise », dit-il en s'attardant sur la seconde syllabe d'« exquise », qui résonna aux oreilles de Roberta comme un horrible gazouillis.

Il essuya le sperme sur les poils noirs frisés de son ventre et ajouta :

« Tu es sûre de ne pas t'attacher ?

— Parole de scout ! répondit Roberta.

— Bien sûr, l'attachement n'est pas toujours une mauvaise chose, mais je ne nous vois vraiment pas dans ce genre de relation. Je pense que nous nous entendons bien sur les plans sexuel et intellectuel, mais pas sur les plans émotionnel et spirituel.

— Je vais chercher une barre Klondike, dit la biographe, en glissant hors du lit. Tu en veux une ?

— À moins que tu ne m'utilises en secret pour *ça.* »

Il leva cinq doigts luisants.

« Tu aurais la *Torschlusspanik* ?

— Je ne parle pas allemand.

— Le démon de midi. La panique face aux portes qui se ferment. La peur des opportunités qui diminuent quand on prend de l'âge. Par exemple, quand les femmes craignent d'être trop vieilles pour…

— Tu veux une barre Klondike ou non ?

— Non. »

La biographe sentit qu'il se demandait, maintenant qu'il y réfléchissait, si ce n'était pas le cas.

Redoutant de sécher sur pied, n'avait-elle pas décidé de lui voler son sperme végane ?

Elle mordit dans le chocolat glacé, qui fit jaillir des étincelles dans ses dents, et il dit :

« Ce truc est mauvais pour la santé. »

Bien qu'elle ne parle pas de sexe dans ses carnets, il est possible qu'Eivør Mínervudottír ait couché avec des tas d'hommes. Des tas de femmes. Qui peut dire ce qu'elle a fait avec les autres bonnes d'Aberdeen, ou avec ses coéquipiers lors des traversées de l'océan ?

Autre possibilité : elle a passé toute sa vie (mis à part, ou y compris, les dix-huit mois de son mariage) sans sexe. Par nécessité. Par choix.

Mais combien d'aventuriers ont navigué jusqu'au cercle arctique, dormi dans des tentes plantées sur des glaces flottantes, vu la peau d'un homme peler parce qu'il avait mangé le foie toxique d'un ours polaire ?

Dans la salle d'attente de la clinique, envahie par le tintement agaçant d'une musique d'ambiance diffusée par la radio, la biographe se vaporise les mains de désinfectant. Un écran plat fixé au mur susurre les informations, que suivent deux ou trois personnes, mais tout le monde se tait.

— Vous êtes là pour quoi aujourd'hui ?

Roberta lève les yeux : une femme coiffée d'une queue-de-cheval blonde, assise en face d'elle, lui sourit.

— Un test de grossesse.

— Ouah ! Alors c'est peut-être le grand jour !

— Sans doute pas, répond la biographe.

Mais si, en fait, c'est possible. Si ce cycle aboutit, la victoire de la onzième heure sera une histoire à raconter au bébé. *Tu es arrivé juste à temps.* Elle remarque que la femme porte une simple alliance, et pas de bague de fiançailles ostentatoire.

— Et vous ?

— Contrôle du neuvième jour, dit la blonde. C'est mon deuxième cycle. Mon petit mari pense que nous devrions adopter, mais je… je ne sais pas. C'est…

Des larmes brillent dans ses yeux.

Les mots « petit mari » compensent l'absence de diamant à son doigt.

— Au moins vous pouvez adopter, dit la biographe, plus fort qu'elle ne l'aurait voulu.

La jeune femme acquiesce, impassible. Peut-être qu'elle n'a jamais entendu parler de « Chaque enfant a besoin d'un père et d'une mère » ; ou qu'elle l'a oublié aussitôt qu'elle l'a su, parce que la loi ne s'applique pas à elle.

Comparer et désespérer.

La biographe déboutonne sa manche, la remonte, serre le poing. L'infirmière Crabby tamponne la peau meurtrie. Archie était fier de ses traces de piqûres et négligeait exprès de porter des manches longues.

L'infirmière a, comme toujours, des difficultés à trouver une veine.

— Elles sont enfouies trop profondément.

— Celle qui est près du coude est la plus facile d'habitude…

— Voyons d'abord ce que nous avons par ici.

La voiture de la biographe gravit la corniche, l'océan se déploie tout en bas. La mer vaste, sombre, lumineuse, périlleuse, les fonds blancs, jonchés d'ossements de marins, les marées plus puissantes que l'effort humain. Les écueils rocheux (*faraglione,* en italien) dorment telles de minuscules montagnes dans les vagues. Elle aime le fait brut de l'existence d'innombrables millions de créatures dans l'eau – microscopiques et gargantuesques, vivantes et mortes depuis longtemps.

Un coup d'œil à cette mer peut donner l'illusion que tout va bien. On prend soin de ne remarquer que les soucis apparents. Les coyotes dans Lupatia Street. La levée de fonds pour les réparations du phare. C'est pour cette raison que la biographe est tombée amoureuse de cette région de sapins à la cime pointue, au début – ici, il lui était si facile d'oublier le monde tumultueux. Elle parvenait presque à ne plus voir les lèvres bleues de son frère, la mâchoire grisâtre de sa mère sur son lit d'hôpital.

Alors que la biographe se cachait dans une Arcadie pluvieuse, on avait fermé les dispensaires de gynécologie qui n'avaient pas les moyens de payer les rénovations demandées.

On avait interdit les avortements au-delà du premier trimestre.

On avait contraint les femmes à attendre dix jours avant la procédure et à suivre sur Internet un interminable cours sur les seuils de douleur fœtale et sur les célébrités dont les mères avaient envisagé de mettre fin à leur grossesse.

On avait commencé à parler de ce fameux amendement sur l'identité de la personne, qui depuis des années avait été une idée marginale, une farce.

À la table de la cuisine elle mange un bol de tranches d'ananas.

Elle sirote de l'eau. Elle attend le coup de téléphone.

Lorsque le Congrès a proposé le vingt-huitième amendement à la Constitution des États-Unis, et qu'il a été soumis aux votes des États, la biographe a écrit des lettres à ses représentants. Elle a participé à des marches de protestation à Salem et à Portland. Elle a fait des dons au planning familial. Mais elle n'était pas si inquiète que ça. C'était sûrement une comédie politique, une surenchère de la Chambre des représentants et du Sénat ligués avec le nouveau président amoureux des fœtus.

Or trente-neuf États avaient voté la ratification. Les trois quarts de la majorité. La biographe avait regardé l'écran de son ordinateur éclaboussé par cette nouvelle et revu les panneaux brandis lors des rassemblements (ÉLOIGNEZ VOS ROSAIRES DE MES OVAIRES ! SORTEZ DES SENTIERS BATTUS !), elle avait pensé aux pétitions en ligne, aux articles d'opinion des célébrités. Elle ne parvenait pas à croire que l'amendement sur l'identité de la personne était devenu une réalité alors que tant de citoyens s'y opposaient.

Ce qui (l'incrédulité) était stupide. Elle savait – en tant que professeure d'histoire, c'était son métier – combien d'horreurs étaient légitimées au grand jour, contre la volonté de la plupart des gens.

Une fois l'avortement déclaré illégal, avaient annoncé les membres du Congrès, il y aurait plus de bébés susceptibles d'être adoptés. Interdire l'IVG ne causait de mal à personne, avaient-ils affirmé, parce que les gens qui avaient un utérus défectueux ou un sperme anormal pourraient simplement adopter tous ces bébés supplémentaires.

Mais les choses ne s'étaient pas passées ainsi.

Elle termine l'ananas.

Elle avale le reste de son eau.

Elle dit à ses ovaires : *Pour votre patience, pour vos ovules, je vous remercie.*

Elle dit à son utérus : *Puisses-tu être heureux.*

À son sang : *Puisses-tu être en sécurité.*

À son cerveau : *Puisses-tu échapper à la souffrance.*

Son téléphone sonne.

— Bonjour, Roberta.

Kalbfleisch en personne à l'appareil. D'habitude c'est une infirmière.

— Bonjour, docteur.

S'il appelle lui-même, est-ce parce que la nouvelle est différente cette fois-ci ?

Elle se tient debout, le dos plaqué contre le réfrigérateur. S'il vous plaît s'il vous plaît s'il vous plaît s'il vous plaît s'il vous plaît s'il vous plaît s'il vous plaît.

Sur la colline les sapins tremblent et frissonnent.

— Je suis désolé, dit-il, mais les résultats de votre test sont négatifs.

— Oh ! répond-elle.

— Je sais que c'est une déception.

— Oui.

— Les chances n'étaient pas en votre faveur, vous savez.

Le docteur s'éclaircit la voix.

— Je suis curieux de savoir… Eh bien, avez-vous… Laissez-moi le formuler en ces termes : est-ce que vous voyagez beaucoup ?

— Je vais quelquefois en Floride, pour voir mon père.

— Je parle de voyages à l'étranger.

Prendre des vacances pour se consoler ?

*Va te faire foutre.*

Attends.

Non.

Il parle d'autre chose.

— Vous me recommandez donc, dit-elle avec hésitation, compte tenu de mes… difficultés, de me rendre… dans un pays où la FIV est légale ?

— Je ne vous le recommande pas, répond-il.

— Mais vous venez de me dire à l'instant…

— Je ne vous donne aucun conseil qui enfreigne la loi et qui pourrait me faire perdre le droit d'exercer.

Sans s'en rendre compte, vient-elle de parler à un être humain ?

— Vous m'avez compris, Roberta ?

— Je crois.

— Très bien.

— Merci pour…

— Bonnes fêtes.

— À vous aussi.

Elle appuie sur la touche FIN.

Elle tripote le torchon suspendu à la poignée du four.

Elle regarde la colline couverte de sapins, la vague vert foncé qui ondule.

Croit-il vraiment, sincèrement, qu'elle a les moyens de « voyager à l'étranger » ?

*Prends une douche,* se dit-elle.

Trop triste pour se doucher.

Elle voulait étudier la glace marine,

qui est d'abord une soupe froide de cristal

dont ne sait rien Harry Rattray, le précepteur écossais

elle forme une croûte instable ~~assez solide pour supporter le poids d'un macareux~~ d'une hauteur supérieure à celle d'un homme

elle peut bloquer, piéger, défoncer, ou

écraser carrément
un bateau

trop triste

# La fille

Pendant qu'ils passent leur test, Ro/Miss fait une chose très bizarre avec ses doigts sur les côtés de son visage. Elle les frotte violemment. Les yeux fermés. Une mauvaise migraine ? La fille n'est pas d'accord avec papa, qui considère Ro/Miss comme une gauchiste ; elle est juste intelligente. Une vieille fille intelligente. Si Mattie employait cette expression devant sa professeure, elle recevrait un sermon : *Qu'évoque le terme de « vieille fille » qu'on ne retrouve pas dans le terme « célibataire » ? Pourquoi ont-ils des connotations différentes ? Ce sont les lois du langage, jeunes gens !*

La sorcière aussi est une vieille fille. Elle est hardie, froide, et ne serait pas perturbée par les Nouri Withers de ce monde. À la place de Mattie, au lieu de se tourmenter à cause d'une pétasse mélancolique que préfère Éphraïm, Gin Percival déciderait de tourner la page ou de se venger. Elle inventerait une potion qui rendrait le bout des doigts de Nouri insensible pour le restant de ses jours, et l'empêcherait de lire le braille si, l'âge venant, elle perdait la vue.

Sauf qu'en prison elle ne peut pas fabriquer de potions.

— Tout le monde a fini ? lance Ro/Miss. Sinon, tant pis.

D'après le journal, la sorcière a blessé la femme du proviseur.

— Ash, arrêtez d'écrire. *Tout de suite.* Rendez-moi cette feuille.

Sauf qu'elle a l'air incapable de faire du mal à quelqu'un.

Est-ce qu'ils vous fournissent des tampons en prison ? Peut-être que Gin Percival n'en a pas pris avec elle. Et s'ils se trompent de taille et lui donnent un mini alors qu'elle a besoin d'un Super Plus ?

Yasmine a guidé Mattie par téléphone quand elle a perdu un tampon à l'intérieur de son vagin. Elle lui a expliqué comment trouver les muscles qui l'expulseraient : « Imagine que tu te retiens de faire pipi. »

La banquise pouvait bloquer, piéger, défoncer, ou carrément écraser un navire de trois cent cinquante tonnes. Mínervudottír voulait faire la connaissance de cette brute.

# La guérisseuse

Elle revient d'une promenade au fond de la mer. Les minuscules sans-yeux et sans-pieds ont marché avec elle. Couru avec elle, les aplatis et les pourvus d'ailerons, vogué avec elle les sans-poumons ; oscillé avec elle les herbes fantômes, les poissons-lanternes, les poissons-loups à ocelles. Vers le nord se baignaient les poissons-vipères, qui ne la voyaient même pas, vers le sud volaient les requins-lutins, qui ne l'ont même pas mangée. Elle a frôlé de l'orteil un poisson-loup, glissé son pouce sur une raie, touché la ventouse d'une seiche bigleuse.

Au réveil, elle est de retour sur la couchette en béton.

Comme l'alvéole d'une ruche.

— Voici votre plateau, dit la gardienne de jour, dont la main gauche a six doigts.

L'hyperdactylie est le signe distinctif des visionnaires.

— Et vous avez une lettre.

Sur du papier blanc, au crayon :

*Chère Ginny,*

*Tout va bien se passer. Je nourris les animaux. Et j'ai pris soin de l'autre chose. J'espère que tu aimes cette sorte de chocolat.*

*C.*

Si poli, ce Cotter. « Je vais la mettre dedans à présent, OK ? » a-t-il dit, la première fois qu'ils ont couché ensemble. Poli jusqu'au retour des vaches à l'étable. Dedans, dedans et dedans. Après, son vagin était douloureux.

Elle était curieuse d'essayer. Ils l'ont fait cinq fois, quatre jours différents, sur une couverture posée par terre dans le sous-sol des parents de Cotter, puis elle a décidé qu'elle n'en avait plus envie.

Cotter avait l'air triste, mais il a continué de la raccompagner chez elle après les cours, ils ne parlaient pas beaucoup, et quelquefois pas du tout. Son vagin ne lui faisait plus mal. Ils écoutaient le *clop clop* de leurs chaussures sur le trottoir. Un jour, la sirène du tsunami retentit si fort que Gin tomba à genoux… « On va se noyer ? » Elle détestait nager, elle avait peur des requins. « Mais non, c'est juste un exercice », répondit-il, et il s'accroupit pour la serrer dans ses bras.

Cotter n'était pas son futur mari, même si à l'époque il en avait un peu envie. Les vierges écossaises avaient l'habitude d'arroser de pisse de vache un morceau de tourbe carbonisée et de l'accrocher sur le seuil ; le lendemain matin, la couleur de la mousse de pisse serait celle des cheveux de leur futur mari.

Mattie Matilda a-t-elle résolu son problème aujourd'hui ? Ou bien le petit poisson est-il encore dans son ventre ?

— La lettre parle de chocolat, dit Gin à la gardienne.
— Vous n'y avez pas droit.
— Mais on me l'a envoyé.
— Vous êtes en prison, ma grande. Ici, rien ne vous appartient.

— Dites-moi au moins quelle *sorte* c'était ! hurle-t-elle au dos de la gardienne.

Les autres gardiens sont en train de le manger, elle le sait. Ils s'en barbouillent la figure.

Ils lui ont pris aussi les lanternes d'Aristote. Son tour de cou.

« Si nous allons au tribunal, il est préférable que vous ayez l'air aussi classique que possible, dit l'avocat. Des études ont prouvé que les jurés sont influencés par l'aspect soigné et la tenue. »

Sa toilette ne changera pas d'un iota. Elle ne permettra pas qu'il lui procure des vêtements achetés dans un grand magasin. Sa tante hurle depuis le congélateur : *Montre à ces trous du cul comment se comporte une Percival !* Gin a refusé la purée instantanée et les nuggets de porc ; elle mange ses ongles et la peau abîmée tout autour. L'avocat a promis de lui apporter de la meilleure nourriture. « Je vous sortirai de là avant Noël. »

Noël, son criminel favori. Les chaussettes suspendues au sapin, les arbres abattus, les oies tuées d'un coup de fusil, les enfants menacés de recevoir du charbon en guise de cadeaux.

La semaine prochaine, c'est Noël.

Faute médicale : qui croira une farfelue des bois plutôt qu'un proviseur de lycée ? Naturellement, ce connard est devenu proviseur – avec tous ces jeunes enfants à mener à la baguette. Donner des ordres à Lola ne lui suffisait pas. « Si tu divorces à ton âge, tu ne trouveras jamais d'autre homme, c'est juste une question de nombre d'années, chérie, tu as basculé du mauvais côté. » C'est ce qu'il lui avait dit, a-t-elle raconté à Gin.

Ils croient que la guérisseuse l'a blessée grièvement. Qu'elle a agité son balai vers la lune, recueilli son propre sang menstruel dans le crâne d'un chat, trempé un crapaud vivant dans ce sang, et arraché une des pattes du crapaud pour l'enfoncer dans le trou du cul de Lola.

Personne ne sait pourquoi les algues vertes invasives – toxiques pour les coques de bateaux, les huîtres et la paye des pêcheurs – sont revenues à Newville. Personne ne le sait, les gens ont donc décidé que c'était la faute de la guérisseuse. Elle a jeté un sort aux algues. Elle les a attirées sur le rivage avec son sifflet spécial de sorcière. Pour quelle raison ? Quelle raison, salopes ?

Certaines choses sont vraies ; d'autres pas.

Lola a fait une chute violente dans l'escalier.

Elle est tombée si fort que son cerveau a gonflé.

Elle est tombée parce qu'elle avait bu une « potion ».

La « potion » qu'elle avait bue avant de tomber était directement responsable de la chute.

Le fait d'avoir fourni la « potion » est considéré comme une faute médicale.

Le gros titre du journal annonce : TEMPÊTE DANS UNE POTION.

L'huile qu'elle a donnée à Lola était un calmant pour sa cicatrice.

L'huile était destinée à un usage local, non à être bue.

Même avalés, la fleur de sureau, le citron, la lavande et le fenugrec n'ont jamais fait tomber personne.

La parole d'une farfelue des bois ne fait pas le poids face à celle d'un proviseur.

— Percival !

Une gardienne à travers le judas de la porte.

— Habillez-vous. Votre avocat est là.

L'avocat porte un costume, comme la fois précédente. Pour donner l'impression qu'il est réel, peut-être. Pour paraître solide, convaincant, au lieu du garçon tremblant, bizarre et grassouillet qu'il est. Chez les humains, Gin préfère ceux qui sont bizarres et tout tremblants, et il lui plaît.

Il sort deux boîtes de carrés de réglisse de son attaché-case.

— Comme vous l'avez demandé.

La guérisseuse en ouvre une. Elle se remplit la bouche du goût de la pâte noire, puis lui tend la boîte.

— Hmmm. Je n'en mange pas.

Il sort un flacon de désinfectant et s'en asperge la paume.

— Donc, votre ami Cotter prend soin des animaux et dit que tout le monde va bien.

— Il a vérifié que les chèvres ne montaient pas sur la piste ?

L'avocat acquiesce. Il se gratte la nuque.

— Je crains d'avoir de mauvaises nouvelles.

Mattie Matilda ?

Elle est allée dans une clinique d'IVG – elle est *morte* ?

— Le bureau de l'avocat général a annexé un chef d'accusation, dit l'avocat.

— Annexé ?

— Ajouté. Ils portent une nouvelle accusation contre vous.

— Laquelle ?

— Complicité de meurtre.

Un froid glacial lui brûle le ventre.

— Étant donné que les œufs fécondés sont désormais classés comme des individus, poursuit-il, la destruction volontaire d'un embryon ou d'un fœtus constitue un meurtre au second degré. Ou, si vous êtes dans l'Oregon, un « meurtre » plutôt qu'un « meurtre avec circonstances aggravantes ».

— Que vous a raconté la professeure de musique ?

— Qui ?

— La…

— Taisez-vous ! aboie-t-il.

Elle lui lance un regard oblique.

— Madame Percival, il vaut beaucoup mieux que vous ne me disiez pas ce que vous vous apprêtiez à révéler. Compris ? Le chef d'accusation a été ajouté par l'avocat de Dolores

Fivey. Mme Fivey prétend que vous avez consenti à interrompre sa grossesse. Y a-t-il quelque chose de vrai là-dedans ?

— Non.

— Très bien, parfait.

Il fouille dans son attaché-case et en sort un carnet et un stylo.

— A-t-elle jamais mentionné qu'elle était enceinte ? Ou qu'elle cherchait à avorter ?

Cette horloge n'a jamais donné l'heure.

— Lola ment, dit la guérisseuse.

— Pourquoi mentirait-elle ?

— Faites-la examiner par un médecin. Son utérus est muet.

L'avocat lève le nez de son carnet.

— L'utérus n'est pas bavard ?

Il l'aide alors qu'elle n'a pas d'argent pour le payer, alors elle fait semblant de rire.

— Elle n'a jamais été enceinte.

— Eh bien, elle peut témoigner qu'elle se *croyait* enceinte.

Il glisse la main dans la manche de sa veste pour se frotter l'avant-bras, puis se désinfecte à nouveau la paume.

— À la suite de notre dernière conversation, je n'ai pas réussi à trouver la moindre preuve qui incrimine M. Fivey dans des violences conjugales. Pas de dossiers médicaux à l'hôpital, pas de rapports de police, pas d'amis ni de médecins inquiets. Zéro.

— Mais il lui a cassé le doigt, répond Gin, il lui a brûlé le bras et lui a donné un coup de poing dans la mâchoire.

— Sans aucune preuve corroborante, nous ne pouvons pas présenter cette information au tribunal.

*Je descends d'un pirate. D'un pirate. Je suis...*

— Madame Percival, je veux que vous compreniez qu'avec une complicité de meurtre vous encourez une peine de prison minimale obligatoire de quatre-vingt-dix mois.

Sept ans et six mois.

— Et c'est le minimum. Ils peuvent la prolonger selon la détermination de la peine.

— Mais je ne l'ai pas fait, dit-elle.

— Je vous crois, répond l'avocat. Et je vais faire en sorte que le jury vous croie. Mais nous devons passer en revue le moindre détail de votre relation avec Mme Fivey.

Il veut savoir ce que Lola a payé pour le traitement de la cicatrice. Si l'accusation peut prouver que de l'argent ou des produits ont changé de mains, les jurés pourront vraisemblablement en conclure que cet argent et ces produits étaient le règlement d'une avance pour une interruption de grossesse. En acceptant cette compensation, la guérisseuse devenait complice d'un meurtre.

— C'est le récit qu'ils mettront au point pour les jurés, explique l'avocat. Nous devons le démonter. Nous utiliserons tout ce qui peut jeter le doute sur cette version des faits.

— Je ne m'en souviens pas, dit Gin.

Parler de sexe ne ferait qu'empirer les choses. Le moyen de paiement le plus vieux du monde.

Dans sept ans et six mois, les poules et les chèvres seront mortes. Malky l'aura oubliée, et les vrillettes auront dévoré le toit tout entier.

La peau des mains de l'exploratrice a durci à cause des tâches ménagères.

Elle s'est lassée des ~~obligations sexuelles~~ promenades avec Harry Rattray, le précepteur écossais, dans le parc Victoria.

# L'épouse

L'auditorium du lycée, humide et décoré de guirlandes.

*« Tous les autres rennes. Avaient l'habitude de se moquer de lui et de l'insulter. »*

— Le père Noël ? demande John.

— Bientôt.

— Le père Noël ne vient pas à la fête de l'école, rectifie Bex, soucieuse de l'exactitude des faits.

Didier, qui se tient de l'autre côté de John :

— Taisez-vous, *chouchous**.

Susan cherche Bryan du regard. Elle s'attarde sur les seins pailletés d'argent de Dolores Fivey, qui semblent plus petits, comme le reste de sa personne, rétrécie au cours de ces longues semaines à l'hôpital. Plus vraiment *sixy.* Penny bâille. Pete consulte son téléphone. Ro, affalée sur sa chaise, a l'air furieuse.

*« Ils se sont écriés joyeusement : "Rudolph le renne au nez rouge, tu entreras dans l'histoire !" »*

Applaudissements ; les artistes saluent le public, puis Bryan, qui porte une veste de cérémonie verte, s'avance à grands pas sur scène. De l'endroit où Susan se trouve, elle ne voit pas sa fossette.

— Merci aux choristes, dit-il d'une voix retentissante.

Encore des applaudissements.

— Et merci à tous de vous être joints à nous pour notre… euh… célébration saisonnière.

Didier se penche sur John pour chuchoter :

— Ce type est bête comme ses pieds.

— Je vous souhaite à tous de très joyeuses fêtes ! s'écrie Bryan.

Où va-t-il passer le dîner de Noël ? Il doit manger comme un cheval de trait, grand comme il est.

Devant l'auditorium elle s'attarde avec Didier et Pete, repoussant le moment où elle devra caler les enfants sur leurs sièges, prendre le volant et gravir la colline, détacher leurs ceintures, rincer les pommes, étaler du beurre d'amandes sur du pain complet, remplir les tasses avec du lait de vaches qui ne mangent que des herbes sauvages.

Pete :

— Ce disque n'est pas sorti avant 1981.

Didier :

— Excuse-moi, mais c'était en 1980, exactement deux mois avant qu'il se pende.

Pourtant il oublie de donner aux enfants leur supplément en fluor.

— Et exactement cent ans, ajoute Susan, après la construction de notre maison.

— Je parie que des ouvriers chinois en ont planté chaque clou pour un salaire scandaleusement bas, dit Pete. Ma famille s'est fait *baiser* en Oregon. Les cheminots en particulier, mais aussi les mineurs. Tu n'as jamais entendu parler du massacre de Hells Canyon ?

— Non, répond Susan.

— Eh bien, tu devrais consulter les archives.

Le mépris de Pete pour elle est à peine dissimulé. Cette épouse blanche dorlotée qui n'a pas d'emploi, habite dans une propriété de famille – que *fait*-elle toute la journée ? Mais Didier, lui, a droit au respect, car il le régale des récits de son enfance de fils d'ouvrier dans les logements sociaux de Montréal.

Son téléphone vibre : numéro inconnu. Elle prépare sa réponse au télévendeur : *Retirez-moi immédiatement de votre liste d'appel.*

— Susan MacInnes ?

Le nom qu'elle portait il y a trente ans.

— C'est Edward Tilghman. De la fac de droit.

— Bien sûr, Edward… Je me souviens de toi.

— Eh bien, j'espère que oui.

Il n'a pas perdu sa préciosité, ni sa congestion nasale. Edward, un petit génie qui ne savait rien de la vie.

— Comment vas-tu ?

— Pas mal, répond Edward. Mais voici l'objet de mon appel : je suis dans ton village.

Elle regarde autour d'elle, comme s'il l'observait depuis les marches de l'auditorium.

— Je représente une cliente dans la région, et je voulais t'informer que j'étais en ville. Il aurait été un peu embarrassant que nous nous retrouvions nez à nez par hasard.

— Tu as un endroit où loger ? demande-t-elle.

Edward serait un invité convenable mais maniaque : il réclamerait des couvertures supplémentaires et ferait des remarques sur les courants d'air et les robinets fuyards.

— Je suis descendu au Narwhal, répond-il.

— Eh bien, nous serions très heureux de t'accueillir…

— Merci. Je suis déjà bien installé.

Elle a vaguement suivi sa carrière. C'était un étudiant excellent, il aurait pu être engagé tout de suite dans un cabinet d'avocats. Mais il travaille dans les bureaux de l'assistance judiciaire à Salem. Pour un salaire dérisoire, sans doute.

— Tu devrais venir dîner chez nous un de ces soirs.

Lorsqu'il la verra, il se dira : elle s'est enrobée. Elle était si mince, et à présent… mais c'est ce qui arrive, songera-t-il, après les naissances. La graisse se solidifie.

— Hmm. C'est une idée.

C'était l'une de ses marques de fabrique, se souvient-elle : un grognement assourdi.

On a signalé la présence de punaises de lit au Narwhal.

— Alors… ?

Elle se rend compte qu'il a raccroché.

Didier lui donne un coup d'épaule.

— C'est qui ?

— Un copain de la fac de droit.

— Pas Chad l'Empaleur, j'espère.

— Juste un intello avec qui j'ai travaillé pour la revue juridique de l'université.

Fidèle à son habitude, Didier ne pose pas d'autre question.

John geint et tire sur la main de sa mère. Elle n'a pas pensé à apporter le livre du porc-épic ni le sachet de raisins. Et il y a des traînées de ses propres excréments dans les toilettes de l'étage. Elle a la phobie de la brosse des W-C, humide et rouillée dans son support.

Bryan est entouré de garçons enthousiastes qui se bousculent ; ses joueurs, sans doute. La saison n'est-elle pas terminée… ? Bien sûr, ce n'est pas une raison pour qu'ils cessent de l'admirer.

Ro est elle aussi assaillie par les élèves. La fureur a disparu de son visage, elle gesticule, très théâtrale, et les fait rire. Ils l'adorent… et pourquoi pas ? C'est une fille sympa. Susan aimerait bien en être une elle aussi, éprouver de la joie si Ro tombe enceinte ou adopte un bébé, au lieu d'espérer le contraire.

Lorsque Ro voit Bex et John, est-elle jalouse ? Et si elle ne parvient pas à enfanter ? S'il lui est impossible d'adopter ? Quelle sera sa raison d'être alors ? Quand l'épouse descend une rue, John dans la poussette et Bex lui tenant la main, sa détermination se lit aussi sur leurs traits. Ces petits animaux ont été couvés par Susan, nourris, lavés, abrités, aimés par elle, préparés à devenir des individus à part entière. L'épouse a *fabriqué des personnes.* Cela suffit à justifier sa présence sur cette planète.

De grands yeux marron, une chevelure ensoleillée, des petits mentons parfaits. « Tous les enfants sont mignons. Tu le sais, n'est-ce pas ? » ; Didier ne manque jamais de piétiner son bonheur. OK, oui, les enfants naissent adorables afin de n'être pas abandonnés à leur destin avant le jour où ils seront capables de subvenir à leurs propres besoins ; mais certains sont plus adorables que d'autres, ne l'oublions pas. *Tu as du jambon sur les yeux**, se plaît à dire son mari.

Elle les soulève, les installe, attache leurs ceintures.

Des taches de pluie sur le pare-brise.

Bientôt la mer.

— Je meurs de faim ! crie Bex.

— On est presque arrivés, répond sa mère.

Presque arrivés au virage le plus serré, celui dont la rambarde est bringuebalante. Lâcher le volant. Franchir les branches, frôler les rochers, fendre l'océan.

Les journaux demain : UNE MÈRE ET SES ENFANTS SE FRACASSENT AU BAS DE LA FALAISE.

— Maman chérie, dit Bex, est-ce que les rennes dorment ?

Quand ils s'approchent de l'épingle à cheveux, elle lève le pied de l'accélérateur.

Didier a été autrefois jaloux de Chad, l'étudiant de troisième année avec qui elle était sortie deux ou trois fois avant de le rencontrer.

Si elle devait lui dire *J'ai couché avec Bryan,* prendrait-il le taureau par les cornes, accepterait-il de consulter un conseiller conjugal, se battrait-il pour la récupérer ? Ou bien dirait-il, sans lever les yeux de son écran : *Félicitations.*

Elle est trop couarde pour renoncer à son mariage.

Elle veut qu'il parte le premier.

Pendant l'été 1868, à l'âge de vingt-sept ans, Mínervudottír quitta Aberdeen, emportant avec elle un mois de salaire supplémentaire (la femme du directeur du chantier naval l'aimait bien) et, enfouis au fond de sa valise, quatre chandeliers en argent.

Elle se rendit à Londres.

Elle vendit les chandeliers.

Elle obtint un ticket de lectrice pour la salle de lecture du British Museum, qui n'exigeait aucune cotisation.

Elle acheta un carnet avec une couverture en cuir marron.

Elle consigna les faits dans ce carnet.

# La fille

Derrière les bennes à ordures, elle allume sa première cigarette de la journée, qui est en principe la meilleure, mais dont le goût s'est altéré ces derniers temps. Un parfum chimique douceâtre s'épanouit sur son palais.

Pourquoi quelques morses de Washington, qui ne l'ont jamais rencontrée, se soucient-ils de ce qu'elle fait de cette boule de chair ? Ils ne semblent pas se soucier de ce que des louveteaux soient abattus depuis des hélicoptères. Ces petits respiraient déjà tout seuls, ils couraient, dormaient et mangeaient, alors que cette chose n'est même pas un bébé encore. Hors de son ventre, elle ne survivrait pas deux secondes.

Les morses sont responsables de ce qui est arrivé à Yasmine.

Qui chantait à l'église.

À l'église épiscopale méthodiste africaine. Chaque fois que Mattie accompagnait les Salter à l'office après avoir dormi chez eux, elle se sentait bizarre.

« Tu sais, Matts, disait Yasmine, je me sens bizarre tout le temps. »

*Ignorante petite Blanche.*

Il commence à pleuvoir. Mattie allume une deuxième cigarette et décide de sécher le cours de maths, même si cela doit agacer M. Xiao, qu'elle ne souhaite pas contrarier, et qui lui dira, la prochaine fois qu'il la verra : *Qu'est-ce qui vous a pris, Quarles ?* Nouri Withers sera là en maths, et qui a besoin d'être témoin de ce gâchis ? Elle ferme les yeux, aspirant la fumée, la pluie goutte sur ses cils.

— Vous essayez d'attraper le cancer ?

Ro/Miss est juste devant elle.

— Non.

Elle écrase son mégot sous sa botte.

— Ramassez ça, je vous prie.

Mattie le fourre dans sa poche pour éviter d'avoir à s'approcher de la benne à ordures et à soulever tant bien que mal son couvercle rigide. Son caban va empester le tabac froid.

— Dites-moi ce qui se passe, Mattie.

— Rien du tout.

— Vous n'avez jamais eu $B^-$ à une interrogation écrite.

— J'avais étudié le mauvais chapitre.

— Vous êtes encore perturbée à cause des cachalots ?

La fille étouffe un petit rire. Elle regarde les arbousiers dentelés de l'autre côté du terrain de football, le ciel qui s'assombrit à l'arrière-plan.

— Vous pouvez me parler, vous savez. Je vous aiderai si je peux.

— Vous ne le pouvez pas, répond Mattie.

— Essayez toujours, propose Ro/Miss.

*J'ai trop peur d'aller au Canada à cause du mur Rose, mais la sorcière est en prison, j'ai besoin d'un plan, je n'ai pas de plan, que feriez-vous à ma place ?*

Et si le contrat d'enseignement de Ro/Miss comprenait une clause… qui l'oblige à signaler toute maltraitance d'enfant et, dans son cas, un meurtre d'enfant ?

Mattie n'est pas une meurtrière.

Ce ne sont que des cellules qui se multiplient.

Pas de visage encore. Pas de rêves ni d'opinions.

*Tu n'avais pas non plus de visage.*

Ro/Miss signale son cas, et le proviseur Fivey la vire de Central Coast Regional.

Ça n'enchantera pas l'académie de maths.

Ça n'enchantera pas les universités.

Papa et maman seront les moins enchantés de tous.

— J'ai cours dans une minute, dit-elle, et M. Xiao a menacé de défoncer le cul du prochain élève qui arriverait en retard.

— La santé émotionnelle est prioritaire. Je vais gérer M. Xiao.

Peut-être qu'elle le peut.

— Ce n'est rien.

— Dites-moi tout de même.

Mais Ro/Miss se moque que ce soit une clause de son contrat. Elle est plus pugnace que ça.

La fille lâche, sans quitter les arbres des yeux :

— Je suis en cloque ?

— Mon Dieu…

— Mais je fais ce qu'il faut.

— C'est-à-dire ? rétorque Ro/Miss, le visage écarlate, avec des taches de rousseur qui palpitent comme des étoiles marron.

*Elle est en colère ?*

— Ça va se régler, dit Mattie.

— Vous ne devriez pas fumer !

Pourquoi est-elle en colère ?

— C'est sans importance.

— Ah oui ?

— Le tabac ne va pas…

— Qu'avez-vous l'intention de faire, Mattie ?

— Avorter.

Ro/Miss fronce les sourcils.

— Ce n'est qu'un embryon, miss. Il ne peut pas faire une offre pour une maison, bien qu'il en ait le droit légal.

Pas le moindre soupçon de sourire en entendant citer ses propres paroles.

— Et que se passera-t-il si on vous attrape ?

Ce n'est pas la Ro/Miss qu'elle aime.

— Ça ne se produira pas, réplique Mattie en boutonnant son caban.

La pluie devient plus forte.

— Et dans le cas contraire ?

— Je ne me ferai pas prendre.

Qu'est-il arrivé à la Ro/Miss qui dit que nous avons mieux à faire dans la vie que de nous jeter au bas de l'escalier ?

— Vous savez qu'on peut vous accuser d'avoir commis un crime ? Ce qui implique la détention juvénile jusqu'à dix-huit ans, ensuite…

— Je suis au courant, miss.

On l'enverrait à Bolt River.

Qui est cette monstrueuse hypocrite ?

Ro/Miss repousse le capuchon de son anorak et commence à passer les doigts dans ses cheveux, de la racine aux pointes, comme un acteur jouant le rôle d'un patient d'hôpital psychiatrique.

— J'ai obtenu le nom d'une clinique d'IVG, ment la fille, elle est censée être fiable.

Ro/Miss se pétrit le cuir chevelu encore et encore.

— Vous plaisantez ?

— Hum, pas du tout.

— Ces cliniques coûtent une fortune, déclare Ro/Miss, et prennent des libertés parce que personne, manifestement, ne les réglemente. Les médecins utilisent un équipement obsolète, ne le désinfectent pas entre les patientes, pratiquent l'anesthésie sans…

La première sonnerie retentit.

— … avoir suivi de formation spécifique.

Ses doigts se figent sur son crâne.

— Je vous en prie, ne dites rien à mes parents ni à M. Fivey, d'accord ?

Il y a des larmes dans les yeux de Ro/Miss. Comme si ce moment n'était pas déjà assez pénible.

— Vous allez leur dire ? hoquette la fille. Je vous en supplie, ne le faites pas.

C'est bizarre d'avoir peur de quelqu'un en qui on a toujours eu une entière confiance.

Ro/Miss remet son capuchon sur la tête. Elle resserre les cordons autour de son visage crispé, ruisselant.

— D'accord.

Elle s'essuie les yeux avec sa manche.

— C'est juste… C'est vraiment, je ne sais pas…

— Pas de problème, dit la fille en lui effleurant le coude.

Le coude s'immobilise sous sa main.

Elles restent dans cette position pendant ce qui semble un très long moment. Elles sont trempées jusqu'aux os et le bras de Mattie commence à lui faire mal.

La seconde sonnerie retentit.

La fille dit :

— J'ai cours de maths.

Elle lâche le coude.

— Bien sûr. Oui.

Ro/Miss renifle.

— Mais, Mattie… ?

La fille attend.

Sa professeure secoue la tête.

En silence, elles longent ensemble le terrain de football, avant de gravir les marches sans un mot et de franchir les portes bleues.

Elle a crié « À l'aide ! » en trois langues.

Des agneaux pendus dans le hangar, la gorge rouge.

## La biographe

Il y a quatre oranges dans une coupe sur la table. Roberta les jette une à une contre le mur de la cuisine. Deux rebondissent, une se fend, la dernière s'écrase. Elle ouvre le frigo : fromage à pâte molle, brocolis, gâteau au chocolat. Elle jette le fromage et le gâteau par la fenêtre, dans la cour voisine, n'entend aucun choc parce que le vent s'est levé. Elle se souvient que le chocolat est mortel pour les chiens. Elle n'en a jamais vu un seul dans cette cour.

Les mots que je déteste :

33. petit mari
34. sammie
35. diagnostic
36. en cloque

Elle laissera les oranges là où elles sont. Elle va se mettre bientôt en route pour ce maudit réveillon de Noël.

Mattie va bientôt se mettre en route pour avorter.

Voilà un couple marié de plus – placé avant Roberta sur la liste d'attente – qui n'obtiendra pas de bébé.

Ce qui n'est pas le problème de Mattie.

Roberta frotte ses avant-bras glacés. Ses veines sont enfouies. Celles d'Archie étaient affaissées.

Un ami d'Archie portait des ailes noires en grillage à son enterrement.

La biographe a vu un jour à la télévision un groupe religieux chanter « Hourra ! » alors qu'on mettait en terre l'épouse d'un diplomate, qui avait eu recours à une fécondation in vitro pour avoir deux enfants, et qui s'était par là même condamnée (d'après le communiqué de presse de la paroisse) à mourir d'un cancer. Elle et son mari avaient convoité ce qui ne leur appartenait pas, ils s'étaient rebellés dans la colère, décidant de montrer à Dieu qui commandait, et ils avaient contrarié le cours naturel de la vie. La femme du politicien résidait désormais en enfer. Fuyez son exemple.

L'ex-thérapeute de la biographe avait demandé :

« Est-ce que vous prétendez ne pas avoir besoin d'une relation amoureuse pour vous protéger de la déception et du rejet ?

— Poseriez-vous la question à un patient masculin ?

— Vous n'en êtes pas un.

— Mais le feriez-vous ?

— Peut-être, pourquoi pas. »

Il avait croisé ses mains tachetées sur les genoux de son pantalon en velours ample.

« Je me demande simplement si votre campagne pour avoir un bébé n'est pas un moyen de vous protéger contre la douleur de la solitude.

— Vous avez parlé de "*campagne*" ?

— Je me souviens de la période où vous couchiez avec... Zeus, c'est ça ?

— Jupiter.

— *Jupiter,* et vous m'avez dit que soutenir la peine de mort vous paraissait préférable à entamer une relation suivie avec lui. Et pourtant vous baisiez avec lui. »

Il avait prononcé ce « baisiez » avec une délectation qui avait perturbé Roberta encore plus que l'emploi du terme « campagne ».

« Et bien sûr il y a la question de votre frère, qui vous a abandonnée d'une manière assez macabre. »

La biographe n'avait plus jamais remis les pieds dans son cabinet.

J'ai échoué à :

1. Terminer le livre.
2. Avoir un bébé.
3. Garder mon frère en vie.

Elle compose le numéro de Susan, pour se décommander. Puis elle songe à la soirée solitaire qui l'attend, et à l'odeur des oranges éclatées.

Bex l'accueille sous le porche.

— Tu n'es pas habillée pour la soirée, l'accuse la fillette, elle-même engoncée dans une robe chasuble bordeaux et chaussée de souliers vernis. C'est le réveillon de Noël !

— Désolée, dit la biographe en serrant les poings.

— J'ai fait du pop-corn pour le renne.

Bex indique un saladier sur la pelouse.

À l'époque de Mínervudottír, les sacs de couchage étaient fabriqués avec des peaux de renne, la peau poilue réchauffait les hommes naufragés blottis sur les icebergs.

— Pour Noël j'ai demandé un chaton, mais maman dit que le père Noël ne peut pas m'en apporter un, ce qui est un mensonge parce qu'une fille de ma classe en a reçu un pour Hanoukka.

La biographe s'assied à côté d'elle sur la marche humide.

— Eh bien, le père Noël ne livre pas de cadeaux de Hanoukka, seulement des cadeaux de Noël.

— Pourquoi ?

— Parce que c'est comme ça que ça marche.

— Mais je veux un cadeau de Hanoukka ! s'écrie Bex, tripotant un bouton bordeaux.

— Tu n'es pas juive.

— Je veux le devenir. À propos, un con, qu'est-ce que c'est ?

La biographe se penche pour examiner le motif en forme d'œil gravé dans la balustrade.

— Hum, tu as demandé à ta maman ?

— Non, parce qu'il va dans la boîte spéciale.

— Tu as posé la question à ton papa ?

— Il a répondu qu'on en parlerait plus tard. Cherche dans ton téléphone.

— Mon téléphone ne peut rien chercher, il est trop ancien. « Con » est juste un autre mot pour vagin.

En féroïen : *fisa.*

— D'accord, dit Bex en lui prenant la main.

Les guirlandes ont été accrochées sans enthousiasme ; le lait de poule ressemble à un fluide corporel ; apparemment Susan donnerait n'importe quoi pour se trouver ailleurs. Ils ont été invités parce que cela se fait, et Susan est une personne qui respecte les conventions. Au pique-nique des professeurs l'été dernier, elle a dit à une autre mère : « On ne devient tout à fait adulte qu'après avoir eu des enfants. » La femme a répondu : « Je suis d'accord. » La biographe, qui se tenait tout près, un hot dog dégoulinant de moutarde à la main, a demandé : « Ah oui ? » Mais elles ne l'ont pas entendue. Susan est une experte de la vie adulte. Elle sait tout sur l'éducation, la cuisine, la fourchette à utiliser pour le poisson dans un restaurant chic. Les Korsmo vivent dans un vrai manoir, même s'il était destiné à être un pavillon d'été, car dans les années 1880 une résidence secondaire était plus luxueuse qu'une maison bâtie pour l'hiver aujourd'hui.

Tu n'as même pas envie d'une maison, se rappelle la biographe.

Didier est penché sur un four ouvert, en train de verser le jus d'une poêle sur une pièce de viande qui grésille.

— Prépare-toi à déguster un excellent rôti de bœuf, annonce-t-il à Roberta en guise de bienvenue.

John arrive en trombe vers le four, mais son père l'attrape à temps dans ses bras (« Pas de bébés brûlés sous ma garde ») et le repose par terre (« Va chercher ton livre sur le porc-épic ») ; et il déguerpit.

— Tu sais, je voulais appeler ce garçon Mick. J'aurais dû insister. John Korsmo est un agent immobilier, mais Mick Korsmo est un dur à cuire.

— Sauf, dit la biographe, que presque tous les mots d'une syllabe qui riment avec Mick ont une connotation négative, obscène ou péjorative. Flic. Fisc. Fric.

— Ouah ! s'exclame Didier.

— Cric. Brique.

— Pourquoi une brique serait-elle négative, hein ? intervient-il. À moins que ce ne soit une brique d'héroïne, bien que certaines personnes jugent ça très positif.

Paille.

Chameau.

Décidément elle n'a de cœur à rien.

— Didier, y a-t-il une raison particulière pour que tu parles autant d'héroïne ?

Il fronce les sourcils.

— Moi ?

*Tiens bon, Stephens.*

— Eh bien, oui, tu le fais, et quelqu'un qui m'était très cher en est mort, donc j'apprécierais que tu cesses de fantasmer là-dessus en ma présence.

— Oh ! désolé.

Il triture une mèche blonde huileuse entre ses doigts. Ses paupières mauves abritent les yeux gris-bleu. *Beau-laid**.

— Un chéri ?

Le sang monte au visage de Roberta.

— Quelqu'un d'important.

— Comme un petit ami ?

— On est d'accord ? dit-elle. Plus de fantasmes ?

— OK, mais attends, euh… j'ai besoin d'en savoir plus.

— Une autre fois.

— Je finirai par te faire cracher le morceau, répond-il. Je râlerai, je grognerai, et la vérité éclatera au grand jour !

Didier est malheureux. Penny bâille. Bex pleurniche à propos de chatons. La chance de Mattie. Le lait de poule qui a la consistance du sperme. Les kystes ovariens. Son père qui mange des légumes en purée dans son village de retraite, Ambrosia Ridge. Susan ne considère pas Roberta comme une adulte. La loi « Chaque enfant a besoin d'un père et d'une mère » entre en vigueur dans trois semaines.

Ils viennent d'attaquer le rôti de Didier de bon appétit lorsqu'un invité retardataire fait son apparition, un Blanc rondelet au crâne rasé.

— Chers amis, dit Susan, voici Edward Tilghman. Nous étions en fac de droit ensemble. D'ailleurs, tu n'avais pas besoin de te mettre sur ton trente et un.

— Je ne l'ai pas fait, répond-il, chassant la pluie de la veste de son costume. C'est ma tenue de travail.

— Edward a un client en ville, explique Susan.

L'invité prend place entre Penny et Roberta, boit une gorgée d'eau et déplie sa serviette.

Une chose tiède et humide atterrit sous l'œil gauche de la biographe. Elle la retrouve sur ses genoux : une tranche de viande.

Une autre gifle mouillée – Bex est visée elle aussi.

— Con ! s'exclame la fillette.

— Bon sang, John ! s'écrie Didier, si tu n'es pas capable de rester ici sans jeter de la nourriture, tu vas sortir de table.

Susan fixe son mari.

— Où a-t-elle appris ce mot ?

— Comment le saurais-je ?

— Connard McGee était un joyeux petit con, chante Bex.

— Bonté divine, dit Edward.

— Ce n'est pas un joli mot, Bexy…

Mais Didier éclate de rire.

— Il va dans la boîte spéciale ? demande sa fille.

— Quelle boîte spéciale ?

— Rien du tout, maman chérie.

— Maman, crie John, un garçon est ami avec un poisson.

— Qui représentez-vous, Edward ? demande Penny.

— Il ne peut pas le révéler, répond Susan.

— Leurs *noms* ne sont pas confidentiels, rectifie Edward. Il ne s'agit pas des Alcooliques Anonymes.

Susan encaisse de plein fouet le choc de l'humiliation.

— Mais la confidentialité, insiste-t-elle, est privilégiée dans certaines juridictions…

— Cette femme s'appelle Gin Percival.

Edward se sert une cuillerée de panais.

— La sorcière ! s'exclame Didier. Sa méthode de gestion du planning familial est contestable.

— Oh ! Tais-toi, dit Susan.

— Maman chérie, c'est impoli, tu devrais dire « je m'excuse ».

— À mon avis, c'est papa qui devrait s'excuser. D'être un idiot.

Didier regarde Susan avec une expression que Roberta ne lui a jamais vue auparavant.

Penny se lève et frappe dans ses mains.

— Pour tous les enfants qui vivent dans cette maison, il est l'heure de préparer une lettre de bienvenue au père Noël ! Il va arriver demain, et vous devez être prêts. Tous les enfants de la maison sont priés de m'accompagner à la station d'écriture de lettres.

— Nous devons d'abord être autorisés à sortir de table, dit Bex.

— Vous l'êtes foutument, lâche Susan.

Les enfants suivent Penny dans le salon, et Susan emporte les assiettes à la cuisine. Didier sort de la pièce sans un mot pour aller fumer dehors.

La biographe est désolée que Gin Percival soit en prison, mais pas autant qu'elle le devrait. Gin ne peut plus l'aider, et Roberta est incapable d'éprouver de la compassion à cet instant présent.

À moins qu'une femme ou une jeune fille enceinte ne décide dans les trois semaines à venir qu'elle est vraiment prête à confier son bébé à une mère célibataire qui l'élèvera avec un salaire de professeure de lycée, le nom de la biographe sera retiré de la liste d'attente de l'agence.

*Pour restaurer la dignité, la force et la prospérité des familles américaines.*

Elle peut rester sur la liste des familles d'accueil, mais UPUM stipule que le placement d'un enfant chez un parent célibataire ne peut pas conduire à une adoption plénière.

Elle éternue, s'essuie le nez sur la serviette en lin rose.

Edward s'écarte d'elle et dit :

— Pourriez-vous, s'il vous plaît, couvrir votre bouche ?

— Je l'ai fait.

Il se lève et va s'asseoir trois chaises plus loin.

— Et alors ? dit Roberta.

— Je regrette, mais mon système immunitaire est affaibli et je ne peux pas me permettre de tomber malade en ce moment.

Roberta enfonce la pointe de sa serviette dans l'une de ses narines.

Elle inspire.

Elle a envie de rentrer chez elle, où personne ne peut la voir.

Elle expire.

S'éclipser maintenant sans dire au revoir.

Elle inspire.

Susan lui en voudra pour son impolitesse.

Elle expire. Mais si…

Mais si au lieu de cela…

Mattie lui donnait le bébé ?

Si elle lui donnait simplement le bébé ?

C'est de la pure folie.

*Demento dementarium.*

Et si Mattie disait : « Oui, OK, voilà… pour vous. Prenez soin de lui. Au revoir. À plus tard, miss. Je pars vivre ma vie. Parlez-lui de moi un jour. »

Si Roberta le lui demandait, est-ce que Mattie dirait oui ?

Évidemment, elle ne lui posera jamais la question.

Contraire à l'éthique. Maléfique. Pathétique.

Mais si ?

Brouillard de glace = *pogonip*
cristal de glace = *frasil*
plumes de gel = *rime*

# L'épouse

Quelle joie de se promener nue après une douche et d'entendre ses petites lèvres applaudir… De se lever du siège des toilettes et de les entendre encore applaudir…

L'étirement et le relâchement des tissus sont définitifs, même si les exercices de Kegel font des miracles, à ce qu'on raconte. En réalité, ils ne servent à rien. La camarade de chambre de Susan à l'université a subi l'opération après la naissance de son troisième enfant. « Plus de ballottements ! » a-t-elle expliqué dans un e-mail collectif. Susan se souvient d'avoir jugé curieux d'annoncer sa labioplastie à soixante-dix-neuf personnes – les noms n'étaient même pas en copie cachée –, et les réponses lui avaient paru plus bizarres encore : « Bravo à ta *javiva*[1]. » « Je parie que ton mec adore ! »

Elle boutonne son jean, tire la chasse, retourne auprès de ses enfants, affalés sur le canapé. Didier se terre au premier, feignant de rédiger des plans pour ses cours.

— Je m'ennuie tellement, se plaint Bex.

— Alors joue avec tes cadeaux de Noël.

— J'ai joué avec tout.

— Tu as lu les livres que Grammy t'a offerts ?

— Oui.

1. Mot inventé par l'auteure : vagin.

Elle est couchée à plat ventre sur le tapis turc, agitant ses bras écartés pour imiter un ange.

— J'en doute.

Susan regarde John qui commence à déplacer, un par un, les cubes qu'elle vient à peine de ranger.

— Où est Ro ?

— Chez elle. John, laisse-les dans le panier, s'il te plaît…

— Pourquoi est-ce que tu dors dans l'atelier de couture et pas avec papa ?

Toujours à plat ventre, la fillette a cessé de bouger et attend la réponse de pied ferme.

— Papa ronfle.

— Toi aussi.

— Non, c'est faux.

Susan reprend deux cubes à John, et les jette dans le panier avec les autres.

— Et puis, si tu as un autre bébé…

— Je n'attends pas d'autre bébé.

— Mais si tu as un autre bébé, est-ce que tu auras encore les tétons violets ? Est-ce que tes cheveux vont tomber et tes seins mourir ?

— Ils ne sont pas morts. Ils ont changé de forme quand John a été sevré.

— Ils se sont aplatis, insiste Bex.

*Attends d'y être, poussin.*

— Je ne te frapperai pas, murmure Susan.

Elle n'a jamais porté la main sur ses elfes, et ne le fera jamais.

Un quart d'heure après, elle est seule dans la voiture, le pied au plancher. La route est mouillée et noyée dans le brouillard, mais elle est une conductrice habile ; son pied est sûr et capable.

Une fois à l'intérieur de l'Acmé, elle change de rythme, et s'attarde un moment pour faire ses choix. Au rayon du chocolat elle a ses marques et ses parfums préférés, le chocolat noir bio

Rainforest, celui à la menthe ou aux amandes et sel de mer ; mais quelquefois elle aime les mélanger avec un coriandre-noisettes ou un fenouil-cardamome-poivre noir.

Elle aligne six tablettes (trois à la cardamome, trois à la menthe) et un paquet de biscuits moelleux aux pépites de chocolat taille familiale sur le tapis roulant de la caisse, ainsi qu'un paquet inutile d'éponges de cuisine.

— On dirait que vous allez passer une bonne soirée, dit la caissière.

— C'est pour la classe de ma fille, répond Susan.

— Parfait, approuve la femme.

Sur le chemin du retour l'épouse se gare sur le parking panoramique, dont la rambarde est robuste.

Elle compose le numéro de Bryan.

Elle entend son message grognon : « Vous savez quoi faire et quand le faire. »

« Salut, Bryan, gazouille-t-elle, j'espère que tu as passé un bon Noël. Je voulais savoir si tu es toujours d'accord pour qu'on prenne un café. Oh ! c'est Susan. OK, bon, rappelle-moi ! Merci ! »

Que fera Bryan de ses petites lèvres qui applaudissent ?

Le chocolat à la cardamome va dans le tiroir de la cuisine, sous les cartes.

Celui à la menthe reste dans la doublure déchirée de son sac à main.

Les biscuits moelleux ont été dévorés pendant les huit minutes entre le parking panoramique et la maison.

Elle aperçoit par la fenêtre son mari et ses enfants en train de faire des culbutes sur l'herbe marron derrière le garage. Du moins il leur a donné quelque chose à grignoter, même s'il n'a pas pris la peine de nettoyer après.

Rassembler les miettes dans le creux de sa paume.

Vaporiser la table.

Essuyer la table.

Rincer les tasses et les bols.

Mettre les tasses et les bols dans le lave-vaisselle.

Jeter l'emballage taille familiale des biscuits moelleux dans le sac de recyclage.

Si elle part la première, elle brise son foyer.

Fermer le sac de recyclage, aller le jeter dans la poubelle bleue.

Verser l'eau de rinçage du seau de compost dans le pot du ficus.

Vaporiser les tentacules verts de l'euphorbe.

Si elle couche avec Bryan, ce ne sera pas une relation amoureuse.

Empiler les livres.

Entasser les costumes de fée dans la malle.

Seulement du sexe.

Ignorer la poussière noire sur les plinthes.

Coucher avec un cheval de trait.

Ignorer les boules de cheveux blonds dans tous les coins.

Ignorer les lits des enfants, mais faire le sien.

Ce petit motel rouge sur la Route 22…

En faisant son lit, trouver une chaussette de son mari dans les couvertures.

Renifler la chaussette ; surprise qu'elle ne sente pas mauvais.

Épousseter la commode.

Elle laissera le relevé de carte de crédit ouvert sur la table de la salle à manger.

Dans la salle de bains du rez-de-chaussée, ignorer le dépôt de savon incrusté dans le lavabo.

Sauf que Didier ne prendra pas la peine de lire la liste des factures.

Soulever l'abattant des toilettes.

Compter trois poils pubiens.

Refermer l'abattant d'un coup sec.

Ensuite elle le lui dira tout net.

Et il partira le premier.

Lorsqu'il faisait très froid à Londres, des « fêtes du gel » étaient organisées sur la Tamise. Braseros et théâtres de marionnettes, lions en cage et stands de pain d'épice étaient traînés sur la glace ; il y avait des courses de traîneaux, des cochons à la broche, des diseuses de bonne aventure, des montreurs de taureaux. On voyait les limandes et les marsouins pris au piège dans le fleuve de verre. Mais depuis 1814 la glace n'a jamais été assez solide pour résister à ces festivités. Je suis venue trop tard à Londres.

## La guérisseuse

La prison lave ses couvertures avec tant d'eau de Javel que Gin doit les repousser à l'autre bout de la cellule. Elle dort tout habillée, le matelas est mince, elle imagine qu'elle est couchée sur le sol de la forêt. Quand elle se réveille, sa poitrine est douloureuse et ses narines sont pleines de substances chimiques. Les murs sont toujours gris.

Elle attire le monde du dehors dans sa tête. Le ciel plein d'eau. Les nuages pleins de montagnes. Le bassin de requins, plein d'ossements. Les poêles pleins d'arbres. Les arbres pleins de fumée. La fumée pleine d'hiver. La mer pleine d'algues. Les poissons pleins de poissons.

Ici on lui apporte des nuggets et des sodas, mais pas de poissons.

Les salopes sont bizarres. Elles lui écrivent des lettres. Elles veulent des conseils à distance. Elles exigent qu'elle leur envoie les recettes. Et les onguents pour leurs chattes ? Les tisanes puantes pour leurs règles ? Ah ! les salopes. La guérisseuse serait-elle assez aimable pour leur procurer le nom d'une pharmacie qui vend les ingrédients nécessaires ? Non, elle ne peut pas, parce que la pharmacie, c'est la *phorêt*.

Les *phougères*, les *phungi*, la *phaune*. Les cheveux de Temple morte, qu'elle a pilés.

Mattie Matilda ne lui a pas écrit. La procédure de la clinique d'IVG a mal tourné. Les cureteurs sont inexpérimentés. Le matériel n'est pas désinfecté. Si la petite a eu une hémorragie, ils ont été trop inquiets pour l'emmener à l'hôpital.

— Petit déjeuner, annonce la gardienne de jour.

— J'en veux pas, dit Gin, qui n'est pas sûre d'avoir parlé assez fort.

La femme a déverrouillé la porte de la cellule et s'immobilise sur le seuil, un plateau dans les mains.

— Céréales et saucisse.

— Du poison.

Quand elle mange des céréales, son vagin sent le moisi ; et en réalité cette saucisse pourrait contenir n'importe quoi.

— Votre procès commence la semaine prochaine. Ma grande, je vous conseille de manger.

Cette gardienne qui a un sixième doigt à la main gauche voit-elle aussi loin que la semaine prochaine ? Peut-elle voir la guérisseuse s'évanouir d'inanition à la barre ?

— Bon, c'est là si vous changez d'avis.

Elle pose le plateau sur le sol avec un bruit sourd, et la petite boîte de lait saute en l'air.

Presser le citron. Piler de la lavande séchée et des graines de fenugrec dans un mortier. Dévisser le bocal d'huile de fleur de sureau.

Ensuite le mari de Lola s'empare du récipient. Il y verse la drogue pilée. Il l'oblige à boire la potion, ou bien elle boit de son plein gré. Elle fait passer le tout avec du scotch.

Quatre-vingt-dix mois, c'est-à-dire deux mille sept cent trente-neuf jours. Tous ces jours passés dans une cellule comme celle-ci. Les parois de ses narines deviendront blanches à cause de l'eau de Javel. Hans, Pinka et la poule boiteuse mourront. Malky l'oubliera.

Pour arrêter de trembler, elle se rappelle : *Tu es une Percival. Tu descends d'un pirate.*

25 janvier 1875

Cher capitaine Holm,

Permettez-moi d'offrir mes services pour le prochain voyage de l'*Oreius* entre Copenhague et le pôle Nord. Je suis hydrologue, et j'ai une solide expérience du comportement de la banquise. Je serais très honoré de vous assister dans la collecte des données magnétiques et météorologiques.

Je suis écossais de naissance, mais je parle et j'écris couramment le danois.

Votre humble serviteur,
Harry M. Rattray

# La biographe

On ne peut pas simplement dire à quelqu'un : « Voulez-vous me donner votre bébé, s'il vous plaît ? »

*Permettez-moi de vous offrir mes services.*

Eivør Mínervudottír osait des initiatives qu'elle n'était pas censée prendre. Elle se jetait à l'eau.

« Ça ne marche pas pour tout le monde, a dit le Dr Kalbfleisch dès leur premier rendez-vous. Et vous avez largement dépassé la quarantaine. »

Une femme maigre et laide. Vieille, cruelle et laide. Une femme qui ressemble à une sorcière. Mínervudottír avait quarante-trois ans quand elle est morte ; la biographe aura quarante-trois ans en avril. Vieilles filles jusqu'à l'os.

« Vous devez apprendre à accepter, disait le professeur de méditation. Peut-être que la maternité n'est pas votre destinée. »

Accepter, pense Roberta, est la capacité de voir ce qui est. Mais aussi de voir ce qui est possible.

Elle enfile ses chaussures de sport. Ses gants. Il fait nuit dehors : elle choisira les rues éclairées. Elle s'élance dans la côte, concentrée sur ses voûtes plantaires qui s'appuient sur l'asphalte et se relâchent, s'appuient et se relâchent, comme le lui a appris son entraîneur au lycée. Sa respiration est laborieuse. La sueur lui picote les aisselles et le bas du dos. Elle n'est pas assez en forme pour être satisfaite de sa performance, mais elle la juge correcte, réparatrice – courir fait circuler le sang dans les veines, déloge les sédiments, nettoie les canaux, exige un effort supplémentaire du cœur.

Elle rejoint Lupatia Street et redescend en direction de l'océan. Elle dépasse Good Ship Chinese et l'église. Si elle tournait à gauche ici, elle finirait, après un ou deux zigzags, dans la rue de Mattie. Elle s'arrête. S'adosse à un arbousier, haletante. Pendant la visite en famille de la capitale du pays, elle avait fait la course avec son frère dans l'escalier de *L'Exorciste* et gagné. « C'est parce que tu es plus vieille », avait dit Archie. « Redescends de là immédiatement ! » avait hurlé son père.

*Mattie, je peux vous demander quelque chose ?*

La biographe ne sait pas à quelle heure dînent les gens normaux, mais elle suppose qu'à vingt heures la plupart des habitants de Newville ont terminé leur repas.

Lorsque Mama faisait cuire un poulet entier, elle se réservait un pilon, papa et Archie se disputaient l'autre, et Roberta, bonne fille, mangeait le blanc.

*Mattie, si je réglais tous vos examens médicaux et vos vitamines, seriez-vous…*

Ses pas se tournent vers la gauche.

*Si je vous conduisais à tous vos rendez-vous, seriez-vous…*

Elle ne va quand même pas le faire.

Ça ne coûte rien de demander, n'est-ce pas ?

Mais sera-t-elle seulement capable d'articuler ces mots ?

Le bébé de Roberta sera toujours un enfant modèle, même quand il gribouillera sur les murs avec un feutre indélébile. Même quand il jettera son pilon par la fenêtre dans la cour des voisins.

La clé d'antivol au cou, les doigts gantés recroquevillés à cause du froid. Ils sont douloureux, mais pas autant que ceux d'Eivør Mínervudottír sur la banquise. Tous les plongeons que cette femme a faits – de gigantesques plongeons… Roberta peut s'y risquer une fois elle aussi.

Elle se met à courir.

Cher bébé,

Tu as un grand-parent en vie. Il a déménagé à Orlando après la mort de ta grand-mère. Ton oncle n'est plus, alors tu n'as pas de chance sur le front des cousins. Pour combler leur absence tu auras Bex et Pline le Jeune.

Cher bébé,

Je t'aime déjà. Je suis impatiente de faire ta connaissance. Ta ville natale est l'un des plus beaux endroits que j'aie jamais connus. L'océan, les falaises, les montagnes et les arbres les plus merveilleux des États-Unis. Tu verras tout cela par toi-même, à moins que tu ne naisses aveugle, auquel cas je t'aimerai plus fort encore.

La maison des Quarles, entourée de pins tordus, a un toit en bardeaux gris. Les lumières sont allumées derrière les fenêtres garnies de rideaux. *Tu ne vas pas oser.* Mais si. Elle gravit les marches jusqu'à une terrasse encombrée de pots en céramique remplis de terre en sommeil. Oui. Elle va la convaincre. Oui. Elle murmure les phrases du discours qu'elle a préparé. Alors que son doigt s'approche de la sonnette, il lui vient à l'esprit que le résultat logique de ce plan sera son renvoi de Central Coast Regional.

*Mattie, je prendrai le train pour l'Alaska avec le bébé.*

*Je ramerai jusqu'au phare de Gunakadeit avec le bébé.*

Son doigt hésite devant le bouton en plastique blanc, elle sent son cœur battre follement dans ses oreilles, la pluie crachotant sur son front. *Tiens bon, Stephens.*

Elle se jette à l'eau.

Une fois que l'*Oreius* eut contourné la péninsule du Jutland pour entrer dans la mer du Nord, et seulement alors, le capitaine comprit qu'une femme était à bord.

« Nous n'avons pas le choix, nous devrons vous supporter », dit-il à l'exploratrice.

## La biographe

Huit secondes après le coup de sonnette, la mère de Mattie ouvre la porte en souriant.

— Miss Stephens ?

— Désolée de passer à l'improviste.

— Pas du tout. Je vous en prie, entrez.

Les portraits de Mattie envahissent le séjour – sur les murs et les tables, sur les rayonnages de livres, chaque année de la vie de leur enfant, semble-t-il, est représentée.

— Nous en rajoutons un peu trop avec ces photographies, dit Mme Quarles, remarquant l'étonnement de la biographe.

— Vous avez une fille formidable, alors pourquoi pas ?

— Je doute que Matilda soit de cet avis. Elle pense que le nombre de photos est, je la cite, dément. Puis-je vous offrir quelque chose à boire ?

— Oh non ! je vous en prie. Je ne reste pas longtemps, j'avais besoin de…

Elle reprend son souffle.

— Avant Noël, Mattie m'a demandé plus de commentaires sur un projet de dissertation, mais j'étais si occupée que… Eh bien, maintenant que les fêtes sont passées, je voulais lui faire part de mes impressions.

— C'est inhabituel, observe Mme Quarles.

— Lorsqu'un élève se donne à fond comme elle le fait, je veux bien lui consacrer un peu plus de temps de mon côté.

— Mais elle n'est pas là.

— Ah ?

— Elle est à la conférence.

La biographe est visiblement censée comprendre ce dont parle Mme Quarles.

— Ah ?

— Vous saviez qu'elle y allait, n'est-ce pas ?

— À la… conférence ?

— Elle nous a dit que vous l'aviez *désignée.*

— Oui, bien sûr. J'ai dû mélanger les dates.

— Je dois reconnaître, poursuit Mme Quarles, qu'elle ne nous a pas fourni beaucoup de détails sur cet événement.

— Que vous a-t-elle dit ?

— Que c'est une conférence sur l'histoire de la Cascadie pour des lycéens, mais que seul un élève de chaque établissement est désigné pour y assister.

— C'est juste, confirme la biographe.

— Ce n'est pas aussi prestigieux que l'académie de maths, m'a-t-elle précisé, mais ça fera bon effet sur ses dossiers d'inscription.

Une bouffée d'air humide descend dans la gorge et la poitrine de la biographe.

Le bébé est-il parti ?

Elle a la bouche pleine de bribes du discours qu'elle a préparé – des clichés insipides. *Je peux lui offrir un foyer confortable. Vous avez toute la vie devant vous.*

— Oui, marmonne Roberta, ça fera bonne impression.

— Et ils sont tous réunis dans le même hôtel à Vancouver. Y a-t-il des adultes pour les surveiller ?

La biographe se lève.

— J'en suis pratiquement certaine, oui, bien sûr. Désolée de vous avoir dérangée.

— Vous êtes pratiquement certaine, ou vous êtes sûre ? Mattie ne répond pas à mes appels. Et je ne trouve rien en ligne sur la conférence.

— C'est à cause… euh… des principes… Les organisateurs sont déterminés à exiger des élèves qu'ils passent moins de temps sur leur ordinateur, et travaillent uniquement sur papier, par la poste.

La mère de Mattie est une femme intelligente, mais elle semble accepter cette explication.

Roberta rentre chez elle à pas lents.

Archer Stephens n'aura sans doute pas d'homonyme.

Les lèvres bleues de son frère couché sur le carrelage de la cuisine.

Le ton rauque, pleurnicheur, de sa voix lui assurant qu'il n'était pas défoncé.

« Si, tu l'es.

— Non.

— Si !

— Foutre non, pas du tout… tu es vraiment parano. »

Mais ses pupilles étaient des points minuscules dans le vert pâle de l'iris ; bouche entrouverte ; langue paresseuse. Devenue experte, ou tout comme, elle connaissait les signes ; et pourtant, les dénégations d'Archie l'ébranlaient. « Tu te laisses avoir », disait son père – qui ne l'avait guère aidée, sauf la fois où il avait versé cinq mille dollars pour la caution. « Je ne suis pas parano, répétait-elle. Tu es perché ! » Et Archie répondait : « Parce qu'il fait soleil, mon amie. » Il n'y avait peut-être pas de soleil, mais Roberta voulait le croire. Même mort et enterré, son Archie, son frère chéri, était toujours là.

Silence, ordonne-t-elle à son bavardage intérieur. Tais-toi, s'il te plaît, esprit tatillon qui appuie là où ça fait mal, qui compte les pertes, redoute les échecs, recueille les griefs passés et futurs.

À la table de la cuisine, elle ouvre son carnet à la page « Pourquoi je suis reconnaissante ».

Elle ajoute à la liste :

28. D'avoir deux jambes en bon état.
29. Deux mains en bon état.
30. Deux yeux en bon état.
31. L'océan.
32. Penny le dimanche soir.
33. Didier dans la salle des profs.
34.

Au diable cette foutue liste. Elle en a assez d'être reconnaissante. Putain, il n'y a pas une seule bonne raison pour qu'elle le soit. Elle est *en colère* – contre la modification des lois, les agences, le Dr Kalbfleisch, ses ovaires, les couples mariés, les procédures des cliniques d'IVG. Contre Mattie qui est tombée enceinte en un clin d'œil. Contre Archie parce qu'il est mort. Contre leur mère parce qu'elle est morte. Contre Roberta Louise Stephens parce qu'elle a essayé si fort.

Elle arrache la liste de reconnaissance de son carnet, l'enflamme avec une allumette dans l'évier. Elle n'a pas encore changé le détecteur de fumée.

Mattie a dit à sa mère que la conférence avait lieu à Vancouver. Elle aurait pu choisir Portland ou Seattle.

Elle a sans doute atteint la frontière à l'heure qu'il est. Si elle parvient à la franchir, si elle réussit à trouver la clinique, si elle présente une carte d'identité canadienne convaincante, l'intervention se déroulera demain.

Bien sûr, elle ne sera peut-être pas autorisée à passer la frontière.

Elle en sera peut-être empêchée.

*N'espère pas une chose pareille, monstresse.*

Mais elle le souhaite.

J'ai été soulevée de terre pour me retrouver sur l'océan[h] avec des hommes dont la vie ne ressemble en rien à la mienne, mais dont les rêves éveillés sont identiques : vêtements en peau de caribou mal ajustés, doigts engourdis, entaille rouge feu du soleil levant. Si ce navire fait naufrage, nous sombrons tous ensemble.

## La fille

Elle regarde défiler l'État de Washington derrière la vitre du bus, ruisselante de pluie. Des arbres, des arbres et encore des arbres. Une ou deux prairies mouillées. Elle ouvre son passeport pour la centième fois. Date d'expiration encore valide. Elle voyage, tout simplement, ce n'est pas un crime.

D'après les forums en ligne, il faut avoir sur soi la preuve de l'objet de sa visite au Canada. Avec l'aide d'Ash, elle a créé un compte mail au nom de Delphine Gray – une personne charmante à l'orthographe incertaine – et envoyé plusieurs messages à sa propre adresse : Mattie, suis inpatiente de voir toi, tu adores Pluiecouver, on visite tous lé sites !

Pour la clinique, elle a un permis de conduire de Colombie-Britannique, acheté au petit ami de Clementine. Ash a la chance d'avoir une sœur aînée pour la conseiller, des grands frères pour la protéger. Une bande bruyante et nombreuse qui sent le poisson.

Mattie a posé son sac sur le siège à côté d'elle, pour éviter qu'un passager amical ne l'interroge sur sa destination. Elle suce un bonbon à la réglisse. Le sucre et les additifs chimiques s'écoulent dans ses veines jusqu'à la chose dans son ventre. Moitié Éphraïm, moitié Mattie.

Elle est allée une fois à Vancouver avec la famille de Yasmine. Mme Salter, qui représentait Portland (circonscription 43) dans la législature de l'Oregon, devait faire un discours sur le droit au logement. Mattie se souvient d'une ville construite dans une cuvette entourée de montagnes, et d'une eau sombre argentée. Les deux filles s'ennuyaient à l'hôtel, et avaient commencé leur liste des poids cardiaques. Le cœur d'une oie canadienne pèse deux cents grammes. Celui d'un caribou, trois kilos.

Le bus s'arrête brutalement. Mattie ouvre les yeux. La forêt vert foncé, le ciel couleur d'acier, une rangée de postes de péage au toit recouvert de feuilles d'érable rouges.

— Tout le monde descend ! crie le chauffeur. Prenez tous vos affaires personnelles avec vous et retirez vos valises du coffre à bagages.

— Je peux laisser un pull-over pour garder ma place ? demande une femme.

— Non, m'dame, ce n'est pas possible.

— On est où, s'exclame-t-elle, en Union soviétique ?

Une fois dehors, dans l'air glacé, les passagers sont conduits à l'intérieur d'un bâtiment bas en bois, à côté des postes de péage. De jeunes hommes au teint pâle, en uniforme vert olive, sont assis derrière des bureaux. Un chien musclé tenu par un policier traverse la pièce, ses griffes claquant sur le lino.

Ils ont des chiens dressés pour détecter une grossesse ?

Les candidates à l'avortement sont ramenées dans des voitures de police canadiennes, ou des bus – Mattie ne sait plus. Une fois de retour dans l'État où elles vivent, elles sont accusées de complicité de meurtre.

Un officier scanne son passeport.

— Lieu de destination au Canada ?

— Vancouver.

— Raison de votre voyage ?

— Pour des vacances, répond la fille.

L'officier jette encore un coup d'œil à son passeport. Il regarde son front, puis sa poitrine.

— Quel âge avez-vous, mademoiselle ?

— Presque seize ans. Mon anniversaire est en février.

— Et vous vous rendez seule à Vancouver… pour les vacances ?

Elle a déjà le visage en feu.

— Mon amie habite là-bas. Elle étudiait dans le même lycée que moi en Oregon, mais elle a déménagé au Canada il y a quelques années, et je vais la voir.

« Ne donnez pas trop de détails », conseillent les forums.

— Comment s'appelle votre amie et quelle est son adresse ?

— Delphine Gray. Elle vient me chercher à la gare routière.

— Vous ne connaissez pas son adresse ?

— Désolée, si, bien sûr. 4618 Laburnum Street à Vancouver.

— Numéro de téléphone ?

— Nous parlons toujours en ligne, alors je ne… je n'ai pas besoin de son numéro. C'est beaucoup moins cher d'échanger en ligne. Mais j'ai imprimé son adresse mail, si vous voulez la voir…

— Pourquoi l'avoir imprimée ?

— Il y a son adresse dessus.

— Vous avez dit qu'elle venait vous chercher à la gare routière.

— Je sais, mais c'est juste au cas où… Si je dois prendre un taxi, par exemple.

— Attendez ici, OK ? dit l'officier.

On ne peut pas parler de viol ni d'inceste… personne ne se soucie de savoir comment c'est arrivé.

La fille voit la Soviétique au pull-over et son mari franchir le contrôle. Un couple blanc d'âge moyen passe ensuite, l'air dégagé. Une femme asiatique plus âgée. Un jeune Noir : c'est moins facile. Ils lui posent des questions supplémentaires, il répond d'une voix neutre, agacée. Mais finalement il se retrouve dehors lui aussi.

— Matilda Quarles ? dit une femme officier aux cheveux blonds frisés. Voulez-vous venir avec moi ?

— Où ?

— Venez avec moi, je vous prie.

— Mon bus part dans une minute.

— Je comprends. Vous devez m'accompagner.

— Et si je rate mon bus ?

La femme croise ses bras puissants.

— Il y a un problème ?

— Non, m'dame.

Destinée à égorger des agneaux et à les suspendre pour que le sang s'égoutte dans des bassines.

Au lieu de cela : à bord d'un bateau pour recueillir des données dans la nature boréale.

## La guérisseuse

Elle a été déçue d'apprendre le nom de la fille – un prénom si convenable. Le sien n'est pas mieux. Au fil des années, les gens lui ont demandé : C'est Virginie ? Jennifer ? Non, Gin tout court. Le nom d'une parente ? Non, d'un alcool. Ah ! très drôle, mais en fait ça vient d'où ? En vérité, c'était bien le gin, l'alcool préféré de sa mère.

La guérisseuse l'aurait appelée Temple.

Elle ne se souvient pas des douleurs, mais elle sait qu'elle a souffert ; Temple disait « C'est bientôt fini, c'est bientôt fini » en la berçant ; elle avait mangé les cerises dénoyautées par sa tante ; et son ventre était spongieux, ramolli. Elle ne se rappelle pas le bébé. On l'avait emmené ailleurs dans l'hôpital. Toutes les deux heures, les infirmières apportaient une pompe manuelle pour extraire le colostrum, puis le lait de ses seins engorgés. La femme de l'agence était venue avec des papiers à lui faire signer.

Autrefois, les gens croyaient que les nouvelles roses naissaient des cendres des roses brûlées, les nouvelles grenouilles, de grenouilles mortes pourrissantes. Ce qui n'est pas plus étrange que de croire que la guérisseuse a donné à Lola une potion qui a provoqué sa chute dans l'escalier, ou que sa mère est là-bas, quelque part, vivante.

Quand la guérisseuse était bébé, sa mère était restée clean. « Elle n'a jamais pris de drogue pendant qu'elle allaitait, a dit Temple. Ce n'est pas pour autant qu'on doit lui décerner une médaille, mais… tu comptais pour elle. Ne l'oublie pas, d'accord ? »

Une mauvaise mère qui ne l'était pas quelquefois. Qui était peut-être encore de ce monde, transformée en grenouille, filant sa quenouille.

La mère, la guérisseuse et la fille : descendues de Goody Hallett d'Eastham dans le Massachusetts, qui attachait des lanternes aux nageoires des baleines.

Un « chenal » est l'étroit couloir d'eau libre entre les banquises. J'ai une théorie : la forme et la texture d'un chenal permettent de prédire son comportement. Ses chances d'être fermé par la glace ou de s'élargir.

## L'épouse

Elle se rend à son rendez-vous avec Bryan quand retentit la sirène du tsunami. Elle se gare le long de la route de corniche. Le gémissement, désespéré, animal, s'élève, atteint son maximum, redescend et remonte de nouveau. Un loup hanté. Une fois par mois la sirène résonne pendant trois minutes, suivie par des carillons (rien à signaler) ou un hululement strident (évacuation). Si un tremblement de terre ébranle la mer, un mur d'eau aspirante s'avancera sur eux, et chaque minute comptera.

Les elfes sont sur la colline, hors de portée de la vague la plus haute, en train de jouer au camping avec leur père.

L'océan est une vitre vert foncé. Des piliers de roche en forme de cheminées, de phoques et de meules de foin se dressent dans l'eau.

Susan entend les carillons. Saine et sauve.

Elle pourrait se faire prendre : un texto envoyé au mauvais numéro.

Ou bien elle avouerait. Scrutant l'expression de son mari quand elle dirait : J'ai couché avec Bryan.

Elle garde la maison et il loue un appartement en ville, il fait du covoiturage avec Ro pour aller au lycée. Il aura une deuxième chambre pour les enfants, qui iront chez lui le week-end. Pendant la semaine les choses ne seront pas très différentes ; comme d'habitude, personne ne l'aidera à donner le bain aux enfants ni à les mettre au lit ; ce sera pareil le matin, quand elle est seule à s'occuper de la cuisson du porridge, à habiller Bex et John, et à veiller au brossage de dents. Mais les week-ends… lui appartiendront.

Ou bien Didier pourrait rester à la maison, pour l'instant. Les courants d'air, les robinets qui gouttent et l'horrible papier peint. Le manoir est dans la famille de Susan depuis des générations ; elle a lu son premier livre dans la salle à manger, elle a eu ses premières règles dans la salle de bains, elle a regardé Bex faire ses premiers pas sur la terrasse. Mais depuis quelque temps déjà elle néglige la demeure.

Trop couarde pour partir la première, elle va foutre sa vie en l'air.

Wenport est une cité lugubre située à côté d'une usine de pâte à papier, et aucun habitant de Newville ne s'y rend sauf pour se procurer de la drogue. Parfois Susan se demande lequel de ses enfants est le plus susceptible d'en acheter un jour, et la réponse est toujours : Didier.

Elle se gare juste devant le café. Bien sûr, Didier – accroupi sous une tente de couvertures dans le salon, avec les enfants qui le gavent de marshmallows grillés sur un feu imaginaire – n'est pas là pour repérer sa voiture… Mais Ro ? Pete Xiao ? Mme Costello ?

« J'ai cru voir la voiture de Susan l'autre jour… »

« Susan était à Wenport en compagnie de Bryan Zakile ? »

Il fait trop chaud dans le café. L'épouse retire sa veste et la sueur ruisselle aussitôt sur ses joues. Il est quatorze heures trois. Les seuls autres clients sont deux garçons en trench-coat qui jouent aux cartes.

— J'vous sers quoi ? demande la barmaid.

Des pâtisseries aux amandes scintillent sous la vitre du comptoir.

— Un grand *skim latte,* répond l'épouse.

— Pour votre information, nous sommes un établissement indépendant sans lien avec les multinationales. Pas de sirène en vue !

— Comment ?

Susan pose les yeux tour à tour sur la porte et sur les garçons. Qui sait, peut-être des élèves de Didier ; ou de Bryan.

— Vous devez commander un *petit.*

— Dans ce cas je voudrais un petit *skim latte.* Et un verre d'eau.

— L'eau est en libre-service.

Elle s'installe à la table la plus éloignée des garçons, face à la porte. Quatorze heures dix.

Un garçon crie :

— Ton tour de griffon[1] ne me fait pas peur !

Quatorze heures dix-sept. Ni textos ni appels en absence.

À vingt, elle s'en ira.

À vingt, elle finit l'eau de son gobelet.

Elle part dans une minute.

À quatorze heures vingt-quatre, Bryan apparaît. Pas du tout pressé.

— Hé, salut ! s'exclame-t-il. Comment ça va aujourd'hui ?

— Super, et toi ?

Pendant qu'il s'attarde au comptoir, Susan, qui tourne le dos au bar, l'entend demander à la barmaid si elle sait d'où vient le mot « cappuccino », la fille rit et répond : « Hum, d'Italie ? » Et Bryan réplique : « C'est pas mal pour un début. »

Lorsqu'il s'installe en face d'elle, Susan se souvient qu'il n'est pas beau, malgré sa fossette. Son visage est moyen, voire médiocre. Mais le corps qui l'accompagne…

— Tu es super bien coiffée, dit-il.

— Oh !… merci !

Il aspire son lait mousseux à grand bruit.

---

1. Ce jeu de cartes s'appuie sur un monde imaginaire (comme Donjons et Dragons).

— Tu les as fait couper ?

— Euh... non, pas du tout. Alors, tes vacances se sont bien passées ?

— Oui, oui. Je suis allé voir mes parents à La Jolla. Sympa de se retrouver dans le monde civilisé.

— Tu trouves que cette région ne l'est pas ?

Il hausse les épaules. Essuie ses lèvres avec sa serviette.

— Ou qu'elle est trop isolée ?

— Isolée comment ?

— Eh bien, en termes de, je ne sais pas...

Bryan sourit.

— Tu veux dire que c'est difficile de rencontrer des femmes ?

— Si tu veux. Oui.

— Sans avoir l'air prétentieux... ça n'a jamais été un problème pour moi.

— J'en suis persuadée.

Il glisse lentement le poing sur sa cuisse.

— *Vraiment ?*

— Comment ?

— Vraiment sûre, que ça ne l'est pas.

Une parcelle de rimmel sec tombe des cils de son œil droit, et atterrit sur son avant-bras.

— Écoute, reprend Bryan, à mon avis, le modèle de la pénurie, c'est de la connerie. Quand les gens sont inquiets à l'idée de ne rencontrer personne, ils prennent le premier qui se présente.

Elle chasse le rimmel d'une chiquenaude. Elle a la bouche sèche.

— C'est ce qui est arrivé à une de mes cousines, poursuit-il. Elle a épousé un con fini parce qu'elle était sûre de ne pas pouvoir trouver mieux. Peut-être bien, mais je préférerais la solitude à être battu comme plâtre.

— Battue ?

— Comme je l'ai dit, c'est un con.

— Mais c'est...

— Nous voudrions tous qu'elle le quitte. Ils n'ont pas d'enfants.

— Même s'ils en avaient.

— Bon, peut-être. Mais les enfants ont vraiment besoin de leurs deux parents à la maison.

Susan voit, entend, ressent, mais est à présent incapable de penser.

Elle veut toucher la cuisse placée à cinq centimètres de son genou. Toucher les doigts posés sur la cuisse.

Les longs doigts puissants.

La longue cuisse musclée.

— Et toi, Susan ? Tu penses que Newville est isolé ?

— D'après moi…

Elle tord un coin de sa bouche, une expression que Didier jugeait sexy autrefois.

— … c'est un endroit ennuyeux.

— Je me demande ce que nous pourrions faire pour dissiper cet ennui.

— Moi aussi.

— J'ai quelques idées à ce sujet.

— Ah oui ?

Une chaleur humide envahit son bas-ventre.

— Parfaitement.

— Par exemple ?

— Eh bien…

Il se penche en avant, les coudes posés sur la table, le visage dans les mains. L'épouse se rapproche, elle aussi, mais la position est malcommode, car elle a croisé les jambes. Il la dévisage. Elle lui rend son regard. Il va se passer quelque chose. Il va l'embrasser ici même, parmi les griffons, derrière les vitres embuées, à vingt kilomètres de la maison sur la colline. Elle va foutre sa vie en l'air.

— Une équipe de minigolf ! s'exclame-t-il avec un sourire si large qu'elle voit les plombages noirs de ses dents.

— Pardon ?

— C'est à la mode aujourd'hui, le minigolf compétitif. Il y a un emplacement juste à côté de la Route 22. Ils ont des équipes de quatre joueurs. Je me suis dit que, toi, moi, Didier et Xiao, ça pourrait marcher. En fait, on peut gagner pas mal d'argent.

Comme si une main géante avait relâché son étreinte, Susan se tasse sur sa chaise.

— Je suis nulle au golf, dit-elle.

— Allons donc !

— Propose à Ro de faire partie de ton équipe.

— La flic de la grammaire ? *No gracias.*

Il ne veut pas d'elle.

Pourquoi a-t-elle imaginé qu'il la voulait ?

— Hé ! propose Bryan, partageons une brioche à la cannelle. C'est mon péché mignon, et elles sont délicieuses ici.

Sa bouche pleine de plombages noirs.

— Eh bien, pourquoi pas, réplique l'épouse.

En novembre 1875, dans l'océan Arctique, au nord de la Sibérie, la banquise commença à se resserrer autour de l'*Oreius*. Les zones d'eau libre s'éloignèrent encore tandis que les chenaux se réduisaient à des rubans noirs. Mínervudottír vit que les chenaux les plus droits semblaient rester ouverts plus longtemps que ceux dont le contour ondulé évoquait une anguille : se pouvait-il que ces bords irréguliers accélèrent la formation de la glace ?

Elle fit cette suggestion au capitaine, qui répondit : « Et vous allez aussi nous montrer les fées des neiges ? »

# La biographe

Elle remarque aujourd'hui la taille du bureau de M. Fivey. Il agrippe sa surface polie de ses mains largement écartées, comme un nabab. Derrière lui sont accrochés sur le mur son diplôme d'une université prestigieuse et plusieurs photos de Mme Fivey, ce qui encourage la biographe à dire :

— Je suis heureuse que votre épouse aille beaucoup mieux.

— C'est gentil, Ro. Mais entrons dans le vif du sujet. Depuis le début de l'année scolaire, vous êtes arrivée en retard du moins quatorze fois.

*Au moins.*

— Et vous avez été absente cinq fois.

— Quatre, en réalité.

— Bonnet blanc et blanc bonnet… C'est devenu un problème. Ces enfants ne vont pas apprendre par eux-mêmes. Au lieu d'apprendre l'histoire, ils mémorisent les affiches antiméth de la salle de permanence. Je voudrais savoir comment vous comptez résoudre ce problème.

— Bien, répond la biographe.

— À moins que vous ne préfériez ne plus enseigner ici ?

Elle croise et décroise les jambes.

— Je veux absolument enseigner ici. Sincèrement. En fait, j'ai eu des ennuis de santé qui…

— Peu importe la raison, Ro, ça ne peut pas continuer. Prenez un congé maladie, démissionnez ou arrivez à l'heure pour vos cours.

Ses postillons giclent sur le visage de la biographe.

Est-il devenu plus con parce que sa femme était dans le coma ? Ou parce que le procès de Gin Percival commence bientôt ? Fivey devra s'asseoir dans la salle d'audience et apprendre que sa femme a soi-disant demandé à la sorcière de l'aider à avorter alors qu'elle n'était soi-disant pas du tout enceinte. Que Lola a soi-disant eu une aventure avec Cotter à la poste. Que ses seins sont soi-disant vrais. Même Roberta, qui ne se tient pas informée de la vie locale, a entendu parler de ces rumeurs.

— Je ne serai plus en retard, dit-elle.

— C'est certain, parce que je vous donne un avertissement officiel. Une infraction de plus et vous devrez téléphoner à votre délégué syndical.

— Nous n'avons pas de syndicat.

— C'est une expression. Je ne veux pas me montrer inflexible, ajoute-t-il. Vous faites bien votre travail, quand vous êtes là.

Fivey est un poisson médiocre dans un étang médiocre.

Et ces gamins vont apprendre par eux-mêmes.

Elle est seulement là pour leur donner un coup de pouce et quelques indices. Elle est là pour leur dire qu'ils n'ont pas besoin de se marier, ni d'acheter une maison, ni de lire la liste des naufrages au pub le samedi soir.

Dans dix jours entrera en vigueur la loi « Chaque enfant a besoin d'un père et d'une mère » (UPUM).

Elle aurait dû poser la question plus tôt à Mattie.

Se jeter à l'eau avant.

Lorsque, l'an dernier, elle avait fait part de son désir d'enfant au professeur de méditation, il lui avait conseillé d'adopter un chien.

Elle remue la crème de sa troisième tasse de café avec un couteau. Elle a hérité de l'argenterie que son père ne souhaitait pas emporter à Ambrosia Ridge, mais il avait fallu jeter la plupart des cuillères. Les mêmes cuillères autrefois introduites dans la bouche de Roberta et d'Archie, pleines de glace, de crème ou de soupe, avaient servi ensuite à chauffer l'héroïne et l'eau, aspirées à travers un morceau de coton dans une seringue que son frère plantait dans sa veine. Les cuillères carbonisées étaient utiles lorsqu'elle tombait dessus par hasard (sous les lits, dans les replis d'un canapé), et avait besoin de le confronter à des preuves irréfutables, incontestables – même s'il lui arrivait parfois, à l'étonnement de sa sœur, d'argumenter.

« Tu n'as jamais entendu dire que le lave-vaisselle détruisait les cuillères ? »

Ou : « Elles sont sans doute là depuis deux ans ; c'est de la vieille histoire, mon amie. »

Archie était un gros con.

Et la personne qu'elle préférait.

Elle appellera son enfant Archie, si elle en a un.

Pourquoi en veut-elle un, pour commencer ? Comment peut-elle dire à ses élèves de rejeter le mythe selon lequel leur bonheur dépend de la présence d'un compagnon si elle croit au même mythe à propos de la conception d'un enfant ?

Pourquoi n'est-elle pas heureuse d'être libre – comme Eivør Mínervudottír ?

Elle sirote son café. Son talon tambourine en cadence avec le cliquetis lancinant du radiateur de la cuisine. Elle ouvre son carnet. Elle écrit sur une nouvelle page : « Les raisons pour lesquelles j'envie Susan. » Cela l'embarrasse d'écrire le mot « envie », mais une bonne chercheuse ne doit pas se laisser décourager par des données déplaisantes.

1. Sperme gratuit à volonté/pratique.
2. Elle en a deux.

Autrefois la famille de la biographe a ressemblé à celle des Korsmo – mère père sœur frère, une famille américaine établie. Ils avaient une cour herbue, une maison. Roberta ne veut pas de maison, mais elle désire un enfant. Elle ne peut pas expliquer pourquoi. Elle peut seulement dire : parce que je le veux.

Ce qui ne semble pas être une assez bonne raison pour endurer autant d'efforts pénibles.

Peut-être a-t-elle été programmée carrément par le marketing. Inondée d'images de mère et d'enfant, de maman ourse et de bébé ours, elle a appris, sans s'en rendre compte, à les désirer.

Peut-être pourrait-elle même améliorer la vie qu'elle a déjà par des activités plus intéressantes ?

Elle jette un coup d'œil à la peau pâle au creux de ses coudes : les traces sont en train de s'effacer. La ressemblance avec Archie se dissipe. Des semaines ont passé depuis sa dernière prise de sang, depuis qu'elle a posé les yeux sur les joues dorées, indifférentes, de Kalbfleisch.

Raisons pour lesquelles ~~j'envie~~ je déteste Susan :

1. Sperme gratuit à volonté/pratique.
2. Elle en a deux.
3. Pas de loyer.
4. Elle m'a dit de me distraire en allant au cinéma.
5. Flle en a dcux.
6. Elle a dit qu'on ne devenait adulte que… etc.
7. Elle en a deux.

Une personne moins envieuse, moins malveillante, ne souhaiterait pas que Mattie Quarles soit arrêtée à la frontière canadienne.

Une glace solide et épaisse enserre notre bateau. Il ne sert à rien de s'escrimer à la fendre à la hache, à la scie ou à la machette. Le gouvernail reste inerte. L'*Oreius* est cerné.

## La fille

Elle suit la policière dans une petite pièce sans fenêtre avec une table et des chaises marron. Elle s'assied avant d'en avoir été priée. La femme reste debout, les mains sur les hanches.

— Pouvez-vous me donner la vraie raison de votre voyage ?

— Je vais voir une amie à Vancouver.

— J'ai dit la vraie raison.

La porte est fermée.

Personne ne sait qu'elle est là, excepté Ash, qui ne lui est d'aucun secours à présent.

— C'est la vraie raison, m'dame.

— Nous voyons un tas de filles qui essaient de passer la frontière. Le problème, c'est que le Canada a un accord officiel avec les États-Unis. Nous avons accepté de vous empêcher de violer chez nous les lois de votre pays.

— Mais je ne viole…

— Ce qu'il y a de bien avec les tests de grossesse ? On a le résultat en une minute.

— Je ne sais pas de quoi vous parlez, m'dame.

— La section 10.31 du règlement de l'agence des services frontaliers du Canada stipule : « Si une mineure non accompagnée soumise au test rapide de grossesse de première intention enregistre un résultat positif, et ne peut justifier les raisons personnelles ou professionnelles de sa visite dans une province canadienne, elle sera arrêtée et remise entre les mains des autorités américaines. »

— Mais je peux justifier le but de mon voyage. Mon amie Delphine…

Mattie ouvre sa sacoche et en sort le courriel.

La policière y jette un coup d'œil.

— Sérieusement ?

Elle lui rend la page.

La fille serre les cuisses.

— Voici ce qui va se passer, Matilda. Je vais vous donner un gobelet, vous irez dans les toilettes au fond du couloir et vous urinerez dans ce gobelet.

— Vous ne pouvez pas me faire subir un test de dépistage de drogues de manière aléatoire. C'est illégal.

— Faites la maligne.

Mattie décide de regarder la femme droit dans les yeux.

— Je peux… je peux vous payer.

— Pour quoi faire ?

— Pour me laisser remonter dans le bus.

— Et maintenant un pot-de-vin ?

— Non. Juste…

Sa bouche tremble.

— M'dame, s'il vous plaît ?

— Hé ! vous savez qui aime se faire appeler m'dame ?

— Qui ?

— Personne.

— J'ai cent dollars, insiste Mattie.

Elle peut dormir dans la gare routière et manger quand elle sera de retour en Oregon.

— Gardez-les, hein.

La policière prend un gobelet emballé dans du plastique au fond de sa poche et le pose sur la table marron.

— Prête à pisser, ou bien vous voulez de l'eau ?

— De l'eau, répond Mattie pour gagner du temps.

Yasmine a dit qu'elle ne voulait pas se conformer à un quelconque stéréotype. La fille-mère noire qui vit de l'aide sociale sur le dos des honnêtes travailleurs, etc.

Mme Salter était la seule femme de couleur de la législature de l'État de l'Oregon. Yasmine ne voulait pas compromettre la carrière de sa mère.

Elle s'est infligé un avortement maison.

Blonde Frisée revient sans verre d'eau, suivie par son supérieur, un homme aux yeux bleus. Il sourit à Mattie.

— Je vais prendre le relais, Alice.

— J'avais presque…

— Allez donc déjeuner.

Sa subordonnée lance un clin d'œil appuyé à la fille. Elle plisse la bouche.

— Ben voyons !

Puis elle s'en va.

— Comment allez-vous, mademoiselle Quarles ? dit l'officier de police, hissant une botte noire sur la chaise, son entrejambe au niveau des yeux de Mattie.

Elle hausse les épaules, trop effrayée pour se montrer polie.

— Vous visitez donc le Grand Nord pour le plaisir ? Pour vous amuser ?

Elle acquiesce.

— Vous savez, nous sommes sympas ici, mais malgré tout nous n'aimons pas qu'on nous mente.

— Je ne…

— Votre visage est très expressif. Il trahit beaucoup de choses.

Elle sent la peur lui picoter les bras, la poitrine.

— Certaines personnes ont un visage impénétrable. Ce sont des durs à cuire, vous savez ? Ceux dont on essaie de déchiffrer les pensées. Ce n'est pas votre cas, mademoiselle Quarles. Mais…

Il soulève son pied de la chaise et le pose bruyamment sur le sol.

— … je ne vais pas vous arrêter.

— Ah… ?

— J'ai deux filles qui ont à peu près votre âge. Disons que c'est mon point faible.

— C'est… ouah ! Merci.

— Vous devrez retourner là d'où vous êtes venue, cependant. Le prochain bus pour le sud arrive ici dans trois heures et demie. Je veillerai moi-même à ce que vous montiez dedans. Si vous n'avez pas déjà pris votre billet de retour, vous pourrez le régler au chauffeur.

Retourner ? Elle a une boule grise et molle dans la gorge.

— Votre photo et votre permis de conduire, explique le type, seront distribués à tous les bureaux de la police des frontières au Canada, alors ne songez même pas à essayer de passer une autre fois.

Ça ne se voit pas à l'œil nu (elle porte des écharpes, des pull-overs amples), mais son ventre est plus dense et plus volumineux. Bientôt il sera trop tard.

— Je veux que vous en tiriez la leçon. Ne répétez pas vos erreurs. Comme je le dis à mes filles : « Soyez la vache qu'on achète. »

— Pardon ?

— Ne soyez pas le lait gratuit.

Dans la salle d'attente glacée, elle mange des cacahuètes enrobées de chocolat achetées au distributeur.

Maman a appelé deux fois pour la questionner sur la conférence. Écouter ses messages (« Je suis si fière de toi, poussin ») fait couler le nez de Mattie.

Elle a honte d'avoir honte de maman quand les caissières lui disent : « Toi et ta grand-mère, vous avez trouvé tout ce qu'il vous fallait ? »

C'est le pire jour de sa vie.

Il y en a eu un autre : quand son père a cru que la députée Salter était la chauffeuse du bus scolaire.

L'échec de ce voyage est-il un signe ? Elle a essayé deux fois maintenant. Peut-être devrait-elle rester enceinte. Laisser tomber l'académie de maths, mener sa grossesse à terme et donner le bébé à un couple grisonnant au grand cœur. C'est la voie légale. La seule voie sûre. *Songe à toutes les heureuses familles adoptives qui n'existeraient pas.*

Elle pourrait renoncer à l'académie de maths, mettre au monde ce bébé et quitter Central Coast Regional. Terminer sa scolarité en ligne. Laisser maman l'aider à le laver, l'habiller et le nourrir. Lorsque Mattie essaie de s'imaginer en mère, elle voit la malheureuse rangée d'arbres qui oscillent près du terrain de football.

Elle ne veut pas renoncer à l'académie de maths.

(Elle vaut bien mieux en maths que cette chieuse de Nouri avec son look gothique lavasse.)

Ni le faire adopter.

Elle ne veut pas s'interroger ; elle sait qu'elle ne pourrait pas s'en empêcher.

De même que l'enfant – *Pourquoi on ne m'a pas gardé ?*

Sa mère était-elle trop jeune ? Trop vieille ? Trop chaude ? Trop froide[1] ?

Elle ne veut pas qu'il s'interroge, ni s'interroger elle-même.

*Tu m'appartiens ?*

Elle ne veut pas craindre qu'il la retrouve.

*Égoïste.*

Mais elle a une identité. Pourquoi ne pas s'en servir ?

1. Référence au conte *Boucle d'Or et les Trois Ours.*

L'*Oreius* resta bloqué par la glace pendant sept mois.

## L'épouse

Elle remercie Mme Costello d'être venue tôt. Elle dépose un baiser sur l'oreille parfaite de John. Elle s'engage sur la route.

À deux reprises elle est sur le point de faire demi-tour.

Elle n'est pas entrée dans un tribunal depuis la fac de droit. La salle d'audience est étouffante à cause de la vapeur d'eau produite par les manteaux dégoulinants de pluie, qui sèchent peu à peu dans la chaleur des radiateurs. Edward et Gin Percival sont assis à la table de devant. Susan ne peut pas voir leurs visages. La lumière des néons se réfléchit sur le crâne rasé d'Edward. Aucun signe de Mme Fivey, mais son mari est assis au premier rang et consulte sa montre. Huit heures quarante-cinq.

Susan s'installe contre le mur du fond. Sur le banc des jurés sont assis sept femmes et cinq hommes, vieux et moins vieux, tous blancs. Edward aurait dû exiger un procès sans jury. La nièce de Temple ne fera bonne impression sur aucun jury de la région.

— Gin Percival, dit le juge nabot, vous devez vous lever pendant la lecture des charges qui pèsent contre vous.

Elle se met debout. Les cheveux noirs noués en chignon, une combinaison orangée lâche au niveau de la taille. Elle a maigri depuis la dernière fois que Susan l'a vue, sur le tabouret bas en métal de la bibliothèque.

L'huissier débite :

— Un délit mineur de faute médicale à l'encontre de Sarah Dolores Fivey. Un délit pénal : complicité de meurtre en acceptant d'interrompre la grossesse de Sarah Dolores Fivey.

Combien prendrait-elle ? Susan ne se rappelle rien concernant la longueur des peines. Elle se souvient d'avoir lu à voix haute « neutre » au lieu de « meurtre », et qu'Edward avait été le seul de la classe à trouver drôle son lapsus.

Elle ne parvient pas à entrevoir le visage de M. Fivey, et se représente son expression mortifiée. Tout le monde est au courant de sa vie privée aujourd'hui. La femme du proviseur et son avortement au fond des bois. Quel que soit le dénouement de ce procès, les Fivey ne s'en sortiront pas indemnes.

Une avocate frêle et rousse en costume à fines rayures se lève de la table du ministère public. Elle prend son temps pour s'approcher du box des jurés, les paumes jointes sur sa gorge comme si elle priait. Elle a l'air plus jeune que Susan.

— Chers Orégonais, vous avez entendu les charges contre Gin Percival. Votre travail est simple : décider s'il y a suffisamment de preuves pour inculper Mme Percival de ces crimes. Pendant le cours de ce procès vous seront exposés un grand nombre de faits qui établissent sa culpabilité dans les deux cas. Écoutez les faits. Fondez votre verdict sur les faits. Je sais que les faits vous conduiront à conclure, au-delà de tout doute raisonnable, que Gin Percival est coupable des crimes dont on l'accuse.

« Un grand nombre de faits » – c'est une formule facile. Répétition de « crimes », « charges », « culpabilité » et « faits » – ce sont des attaques prévisibles. Edward peut démonter son discours.

Il s'éclaircit la voix.

— Merci, juge Stoughton, et merci, messieurs et mesdames les jurés, une tâche civique importante vous incombe.

Il s'interrompt pour se gratter la nuque, sous le col.

— Hmm. Ma consœur vous a dit que votre travail était simple, et je le pense aussi. En revanche, je ne puis souscrire à l'affirmation selon laquelle les preuves vous montreront clairement quoi que ce soit. Car il n'existe pratiquement aucune preuve. On vous présentera des ouï-dire, des spéculations, des preuves indirectes, mais aucune preuve directe. Et votre travail, qui est simple en vérité, consiste à voir qu'il n'existe pas assez de preuves pour inculper ma cliente, au-delà de tout doute raisonnable, de ces accusations infondées.

Ses phrases sont trop longues. Il aurait dû dire « fausses » au lieu d'« infondées ». On est dans l'Oregon rural.

— Merci, et je suis impatient de travailler avec vous les jours qui viennent.

Il se rassied, et s'éponge le visage avec son mouchoir.

Gin Percival garde les yeux fixés sur le mur. Edward va-t-il oser l'envoyer à la barre ? De toute évidence – et d'après ce que Susan a perçu dans la bibliothèque – elle est un peu dérangée.

Susan est-elle devenue une personne qui croit tout ce qu'on raconte ?

Plus ou moins ; oui, c'est vrai.

Elle était trop fatiguée pour s'en préoccuper.

L'amendement sur l'identité de la personne, l'annulation de l'arrêt *Roe v. Wade* rendu par la Cour suprême des États-Unis en 1973, qui avait reconnu l'avortement comme un droit constitutionnel, les appels à la peine de mort pour les médecins pratiquant des interruptions volontaires de grossesse – la personne qu'elle avait eu l'intention de devenir se serait souciée de ce gâchis, aurait pris la peine d'être furieuse.

Trop fatiguée pour être en colère. La Susan MacInnes passée et future aurait pu être une avocate militante portant des affaires majeures devant les hautes cours. Edward se bat ; il prend ce gâchis à bras-le-corps. Susan est incapable de se concentrer sur le fond de l'affaire.

*Force-toi.*

À la bibliothèque, Gin Percival avait parfois des brindilles dans les cheveux, et une odeur d'oignon émanait d'elle. Susan éprouvait de la répulsion pour cette chevelure broussailleuse, animale ; pourtant elle commence à voir l'intérêt d'être répugnante.

Bryan était une diversion pitoyable, un prétexte. Ce qu'elle affronte, c'est un travail intérieur.

La liberté qu'a Gin Percival de laisser des brindilles dans ses cheveux, de porter des robes informes et de sentir mauvais... c'est ce que désire Susan.

*Dis à Didier que tu t'en vas.*

Avant d'avoir des enfants, elle se représentait la maternité comme une fusion jubilatoire. Elle n'avait jamais imaginé qu'elle mourrait d'envie de passer du temps loin d'eux. C'est horrible d'admettre qu'elle ne supporte pas d'être auprès d'eux vingt-quatre heures sur vingt-quatre, sept jours sur sept. Le même sentiment de culpabilité l'a empêchée de mettre John à la crèche : elle ne veut pas s'avouer qu'elle a besoin de se séparer de lui.

— La cour peut appeler le premier témoin, dit le juge.

Mme Costello, qui ne s'est jamais beaucoup fiée à la science, est convaincue que Gin Percival a maudit l'océan, jeté un sort aux marées et fait revenir les algues. La moitié des jurés pensent probablement la même chose. Et si une sorcière peut jeter un sort aux marées, de quoi d'autre est-elle capable ?

Le costume à fines rayures se lève.

— Votre Honneur, nous appelons Dolores Fivey à la barre.

À la fac de droit, Susan excellait dans l'art de la plaidoirie. Elle était chaudement applaudie. Mais aujourd'hui, assise parmi le public, alors qu'elle observe la chorégraphie judiciaire, elle n'éprouve aucun désir de reprendre ses études. Si elle envoie John à la crèche, ce sera pour d'autres raisons, encore inconnues.

Quel est le goût de la chair humaine ? D'après les rapports des Inuits, les hommes de l'expédition Franklin, perdus dans l'Arctique canadien, devinrent cannibales.

## La guérisseuse

Les seins de Lola ne sont plus aussi charnus, ils ont l'air vidés de leur substance, leurs cellules affaissées comme un soufflé. Elle les porte surélevés au maximum, mais ils sont l'ombre de leur ancienne splendeur. Des soufflés fantômes. Elle est assise à la barre avec son soutien-gorge à balconnet et un tailleur bleu à manches longues pour cacher la cicatrice – moins visible que ce qu'elle aurait pu être (grâce à la guérisseuse).

— Madame Fivey, dit l'avocate générale, veuillez nous dire comment vous avez été amenée à faire la connaissance de l'accusée.

Edward se lève d'un bond.

— Objection, Votre Honneur. Je demande que l'accusation se réfère à Mme Percival en utilisant le terme moins sulfureux de « prévenue ».

Noyé dans ses robes, le juge à la figure ronde ridée comme une pomme reinette déclare :

— Accordé.

— Comment avez-vous rencontré la prévenue ?

Lola ne quitte pas ses mains des yeux. Gin aime ces mains, petites et gracieuses, aux ongles limés au carré. Elles ont tenu le cul de la guérisseuse, timidement au début ; puis avec audace, et se sont glissées à l'intérieur de son vagin humide.

— Madame Fivey ?

D'une voix effrayée :

— Je suis allée la voir pour un traitement médical.

— Bien que l'acc... désolée, la *prévenue* ne soit pas docteur en médecine ? Docteur de rien du tout, en fait ? Bien qu'elle n'ait même pas le bac ?

— Objection, intervient l'avocat. L'accusation outrepasse ses fonctions en présentant des éléments de preuves.

— Retiré. Pourquoi avez-vous cherché l'aide médicale de... ah ! la prévenue ?

— J'avais besoin..., répond Lola, qui s'interrompt.

— Madame Fivey ? reprend l'avocate générale. Vous aviez besoin de quoi ?

— D'un traitement médical.

— Oui, c'est bien clair. De quel traitement spécifique s'agit-il ?

Lola hausse les épaules. Elle agrippe la barre des témoins.

— Madame Fivey ?

— Répondez à la question, madame Fivey, dit le juge.

— Une interruption.

— Une interruption de quoi ?

— De...

— Veuillez parler plus fort, madame.

— De grossesse ! Je croyais que j'étais enceinte, mais je me trompais.

En échange de son témoignage, a expliqué l'avocat, Lola obtenait l'immunité. Elle ne serait pas accusée de complicité de meurtre.

— Mme Percival a-t-elle accepté de provoquer un avortement ?

Lola pose sur l'avocate générale ses beaux yeux maquillés. Puis elle regarde de nouveau ses mains.

— Oui, elle l'a fait.

Lola a raison de mentir. C'est un animal traqué. La vie qu'elle sauve sera la sienne.

Il n'y a personne pour la contredire, excepté la guérisseuse elle-même, qui est une farfelue des bois, une folle qui jette des sorts aux algues.

Cette situation n'est pas nouvelle. Gin n'est qu'un cas parmi beaucoup d'autres. Du moins ils n'ont pas le droit de la brûler, mais ils peuvent la jeter en prison pour quatre-vingt-dix mois. Les autorités de l'Inquisition espagnole les faisaient rôtir vivantes. Si la sorcière allaitait, ses seins explosaient quand le feu s'embrasait.

Le forgeron harponna un ours polaire. Le cuisinier fit un ragoût avec le foie et le cœur. Je n'en pris pas un seul morceau, bien que respirer l'odeur du délicieux bouillon fût une torture. Après le dîner les marins se sentirent las... ils passèrent une mauvaise nuit... Le lendemain matin, la peau se mit à peler autour de leur bouche. La peau de leurs mains, de leur ventre et de leurs cuisses commença à se détacher. Ils refusèrent de me croire quand j'expliquai que la quantité de vitamine A contenue dans le foie de l'ours polaire atteint un niveau toxique. Ils disent que j'ai jeté un sort au ragoût.

## La fille

Elle n'a pas besoin d'être convaincue. Une absence, ça ne compte pas ! Elle a toujours été la bonne élève. Un dossier irréprochable. D'ailleurs, elle est incapable de penser – ses yeux se ferment tout seuls. Elle veut dormir une année entière.

— Super, dit Ash. Je n'ai jamais assisté à une déposition avant.

Lorsque la famille Quarles a emménagé à Newville, Ash a été la seule personne disposée à passer du temps avec Mattie. Elle l'a prévenue que Good Ship mettait de l'extrait de piment (qui peut rendre les lèvres à jamais insensibles) dans sa soupe piquante et aigre. Elle l'a emmenée au phare. Elle lui a appris à trouver des bestioles à marée basse – les anémones à bouche-anus, les patelles striées dont la coquille adhère aux fissures de la roche.

Elles roulent vers le nord sous les rafales de neige fondue. Elles commandent des mokas au drive-in. Elles lèchent les pyramides tremblantes de crème Chantilly.

— Une nouvelle écharpe ?

— Cadeau de Noël, dit Mattie.

— La violette t'allait mieux.

Ash ne plairait pas beaucoup à Yasmine ; mais Mattie n'a personne d'autre.

Elle allume une cigarette. Derrière la vitre, tout est gris, le ciel, les falaises, l'eau, les rideaux de pluie glacée. À l'hôpital, les flics demandaient sans arrêt « Comment elle l'a fait ? » et Mattie était incapable de leur répondre.

— Bon… euh… j'ai une question, dit-elle.

Ash lève deux doigts. Son amie y glisse sa cigarette.

— Tu peux demander à ta sœur le numéro d'une clinique d'IVG ?

Ash exhale, rend la cigarette.

— Sûrement pas.

— Mais celles qu'on trouve en ligne, on ne sait pas si elles existent vraiment ou si c'est un piège. Tu ne peux pas juste poser la question ?

— Putain, non. De toute façon, Clementine ne me répondra pas.

— Peut-être qu'elle le fera, si elle sait qu'il ne me reste… pas beaucoup de temps.

— Ouais, mais non. Trop dangereux. Clem connaît une fille qui a eu une infection si grave, dans un endroit à Seattle, qu'elle a dû être opérée en urgence. Elle a failli mourir.

— Elle a été arrêtée ?

— Bien sûr.

Ash tend à nouveau la main vers la cigarette.

— Mais son père a engagé un avocat célèbre. Elle a dit à ma sœur que la clinique était dégoûtante. Elle a vu un seau en plastique plein des trucs d'une autre fille. Un seau en plastique *transparent.*

Une aiguille brûlante dans les côtes de Mattie. Un goût de métal sur ses dents.

Yasmine n'est pas morte non plus. Mais elle a perdu tellement de sang qu'elle a dû être transfusée. Toute la nuit Mattie et ses parents ont attendu aux urgences avec Mme Salter, qui se balançait d'avant en arrière dans son anorak de ski rose. Les néons grésillaient. Mattie avait une terrible envie de faire pipi, mais voulait être là quand le médecin viendrait leur donner des nouvelles.

L'utérus de Yasmine était si abîmé qu'ils avaient dû l'enlever.

Les flics sont venus alors qu'elle était encore à l'hôpital.

La sorcière porte une combinaison orangée de prisonnier, pas le sac cousu à la main, et ses cheveux sont brossés, ce qu'ils n'étaient pas dans la cabane de la forêt. Heureusement, Mattie ne peut pas voir son visage, qui pourrait trahir la peur. La jeune fille, qui est terrifiée tout le temps à présent, ne veut autour d'elle que des gens rassurants.

Clementine est convoquée en tant que témoin de moralité. Le reste de la famille d'Ash pense que Gin Percival a contaminé la mer. Il y a plus de poissons morts dans les filets, et les algues endommagent les coques des bateaux.

— S'il vous plaît, éteignez vos appareils électroniques, dit le petit juge.

À cet instant, Ro/Miss fait l'appel et improvise un sketch où elle répète les noms des absents (« Quarles… ? Quarles… ? *Quarles*… ? ») en référence à un vieux film que Mattie n'a pas vu.

— Docteur, dit l'avocate générale à la langue acide, avant l'ajournement de la séance d'hier, vous avez affirmé que Dolores Fivey avait souffert d'un léger traumatisme crânien de niveau trois à la suite d'une chute dans un escalier d'une hauteur de trois mètres soixante-cinq, ce qui…

— Objection, intervient l'avocat chauve et rond de Gin Percival. Le médecin a déjà consigné tous ces détails dans sa déposition ; je ne saisis pas pourquoi nous avons besoin de les entendre de nouveau.

— Retiré. Pouvez-vous, s'il vous plaît, donner à la cour les résultats de l'analyse toxicologique effectuée peu après l'arrivée de Mme Fivey à l'hôpital général d'Umpqua ?

— Bien sûr, dit le médecin. Nous avons trouvé de l'alcool et du Colarozam dans son organisme.

— Comme vous le savez, pratiquer une IVG est un crime.

Ses vêtements sont trop serrés. Il fait trop chaud dans la pièce.

*Un seau en plastique plein des trucs d'une autre fille.*

« Objection. »

« Ce médicament peut provoquer des vertiges et une chute. »

« S'il est mélangé avec de l'alcool. »

« S'il est mélangé avec du citron, de la lavande, du fenugrec et de l'huile de fleur de sureau. »

« Un crime. »

« Chercher à avorter. »

« Un crime. »

Elle doit trouver des toilettes…

« Prise de vertige, désorientée, risque de trébucher. »

« Lorsque Dolores Fivey a été admise… »

« Procédure normale. »

Des nausées seulement au premier trimestre, d'après Internet.

« Et quels étaient les résultats de… »

« Les femmes en âge de procréer. »

Mattie a besoin d'aller aux toilettes. Elle ne parvient pas à penser. Il fait trop chaud.

Colarozam.

*Un seau en plastique.*

Ah !… vertement.

A feint de croire.

Si mélangé à de l'alcool.

Ah !… vertement.

Si serrée cette veste à capuche cette pièce trop chaud…

Sur sa joue l'haleine d'Ash qui sent le moka.

— Ça va, Mattie ?

— Quoi ?

— Tu transpires comme une malade. Allons chercher de l'eau.

— Toilettes.

— Chut, dit Ash, qui la pousse sur le banc glissant en direction de la porte.

Mínervudottír aperçut un cachalot venu respirer par l'un des trous creusés dans la glace près du bateau, pour puiser rapidement de l'eau en cas d'incendie. Il fut bientôt rejoint par d'autres, leurs défenses hélicoïdales fendant l'air. Les marins surveillaient aussi les trous et criaient « Licorne ! » lorsqu'une baleine apparaissait.

# La biographe

Elle passe des narvals aux notes sur l'expédition Greely. En août 1881, l'explorateur Adolphus Greely, avec son équipe de vingt-quatre hommes et de quarante-deux chiens, arriva dans la baie de Lady-Franklin, à l'ouest du Groenland. Ils devaient rassembler des données sur l'astronomie et le champ magnétique du cercle arctique, et atteindre un nouveau record du « Grand Nord ».

Le deuxième été, l'expédition attendit le navire ravitailleur chargé, comme prévu, de leur apporter des vivres et du courrier. Il ne vint jamais. (Le *Neptune* avait été bloqué par la glace.)

Le troisième été : pas de bateau. (Le *Proteus* avait été écrasé par la glace.)

Entre 1882 et 1884, plusieurs navires partirent à la recherche de Greely et de son équipage – d'abord pour les ravitailler, puis pour les sauver.

Chaque fois qu'elle saisit le mot « glace », la biographe pense « procès ».

Bottes. Anorak. Gants. La pluie a éliminé le givre de son pare-brise. Au lieu de descendre la colline en direction du lycée, elle la remonte : en direction de la falaise, de la grand-route, et du chef-lieu. Si Fivey essaie de la renvoyer, elle engagera Edward pour contester sa décision.

Elle s'est déjà trouvée dans une salle d'audience, dans le Minnesota, où Archie comparaissait pour détention de drogue. « Comment vois-tu quand un avocat ment ? » lui avait-il chuchoté à l'oreille. « Quand il ouvre la bouche », avait-elle répondu, affligée de constater l'exactitude de cette blague.

Les Fivey au premier rang. Cotter, le postier, derrière eux. Susan dans le rang du milieu. Mattie et Ash tout au fond. Mattie, hagarde, hébétée. N'ayant jamais eu besoin d'avorter, la biographe ne sait pas combien de temps il faut pour s'en remettre. Un petit éclat de verre dans son cœur lui fait souhaiter que la petite se sente mal.

Les nouvelles lois font d'elle une criminelle, comme Gin Percival, et Roberta le serait aussi – si elle avait réclamé le bébé de Mattie, fabriqué un faux certificat de naissance.

Si elle n'avait pas ce cœur envieux et ce besoin de tout comparer, elle pourrait ressentir de la compassion pour ses camarades criminelles.

Au lieu de cela, le tranchant d'un éclat de verre.

À la barre des témoins, Gin Percival est parfaitement immobile sur sa chaise. Le visage aussi lisse que la lame d'un couteau.

AVOCATE GÉNÉRALE : Madame Percival, nous avons entendu lundi le témoignage sous serment de Dolores Fivey, affirmant que vous lui avez infligé des blessures conséquentes. Que vous lui avez donné une drogue puissante qui, avez-vous prétendu, interromprait sa grossesse, mais qui a provoqué sa chute dans un escalier et…

EDWARD : Objection. Une question est-elle cachée ici ?

AVOCATE GÉNÉRALE : Retiré. Avez-vous administré un mélange de Colarozam, de fenugrec, de lavande, de citron et de fleur de sureau à Dolores Fivey ?

GIN : Non.

AVOCATE GÉNÉRALE : Je vous rappelle que vous êtes sous serment, madame Percival. Un flacon qui contenait des traces de ces ingrédients a été retrouvé au domicile de Mme Fivey, avec vos empreintes dessus.

GIN : C'était mon flacon. De l'huile pour soigner les cicatrices. Seulement les quatre dernières choses. Pas la première.

AVOCATE GÉNÉRALE : Désolée, madame Percival, vous n'êtes pas très claire.

EDWARD : Objection !

JUGE : Accordé.

AVOCATE GÉNÉRALE : Madame Percival, dites-moi : êtes-vous une sorcière ?

EDWARD : Objection !

AVOCATE GÉNÉRALE : C'est une question raisonnable, Votre Honneur. La question se rapporte à la compétence de la prévenue en matière d'herbes médicinales et à son état d'esprit. Si elle s'identifie, même de façon illusoire, à un professionnel de santé…

JUGE : Je vous autorise à poursuivre.

AVOCATE GÉNÉRALE : Êtes-vous une sorcière ?

GIN : [Silence]

AVOCATE GÉNÉRALE : Depuis combien de temps vous identifiez-vous comme une sorcière ?

GIN : [Silence]

JUGE : La prévenue doit répondre.

GIN : Si vous saviez quelque chose sur les *vrais* pouvoirs, si vous saviez, vous seriez…

EDWARD : Votre Honneur, je demande une brève suspension d'audience.

AVOCATE GÉNÉRALE : Votre Honneur, j'exige que vous me laissiez aller au bout de ma série de questions.

JUGE : Vous « exigez » ? Madame Checkley, vous n'êtes pas en position d'exiger quoi que ce soit dans ces murs. Nous suspendons l'audience pour une demi-heure.

Au XVII^e siècle, les femmes qu'on accusait d'être des sorcières étaient plongées dans des rivières ou des étangs. Les innocentes se noyaient. Les coupables flottaient, survivaient, avant d'être torturées et tuées d'une autre manière.

Nous ne sommes plus en 1693 ! veut hurler la biographe.

Elle secoue la tête.

*Ne te contente pas de secouer la tête.*

Pendant qu'elle se cachait à Newville, on a fermé les cliniques, coupé les vivres au planning familial et modifié la Constitution. Elle l'a vu sur l'écran de son ordinateur.

*Ne reste pas là à regarder.*

Pendant qu'elle se cachait dans son livre, imaginant la mort des baleines-pilotes nordiques au XIX^e siècle, douze cachalots ont péri pour des raisons inconnues sur la côte de l'Oregon.

Elle cherche Mattie, mais celle-ci a disparu, ainsi qu'Ash et leurs manteaux.

— Salut, Ro, l'appelle Susan depuis l'allée.

— Bonjour, répond la biographe, absorbée par son antique téléphone à clapet, qui ne lui permet même pas de consulter Internet.

Elle n'a pas envie de parler à Susan la non-criminelle, l'adulte responsable.

Dans l'entrée carrelée de marbre, elle voit Mattie sortir des toilettes pour dames et se diriger vers la sortie.

— Attendez !

Roberta court après elle. Mattie ne s'arrête pas.

— Ash est partie chercher la voiture.

La neige tourbillonne. Debout sur les marches du palais de justice, elles contemplent en clignant les yeux les petites étoiles mouillées.

— Ça va ? demande la biographe. Ça s'est passé comment ?

— Je dois y aller, dit la fille en enfilant ses moufles bleues.

— Attendez, OK ? Je n'en parlerai à personne. Faites comme si je ne travaillais pas au lycée.

— Pourtant c'est le cas.

— Vous êtes allée à Vancouver ?

Les lèvres de Mattie semblent violettes sous cette clarté. Ses yeux sont vert foncé, couleur de lac.

— Ça ne s'est pas passé.

— Pourquoi ?

— Le mur Rose.

*Vous voulez dire…*

Roberta rayonne intérieurement.

— Mais pour quelle raison… ne vous ont-ils pas arrêtée ?

— La première s'apprêtait à le faire. Ensuite j'ai cru que l'autre flic allait, genre, me sauter dessus et me relâcher en échange. Mais il m'a juste relâchée.

Le bébé est toujours là ?

L'éclat de verre vibre de joie.

— Vous avez eu peur ?

Mattie essuie la neige sur sa lèvre supérieure.

— Ouais. Mais honnêtement… ?

Elle inspire par à-coups.

— J'ai plus peur aujourd'hui.

*Je vais prendre un train pour l'Alaska avec le bébé.*

*Monter avec lui dans une barque et ramer jusqu'au phare de Gunakadeit.*

*Demande-lui.*

— Ils ont prévenu vos parents ?

— Non.

Un regard terrifié.

— Vous n'allez pas le faire non plus, n'est-ce pas ? s'inquiète Mattie

— Parole de scout.

— Je dois y aller, voici Ash.

*Demande-lui maintenant.*

Mais la biographe est comme pétrifiée, muette.

Elle tapote l'épaule de Mattie.

*Le bébé verra l'océan noir pailleté d'argent.*

*Je dînerai avec le bébé tous les soirs.*

*PUTAIN. DEMANDE-LUI.*

Sa bouche ne peut pas articuler ces mots.

— Eh bien, si vous avez besoin de quelque chose, n'hésitez pas.

— Merci, miss.

La fille descend les marches, son écharpe bleue ondulant derrière elle ; et la biographe voit des bébés langés de bleu projetés au nord de la frontière canadienne par des canons, puis renvoyés sur le sol américain, toujours emmaillotés et gazouillant.

~~La portée des recherches d'Eivør Mínervudottír était~~

~~Mínervudottír était importante parce que~~

Était-elle importante ?

Du latin : être une personne de valeur, de poids. Porter dans, apporter.

Elle a apporté :
1. Le refus de se soumettre à la vie campagnarde.
2. La mesure des chlorures présents dans la glace et des températures de la mer Arctique.
3. Les analyses métriques des réactions de la glace à la vitesse du vent et à la vitesse de la marée.
4. La théorie des prédicteurs de regel dans les chenaux de glace de mer, précieux pour naviguer dans des eaux envahies par les glaces.

Elle a donc aidé :
1. Des expéditions et des échanges commerciaux à franchir le passage du Nord-Est, autrefois considéré comme impénétrable.
2. Les pirates blancs à emprunter de nouvelles voies pour voler les non-Blancs, les non-riches ou les non-humains.

3. Le forage du pétrole, du gaz et le forage minéral dans l'Arctique.

4. Le recul de la banquise.

Mínervudottír s'est peut-être sentie libre, mais elle était un rouage dans la machine impérialiste à voler les terres, pomper les ressources, baiser le climat.

~~Ne l'était-elle pas ?~~

~~L'était-elle ?~~

JE NE SAIS PAS
CE QUE JE SUIS
MÊME EN TRAIN DE DIRE
SUR CETTE PERSONNE DONT
IL N'EXISTE AUCUNE PHOTOGRAPHIE CONNUE

ni pourquoi je n'ai pas pu
me résoudre à demander

mes lèvres sont figées

## L'épouse

Les chirurgiens qui pratiquent la labioplastie gagnent jusqu'à deux cent cinquante mille dollars par mois.

Un petit animal – opossum ? porc-épic ? – essaie de traverser la route de corniche.

Charbonneux, brûlé, calciné, réduit à l'état de caoutchouc.

Frissonnant, il essaie de traverser.

Déjà presque mort.

Après les impôts fédéraux et les taxes d'État, la couverture sociale, la retraite et l'assurance santé, Didier rapporte à la maison deux mille cinq cent soixante-treize dollars par mois. Ils n'ont ni loyer ni mensualités d'emprunt immobilier, mais ça ne suffit quand même pas.

*Clap clap,* disent les petites lèvres.

Si l'épouse gérait mieux le budget, cela suffirait. Si elle était mieux organisée.

Susan laisse la maison aller à vau-l'eau.

Elle se laisse aller à vau-l'eau.

Nous irons à vau-l'eau si vous ne faites rien pour nous en empêcher.

L'épouse et la maison s'enfuient ensemble, main dans la porte. Main dans la lucarne.

*Je préférerais la solitude à être battu comme plâtre.*

Elle se représente la cousine de Bryan, peu importe qui elle est, dans une cabane au milieu des bois, précipitée contre un panneau d'aggloméré moisi. Le mari a une longue barbe, des cheveux hirsutes. Il sort rarement de la forêt et ne laisse pas non plus sa femme aller dehors. Ils se rendent en ville une fois par mois pour s'approvisionner. Lors de ces trajets en voiture, la cousine de Bryan porte des lunettes noires et un chapeau à large bord.

Pourquoi Bryan reste-t-il à l'écart sans intervenir ? Ne devrait-il pas se ruer dans les bois, trouver la cabane et mettre un terme à ces violences ? Si le sort de cette femme le préoccupe à ce point, ne devrait-il pas, en accord avec sa mère qui vit à La Jolla, faire appel à la police ?

Elle ne peut penser à Bryan sans mourir de honte.

— Maman.

— Oui, mon elfe ?

— Froid, dit John, son cher garçon qui ne voit pas l'intérêt de développer, au contraire de sa sœur si bavarde.

— On va mettre un pull, répond-elle, le hissant sur sa hanche.

Après leur séparation, Didier achètera-t-il des boules de gomme au cannabis et les laissera-t-il sur la table basse à la portée des enfants ?

*Tu dois lui en parler.*

Au premier, elle trouve un pull-over bleu en laine.

Est-il possible de faire une overdose avec du cannabis ?

— Non ! crie John.

— J'ai oublié, tu détestes celui-ci. Désolée.

Elle lui retire le chandail bleu et en choisit un rouge en coton, qui gratte moins.

Didier pensera-t-il à leur donner la vitamine D ?

*Dis-lui.*

Au rez-de-chaussée, elle s'assied à la table de la salle à manger, les yeux fermés.

— Maman chérie ?

— Ne crie pas, Bex.

— Alors fais attention.

— Comment ?

— Je t'ai demandé : qu'est-ce que tu vas offrir à papa pour la Saint-Valentin ?

— C'est dans plus d'un mois.

— Oui, mais je sais déjà quelles cartes je vais donner aux gens. Celles avec les tortues marines qu'on a vues, tu t'en souviens ?

— Eh bien, je n'ai rien prévu pour papa.

— Pourquoi ?

— Ce n'est pas une fête que nous célébrons.

— Mais c'est la journée de l'amour.

— Pas pour nous, réplique l'épouse.

— Tu aimes papa ?

— Bien sûr que oui, Bex.

— Alors pourquoi tu ne fêtes pas votre amour ?

— Parce que c'est bête.

— Ah !

La fillette fixe ses doigts croisés et songe à ses cartes de tortues marines, signées et glissées dans de petites enveloppes blanches, une pour chacun de ses camarades de classe.

— Je veux dire, pour les adultes, ajoute sa mère. Pas pour les enfants… C'est génial quand on est un enfant.

— D'accord, répond Bex en s'éloignant.

Seule deux jours et deux nuits, chaque semaine. La maison rien qu'à elle.

*Mais d'abord tu dois lui en parler.*

Susan se sentira tellement mieux grâce à cette solitude qu'elle apprendra à John à aimer autre chose que les spaghettis au beurre et les nuggets au poulet. Elle confectionnera ces muffins à l'orge et aux noix que Bex mange chez les Perfect. Elle recommencera à faire le ménage, elle astiquera les pièces, enlèvera la poussière, nettoiera le rebord de la cuvette des toilettes une fois par semaine, achètera un déshumidificateur pour le grenier, prendra rendez-vous pour tester le taux de plomb dans le sang de ses enfants.

Ou bien elle n'habitera plus dans cette maison du tout. Elle louera un appartement qui n'exige pratiquement pas d'entretien.

À Salem, peut-être.

*Une fois que tu lui auras parlé.*

— Papa est là ! hurle Bex, galopant jusqu'au porche.

— Papa, renifle John.

— *Fee fi fo fon !* lance Didier.

*Les enfants ont besoin de deux parents à la maison. Chaque enfant a besoin d'un père et d'une mère.*

C'est ce que disent les législateurs, les publicités et Bryan, le garçon sans enfants dont le but dans la vie est de gagner de l'argent au minigolf compétitif.

Ce sera un grand jour pour Jessica Perfect. *Oh ! mon Dieu, vous avez entendu ? Les Korsmo se séparent. Je suis tellement désolée pour les enfants – ce sont eux qui en payent le prix.*

La mère de Susan, qui n'a jamais apprécié Didier, dira : « J'étais sûre que ça arriverait. »

Susan fouille dans le tiroir de la cuisine pour voir combien de tablettes de chocolat il lui reste.

— Maman chérie ?

*Deux.*

— Ouais.

— J'ai perdu ma feuille de devoirs.

— Regarde dans ta chambre.

— Incinérez ! Toutes les feuilles de devoirs ! chante Didier.

L'été dernier, au pique-nique des professeurs, Ro lui avait demandé pourquoi elle avait épousé Korsmo, et Susan avait répondu :

« Parce que je voulais que nous ayons tous le même nom de famille.

— Mais pourquoi ?

— Parce que.

— Nous sommes au XXI^e^ siècle.

— Je ne vois aucune raison de justifier mes choix à tes yeux, avait rétorqué Susan.

— Pourquoi ?

— Je n'ai pas besoin de le faire. »

Ro n'avait pas lâché prise.

« Comment se fait-il que personne n'ait le droit de critiquer la décision d'une femme de renoncer à son nom pour prendre celui d'un homme ? Juste parce qu'elle l'a *choisi* ? Je peux imaginer d'autres mauvais choix qui…

— Tais-toi, je te prie », avait assené l'épouse, et cela avait été le début de la fin de son amitié avec Ro.

Sur le calendrier de la cuisine, dans la case de samedi, elle inscrit un D.

*Dis-lui.*

Elle ne peut pas se défiler.

Elle ne peut pas attendre comme ça en faisant l'autruche.

Elle doit le dire elle-même.

— Maman chérie ?

— Enfin, Bex, elle est sûrement dans ta chambre. Tu as regardé sous le lit ?

— Il ne s'agit pas de ça, réplique la fillette.

— Alors *quoi* ?

Susan tient le stylo à bille avec lequel elle vient d'écrire un pense-bête pour ne pas oublier d'annoncer à son mari qu'elle le quitte. Elle a envie de planter le stylo dans son propre cou.

— Est-ce que je suis grosse ?

— Non !

La voix de Bex tremble :

— Je pèse trois kilos et demi de plus que Shell.

— Oh ! poussin.

Susan s'agenouille sur le carrelage de la cuisine, prenant sa fille dans ses bras.

— Tu as exactement la taille qui te convient. Qui se soucie du poids de Shell ? Tu es belle et parfaite comme tu es.

L'épouse échoue sur tant de plans dans son rôle de parent.

— Tu es ma fille chérie, parfaite et magnifique.

Mais ce geste-là elle le réussira.

Je déteste cette viande grasse caoutchouteuse qu'on appelle le pemmican et je redoute, je le reconnais, l'attaque d'un ours de mer ; et mes doigts me font mal tout le temps ; mais je préfère l'enfermement dans ces étendues spectrales à une chaise auprès de l'âtre le plus chaleureux.

# La guérisseuse

Une sorcière qui dit non à son amante et non à la loi doit être étouffée dans une alvéole de la ruche. Le visage de celle qui dit non à son amante et non à la loi saignera du sel par le nez, la bouche et les oreilles. Les policiers qui viennent frapper à la cabane verront les deux yeux de sel de la sorcière qui dit non à son amante et non à la loi. Les faces des sorcières qui disent non ressemblent à celles des hiboux attachés à des bûchers avec des laisses. *Venefica mellifera, Venefica diabolus.* Si une ville est empoisonnée par une sorcière qui déclare « Non, je ne cesserai pas mon activité de guérisseuse », et « Non, tu ne peux pas te cacher dans ma maison », si son amante Lola ressent du chagrin et de la honte, si le mari implacable de Lola découvre la trahison de sa femme, si l'amante Lola, pour sauver sa propre vie, dit un mensonge sur la sorcière, le corps de cette sorcière sera attaché à un bûcher. Des étincelles bleues et blanches jailliront de ses dents de hibou, qui prendront feu en premier, puis la langue s'embrasera aussi. Lorsqu'il brûle, le corps d'une sorcière sent le lait tourné ; l'odeur fait vomir les spectateurs, mais ils continuent de regarder.

Mes doigts me font tant souffrir que je fredonne sans cesse.

Le maître d'équipage dit qu'il va me donner un coup de poing dans la bouche si je n'arrête pas.

# La biographe

Une guirlande de rameaux de sapin et de cartes de rennes suspendus à une ficelle égaie le bureau de l'assistante sociale en charge des adoptions. Celle-ci a des barrettes vertes dans les cheveux.

— Vous avez passé de bonnes fêtes ?

— Oui, répond la biographe. J'ai pris ce rendez-vous parce que... Désolée, et vous, c'était comment ?

— Super génial. Nous sommes allés chez ma sœur à Scappoose. J'ai bu beaucoup trop de lait de poule corsé, bien sûr, mais il faut bien s'adapter !

C'est la quatrième assistante sociale de la biographe, le personnel change très souvent dans l'agence. Elle vient de finir ses études, elle a une capacité d'attention limitée et pense que « C'est sûr » est une réponse appropriée à un débordement d'émotion excessif. Mais elle est mieux que la fille qui a demandé à Roberta si elle savait qu'un enfant ne remplace pas un partenaire amoureux.

— La semaine prochaine, c'est le 15 janvier. Je suis ici pour vous supplier, littéralement, de me trouver un bébé à adopter d'ici là.

La fille fronce les sourcils quelques secondes avant de saisir la portée de cette date.

— Je comprends votre inquiétude, dit-elle. Voyons ce qu'il y a dans votre dossier.

Elle tapote sur les touches de son clavier, examine le résultat. La biographe ne voit pas l'écran de sa place.

— Bon. Depuis la dernière fois que vous avez actualisé votre profil, votre page d'accueil a été consultée six fois, et zéro clic sur « en savoir plus ».

— Six visites ? Mon Dieu.

— Pour certaines mères naturelles il est difficile d'accepter l'âge. Vous êtes plus âgée que certains de leurs parents, ce qui…

— Bon, oui, merci. Je suis au courant. Mais vos collègues m'ont dit que si je jouais la carte de la carrière d'enseignante, et du livre que je suis sur le point d'achever, j'aurais plus de succès…

— Je pensais que ça aiderait, c'est sûr. Nous remarquons cependant que le statut et le revenu associés avec le métier peuvent faire une différence, ce qui dans votre cas ne serait pas nécessairement génial. Sans parler du fait que vous êtes célibataire.

— Et si vous ne lui montriez qu'un seul profil ?

— Que voulez-vous dire ?

— À la prochaine mère biologique. Vous pourriez lui montrer mon profil, mais pas les autres. Les couples mariés sur la liste d'attente, ils ont tout le temps devant eux, mais moi il ne me reste qu'une semaine.

L'assistante sociale sourit.

— Ce que vous me proposez est contraire à l'éthique.

— Bien sûr que non ! Vous contournez les règles d'une manière infime, temporaire, afin d'offrir une opportunité à une personne digne d'adopter, mais qui autrement n'aura pas la moindre chance de réaliser ce projet. Vous feriez un choix moral. Pensez à tous les agents du changement dans l'histoire…

— Je ne suis pas l'une de vos élèves, madame Stephens.

— Désolée, je n'essayais pas de vous faire la leçon.

— Eh bien, si, en quelque sorte.

— Je m'excuse. Ce serait juste une goutte microscopique dans le…

— Une goutte qui pourrait me coûter mon poste.

— Et si…

Roberta ne sait pas comment le formuler, aussi, elle s'inspire d'un dialogue de film.

— … si je vous promettais que ça en vaut la peine…

— Que voulez-vous dire ?

— Si je vous encourageais à prendre ce risque…

— Quel encouragement ?

— Financier, par exemple.

Une lueur d'incompréhension traverse le visage de la fille.

— Si je vous donnais mille dollars, chuchote la biographe, indiquant une somme qu'elle pourrait raisonnablement emprunter – à son père, Penny, Didier…

— Mon Dieu, vous essayez de m'acheter ? C'est mon premier pot-de-vin ! Je suis la seule dans ce bureau à n'avoir jamais reçu ce genre de proposition. Avant aujourd'hui.

Enhardie par l'étonnement sincère de l'assistante sociale, Roberta répond :

— Félicitations…

— C'est dingue. Bien sûr, je ne peux pas accepter, mais je vous remercie.

— Pourquoi ? Personne ne s'en apercevrait. Je vous donne des espèces, vous montrez mon profil à une mère naturelle avant le 15, j'adopte le bébé, et vous allez de l'avant dans votre vie.

— Madame Stephens, je compatis entièrement à votre situation, mais je ne peux pas participer à une transaction illégale.

— Vous le pouvez, c'est juste que vous ne le voulez pas.

La biographe essaie de respirer normalement, mais ses poumons lui donnent l'impression d'être humides et fibreux, comme du bois imbibé par la pluie.

— S'il vous plaît ? Ce serait… Ça changerait ma vie. Je n'en dirais rien à personne. Je mentirais à la barre si l'affaire venait au tribunal.

Ce n'était pas la chose à dire : l'assistante sociale plisse les yeux.

— Bien sûr, ça n'arrivera jamais, personne ne le découvrira, je ne sais pas pourquoi je l'ai dit, mais je suppose que c'était pour souligner à quel point cela compte pour moi, et pour le bébé, qui aurait une bonne maison, vraiment, une bonne maison.

*Le noir argenté, pailleté d'océan.*

*Dans un train jusqu'au phare de Gunakadeit.*

— S'il vous plaît ? insiste-t-elle. *S'il vous plaît ?*

*Respire, Stephens.*

— Ma responsable est absente aujourd'hui, dit lentement la fille, choisissant ses mots avec précaution, souhaiteriez-vous que je lui demande de vous appeler ?

— Peut-elle repousser la date limite ?

— « Chaque enfant a besoin d'un père et d'une mère » est une loi fédérale. Même si *nous* faisions des exceptions pour des candidats non mariés, les adoptions ne seraient pas valables. Ce qui rendrait malheureuses toutes les personnes impliquées. Mais vous pouvez rester sur la liste d'attente des familles d'accueil, c'est sûr.

Les poumons imbibés d'eau de la biographe luttent pour inspirer à fond.

Elle reprend la route pour Newville, le souffle court.

Sur la plage le vent plaque ses cheveux sur son visage. Elle lance une basket sur une mouette qui vole bas. Elle maudit sa maladresse. Récupère sa chaussure. Saute sur un vieux tronc. La baie est un lieu adapté à la rage : le ciel et l'océan peuvent encaisser. Ses cris sont engloutis par le grondement des vagues, la mer de nuages moutonneux couleur d'huître. C'est l'Oregon en janvier. Il n'y a donc personne pour l'entendre.

Le médecin rapporta que son armoire à pharmacie avait été volée. On la retrouva dans la neige à quelques mètres des tentes, sans son stock de pilules de morphine et d'opium. Un matelot de seconde classe fut blâmé pour ce vol, et abattu d'un coup de fusil.

## La fille

— Le jury va l'inculper, dit son père.

— Tu es devin à présent ? réplique la fille.

— Elle a été vraiment lamentable à la barre, d'après ce qu'on raconte. Elle va passer un bon bout de temps en prison, on dirait.

— Pourquoi cela te réjouit-il autant ?

Elle a un horrible mal de mer ce soir.

— C'est une bonne chose qu'elle paie sa dette.

Elle sirote de l'eau pour dissiper sa nausée.

— Et si elle n'avait pas fait ce dont on l'accuse ? Et si…

— Encore du riz, Mattie ?

— Tu ne vas pas me dire que tu crois tout ce qu'on raconte aux infos. Tu n'as même pas assisté au procès, insiste la fille.

— Ta mère t'a demandé si tu voulais encore du riz.

— Non, merci.

Maman lui tend encore le plat.

— Tu es sûre, chaton ?

— C'est miss Stephens qui t'a dit que cette femme était innocente ? Elle n'a pas le droit de faire de la politique en classe et, si c'est le cas, alors…

— Je suis capable de réfléchir par moi-même. Miss Stephens n'a dit aucune connerie de ce genre !

— Surveille ton langage, intervient maman.

— Des tonnes d'injustices ont lieu au grand jour, ajoute Mattie, les citoyens ordinaires en sont conscients mais ne font rien.

— Par exemple ? demande papa.

— Ça s'appelle l'effet de proximité. Personne ne vient au secours d'une victime de crime quand il y a des témoins, parce que tout le monde pense que quelqu'un d'autre va s'en charger.

— C'est juste. Et puis ?

Son père l'a habituée à fournir plus d'un exemple dans une discussion ; et il lui a appris que les nombres qui ne finissent pas par un zéro sont plus convaincants dans une négociation, parce qu'ils paraissent moins arbitraires.

— Par exemple, explique-t-elle, la terre entière est au courant du massacre des baleines-pilotes aux îles Féroé, mais personne n'a été capable de…

— Les gens ont le droit de pratiquer leurs propres rites.

Il découpe sa petite côte de porc rose.

— Les Féroïens chassent les baleines de cette façon depuis des siècles.

— Les baleines-pilotes sont en fait des dauphins. Des dauphins océaniques.

— Je ne suis pas au courant.

— Eh bien, papa, je le sais, et ils le sont.

— Le fait est que les Féroïens mangent ce qu'ils tuent, et ils ne tuent que la quantité qu'ils peuvent manger. La prise est partagée équitablement entre les membres de la communauté.

— Grand bien leur fasse, marmonne Mattie.

— Tu as pris froid ? demande sa mère. Tu as l'air…

— Je vais très bien.

— Je ne veux pas que tu t'inquiètes au sujet de l'académie de maths, insiste sa mère. Si tu es acceptée, tant mieux. Sinon, tu essaieras l'an prochain.

— Aucune raison qu'elle n'y entre pas cette année, déclare papa.

— Je peux sortir de table ? dit Mattie.

Elle doit se nettoyer le corps. Ne plus avoir le mal de mer. Empêcher les veines bleues de se déployer sur ses seins gonflés. *Ne soyez pas le lait gratuit.*

Yasmine lui manque terriblement.

L'établissement pénitentiaire de Bolt River pour mineures est une prison d'État de moyenne sécurité pour des détenues de douze à vingt ans.

Nombre de lettres, cartes, paquets expédiés par la fille à Bolt River la première année où Yasmine y a été emprisonnée : soixante-quatre.

Nombre de mots envoyés par Yasmine en retour : zéro.

Chaque fois qu'elle téléphonait au bureau de la prison, on lui répondait : « La délinquante refuse votre appel. »

« Je n'en ai pas la moindre idée, Matts, a dit la mère de Yasmine. Vraiment aucune. »

Au bout d'un an, Mattie a renoncé.

La peau gelée, qui au début me démangeait atrocement, est devenue comme de la cire, insensible. Des ampoules noir-violet s'écoule un pus à l'odeur âcre. Le médecin a proposé de couper les doigts, mais sans morphine, a-t-il dit, ce sera la pire souffrance que j'aie jamais connue. J'ai décliné son offre.

## L’épouse

Elle range les vêtements propres pendant que les filles jouent à Amelia Earhart sur le lit de Bex. Didier est au pub avec Pete, il sera de retour à l’heure du dîner. Un gratin mexicain – Shell va demander si les haricots ont été préparés à la maison ou sortent d’une boîte de conserve.

— C’est quoi, ce bruit ?

— Oh non l’avion n’a plus de kérosène !

— Alors je dois sombrer dans la mer !

— Je tombe ! *Flop.*

— *Flop !*

D’une voix redevenue normale, Shell dit :

— Dégueu, c’est quoi toute cette poussière sur ton plancher ?

Bex regarde le sol, puis sa mère.

— Ma maman pense, ajoute Shell, que seule une maison propre vaut la peine d’être habitée.

*Ça suffit, Perfect. Ça suffit.*

— Je suppose que ta mère ne sait pas grand-chose sur la poussière, dit Susan. Parce que, sinon, elle saurait que la poussière contient des fibres de pollen qui sont très bonnes pour la santé.

Bex sourit.

— En quoi elles sont bonnes ? demande Shell.

Cette tapisserie est horrible. Des fleurs violet foncé sur un fond marron. Ce ne devrait pas être la première chose que sa fille voie chaque matin.

— Quand tu les respires, elles fabriquent de nouveaux globules blancs dans ton corps, ce qui t'empêche de tomber malade. La poussière est extrêmement nourrissante.

À l'heure du dîner son mari n'est toujours pas rentré, elle sert donc le gratin aux enfants, glisse de nouveau le plat dans un four à deux cents degrés, se hâte de faire monter Shell dans la voiture de Blake Perfect, donne un bain à Bex et John, essaie de se rappeler la dernière fois que Didier s'en est chargé. Pendant qu'elle leur lit l'histoire de la petite famille à fourrure (« Chaud comme un toast, plus petit que les autres[i] »), la porte claque et des voix résonnent dans l'entrée.

— Papa va venir nous souhaiter bonne nuit ?

— Je ne sais pas. C'est lui qui voit.

— Tu ne peux pas le lui demander ?

Au rez-de-chaussée elle s'aperçoit qu'il a réussi à trouver le gratin, qu'il a partagé entre son assiette et celle de Pete.

— C'est drôlement bon, dit Pete en guise de salut, avant d'engloutir une grosse bouchée.

— Ça, c'est vrai, approuve Didier. Tu as mis plus de salsa que d'habitude ?

— Est-ce que tu m'en as laissé ? Je n'ai pas mangé.

— Je croyais que tu avais dîné avec les enfants.

— Je t'attendais.

Didier fixe son assiette.

— Tu veux le reste de ma part ?

— Je vais me préparer un sandwich.

Elle étale du fromage blanc sur du pain complet, ajoute des tranches de concombre et du sel. Un sandwich vertueux. Un repas qui aura peut-être besoin d'être complété plus tard par des biscuits moelleux aux pépites de chocolat.

Moelleux… parking panoramique… Bryan Zakile…

Quelque chose lui revient, elle ne sait pas quoi.

Elle regarde le ficus desséché, mais encore en vie (ne l'a-t-elle pas arrosé hier ?), et l'euphorbe, toujours en position délicate en hiver, ses tentacules pourrissent dès que le soleil vient à manquer.

Quelque chose que lui a raconté Bryan.

— Je suis littéralement stupéfait, déclare Pete, sans doute à propos d'un problème au lycée, qui ne concerne pas Susan.

— Je croyais que tu détestais entendre les gens employer cet adverbe, dit-elle.

Il la fusille du regard.

— Je critiquais l'emploi abusif et inapproprié de ce terme. Dans le cas présent, je suis littéralement stupéfait.

— Pourquoi ?

— Parce que ma collègue a engagé un agent littéraire pour son chef-d'œuvre d'ineptie.

Le visage de Susan se crispe.

— Ro a pris un agent ?

Elle va vendre sa biographie de l'exploratrice polaire, toucher une avance, être saluée par la critique, peut-être même devenir…

— Non, Penny Dreadful.

— Tant mieux pour elle, répond la répugnante épouse soulagée.

— Et tant pis pour la littérature, dit Pete.

Une idée trotte dans la tête de Susan, sans que celle-ci parvienne à mettre le doigt dessus. Une accroche, un lien, deux informations qu'elle est censée recouper.

Bryan… les biscuits… l'euphorbe…

— J'ai besoin d'une cigarette, annonce Didier.

— Désolé de t'ennuyer, lui dit Pete, mais à mon avis il est important de contester l'hégémonie de l'édition commerciale. Sinon, ils font de nous ce qu'ils veulent.

— Qui ?

— Les créateurs de tendances, l'industrie de la romance. Danse, pantin, danse !

— Didier, va dire bonne nuit aux enfants, dit l'épouse.
— J'irai juste après…
— Quand tu auras fini de fumer, ils seront endormis.
Didier jette sa cigarette intacte sur le plan de travail et se dirige vers l'escalier.

Dans la salle de bains elle urine, s'essuie, se relève, mais ne remonte pas sa culotte. Elle rentre le ventre pour examiner son pubis broussailleux. Combien de poils y a-t-il sur ce mont de Vénus ? Plus d'une centaine, ou moins ? Elle en pince un et l'arrache. C'est un peu douloureux. Elle en enlève un autre. Ça fait mal. Un troisième. Un quatrième, un cinquième. Elle soulève la lunette et les dépose un à un sur le rebord du siège.

Qu'est-ce qui la préoccupe ?

Il s'agit de Bryan.

Lui courir après était un geste lâche.

Elle doit comprendre comment elle en est arrivée là.

Mais il ne s'agit pas que de Bryan.

Quoi donc ?

Elle regarde le calendrier de la cuisine, où elle a écrit et rayé D encore et encore, encore et encore.

Debout devant l'évier, elle se met à frotter le plat du gratin.

Didier et Pete rentrent après avoir fumé une cigarette.

— Tu veux une bière, Peetlejuice[1] ?

Petit animal carbonisé, qui essaie de traverser. Caoutchouc frissonnant.

— Elle n'en a jamais entendu parler, tu te rends compte ?
— Mon pote, la somme des connaissances musicales de Ro tiendrait dans le suspensoir de Bryan Zakile.

Caoutchouc frissonnant.

— Ils les fabriquent en *extra-small* ?

1. En référence au film *Beetlejuice*, de Tim Burton.

Slip en suspens. Bryan en slip. Couilles. Bijoux de famille. Père. Mère. Cousine. *Cousine...*

— En fait, il utilise une taille enfant.

*Ils n'ont pas d'enfants, alors pourquoi ne partirait-elle pas ?*

Cousine battue comme plâtre.

Oh non !

L'épouse lâche le plat, qui retombe bruyamment dans l'évier.

Où est son téléphone... Où est...

— Où est mon *téléphone* ?

Elle secoue furieusement les mains pour les sécher.

— Ici, sur la table, répond Didier. Du calme !

Elle s'en empare et se précipite dans la salle à manger plongée dans le noir en composant le numéro.

Il décroche à la première sonnerie.

— Susan ?

Elle sent son cœur battre dans son cou.

— Écoute, Edward...

Les mots se bousculent dans sa bouche, elle parle plus vite que d'habitude...

— ... tu dois interroger un nouveau témoin, il s'appelle Bryan Zakile, il m'a dit lui-même que le mari de sa cousine la bat, et sa cousine est Dolores Fivey. Je pense qu'il pourrait...

— Attends une minute..., dit Edward.

Elle a le vertige. Le souffle court.

— ... il a assisté en personne à la scène ?

— Bon, elle le lui a *raconté,* mais...

— C'est donc un ouï-dire.

— Ce qui est admissible si cela constitue matériellement une preuve disculpatoire, et si les circonstances corroborantes confirment clairement la fiabilité du ouï-dire.

— Ça alors, Susan ! Au bout de sept ans ?

L'orgueil inonde la poitrine de l'épouse, qui poursuit aussitôt :

— Cela introduirait un doute irréfutable, au moins...

— Ne quitte pas. Hmm.

Silence, pendant qu'il réfléchit.

C'est important, se dit Susan. Son corps tout entier palpite.

Edward reprend :

— Cela confirmerait ce qu'a affirmé Mme Percival, à savoir que Mme Fivey lui a révélé les sévices physiques infligés par son mari. Ce qui en retour nous donnerait une idée de ce qui a poussé Mme Fivey à mentir à propos de… hmm.

— Tu devrais parler ce soir à Bryan, suggère Susan. Je t'envoie son numéro par texto.

— Attends une seconde. Tu as dit : « Il m'a dit que le mari de sa cousine la bat. » La plupart des gens ont plusieurs cousines.

— Il ne l'a pas précisé, mais il s'agit de Mme Fivey, Edward. Il ne peut en être autrement.

— Quand t'a-t-il donné cette information ?

— Il y a une quinzaine de jours.

— Et c'est maintenant que tu m'en parles ?

L'orgueil se dissipe.

— Je n'ai… pas fait le rapprochement.

— Hmm. Je ne sais pas si tout cela va changer quoi que ce soit. Mais donne-moi son numéro. Bonne nuit.

Elle lui envoie le texto et, sans allumer, s'assied frémissante, ragaillardie, dans le fauteuil de sa grand-mère.

Au retour de l'*Oreius* à Copenhague, pendant l'été 1876, l'annulaire et l'auriculaire gangrenés de la main gauche d'Eivør Mínervudottír furent amputés. Dans son carnet, elle ne s'attarde pas sur cette perte : « Deux coupés sous anesthésie. Il m'en reste huit. »

De la main droite, elle consigna les données de l'*Oreius*. Avant même d'avoir terminé un premier jet de l'article, elle en connaissait le titre : *Contours et tendances de la banquise de la mer Arctique.*

## La guérisseuse

Elle réclame sans cesse des couvertures différentes, mais on lui dit : Débrouille-toi avec ce que tu as, ma grande. Elle ne dort pas. Sa gorge la fait souffrir. Elle regrette Temple, qui aurait brûlé les couvertures désinfectées, fait bouillir un sirop de racine de guimauve pour la gorge et dit : Montre-leur que tu n'as pas peur.

Sauf qu'elle a peur.

Il y a dans le jury un homme dont les yeux sont vifs. Il regarde la guérisseuse comme une vraie personne. Il a souri quand Clementine a déclaré au tribunal : « Gin Percival a sauvé mon vagin. » Aux yeux des onze autres jurés, elle ne vaut pas plus qu'une crotte de chauve-souris.

*Kook. Les gens aiment coller des étiquettes à tort et à travers.*

*Kooky. Ne leur permets pas de te définir.*

*Kookaburra*[1]*. Tu es exactement toi-même, voilà tout.*

---

1. Référence à une vieille chanson australienne sur un martin-chasseur, le kookaburra.

*Temple, je voudrais que tu ne sois pas partie.*

L'avocat est excité aujourd'hui. Son visage est plus mobile. Il a apporté des carrés à la réglisse, de la laitue, un pain complet de la part de Cotter, du beurre dans un sachet de conservation. Il explique que le nouveau témoin qu'il convoque – le cousin de Lola – ne veut pas déposer, et doit donc être considéré comme hostile.

— Il va mentir, c'est tout, répond Gin en rompant le pain avec ses dents.

— Pas si je l'aborde de la bonne manière.

Il accepte le morceau tartiné de beurre qu'elle lui tend et le pose sur le banc en métal, trop poli pour le refuser.

— Et s'il dit ce que je crois qu'il va dire, nous rappellerons Dolores Fivey à la barre.

— Et moi aussi ? Je pourrais leur raconter ce qu'elle m'a confié. Après lui avoir cassé le doigt, son mari lui a déclaré qu'elle ferait bien de commencer à prendre un supplément de calcium.

— Vous…

L'avocat sourit.

— … pas vous.

— Pourquoi ?

— Vous avez trop de personnalité, Gin. Et cela… agace certains membres du jury, n'est-ce pas ? Les gens tendent à se sentir beaucoup plus à l'aise avec un discours et un comportement qui correspondent à ce qu'ils attendent. Ce n'est pas l'effet que vous produisez sur eux, et je respecte cela. Mais je dois tenir compte des perceptions du jury.

Elle lui lance un regard oblique. Il joue la comédie ? Il la prend de haut ? Avec cet avocat, c'est difficile à dire.

Clementine la salue de la main depuis la galerie. Cotter est là lui aussi, ainsi que la dame blonde énervée de la bibliothèque, qui ne baisse pas la voix quand elle s'adresse à la bibliothécaire.

Gin ne se souvient pas d'avoir jamais vu auparavant le cousin de Lola. Il ressemble à n'importe quel homme en costume, les cheveux noirs peignés d'une main féroce.

— Monsieur Zakile, dit l'avocat de Gin, est-il vrai que vous étiez une star de football à l'université ?

La bouche du cousin s'ouvre de surprise.

— Je ne sais pas si j'étais une star, répond-il. J'ai apporté ma contribution.

— Plus qu'une contribution, je dirais ! D'après le journal étudiant de l'université du Maryland, le *Diamondback,* vous étiez reconnu comme l'un des meilleurs joueurs de la division grâce à votre, je cite, « contrôle exquis du ballon et à votre agressivité de panthère ».

— Objection, intervient l'avocate générale. Où Me Tilghman veut-il en venir ?

— Votre Honneur, j'établis le contexte et les antécédents de ce témoin. Monsieur Zakile, le *Washington Post* vous a décrit comme une « révélation » lors d'une victoire sur Georgetown, pendant laquelle vous avez marqué trois buts.

Sourire hésitant du cousin.

— Ce fut un grand match.

— Manifestement, Central Coast Regional a eu de la chance de vous engager comme entraîneur de son équipe de football. On me dit que vous êtes un coach efficace... Vous êtes d'accord ?

— La dernière saison, nous avons gagné quatorze matchs et en avons perdu quatre. Je suis fier de mes garçons.

— Votre Honneur... ! s'exclame l'avocate générale.

La guérisseuse regarde son avocat mener Bryan Zakile là où il veut le conduire. À mesure que se déroule le récit de sa génialité – en tant qu'athlète, entraîneur, professeur d'anglais et citoyen du monde –, le témoin s'anime. Il devient bavard. Bien sûr qu'il aime sa famille. Bien sûr qu'il veut dire la vérité pour montrer l'exemple à ses élèves. Bien sûr qu'il n'a aucune raison de calomnier M. Fivey. Au contraire (ainsi que le souligne sans broncher l'avocat de Gin), il a une raison de le *protéger,* même si cela doit l'obliger à mentir, car M. Fivey a le pouvoir de le renvoyer. Du moins il *avait* ce pouvoir. À présent, bien sûr, M. Fivey ne peut plus le congédier, quelle que soit la déposition de Bryan à la barre. Cela semblerait partial, n'est-ce pas ? Et même franchement ce serait un acte *passible de poursuites judiciaires.* Donc, si Bryan avait la liberté, désormais acquise, de dire toute la vérité et rien que la vérité – la liberté d'agir comme il convient à un homme de sa stature –, que nous dirait-il sur la relation de sa cousine Lola avec son mari ?

19 février 1878

Chère Mademoiselle Mínervudottír,

Je reçois le texte que vous me soumettez, *Contours et tendances de la banquise de la mer Arctique*, un article que, bien évidemment, vous n'avez pas écrit. Nonobstant les découvertes exaltantes qu'il contient, à moins que l'auteur ne se fasse connaître, la Royal Society ne peut le publier.

Sincèrement vôtre,
SIR GEORGE GABRIEL STOKES
Secrétaire des sciences physiques
Royal Society of London pour l'amélioration
de la connaissance de la nature

# La biographe

Le 15 janvier à quatorze heures quarante, elle attend toute tremblante, en sueur, devant la porte du cours de latin, le dernier de la journée.

L'accouchement devra avoir lieu à la maison, ainsi, il n'y aura aucune trace dans les archives de l'hôpital. Mattie est jeune et forte, et ne devrait courir aucun danger. La biographe peut la conduire aux urgences si quelque chose tourne mal. Elle trouvera une sage-femme pour les aider. Elles trafiqueront l'acte de naissance.

La fille aura tout l'été pour se remettre.

La biographe se chargera de M. et Mme Quarles d'une façon ou d'une autre.

Mattie sort de la classe, nouant l'écharpe bleue sur sa gorge. Ses joues sont plus pleines, mais autrement on ne devine rien – châles, pull-overs amples et manteaux d'hiver dissimulent son corps à merveille.

— Juste un mot ? dit Roberta.

Trop froid pour une promenade. Elles s'engouffrent dans la salle de musique, utilisée comme espace de rangement depuis que le programme de musique a été annulé. Des affiches de tubas et de flûtes sont accrochées au-dessus des chaises cassées et des rames de papier d'imprimante.

— Vous voulez savoir si je vais bien ? dit Mattie.

— C'est le cas ?

— Ça sent le jambon ici.

La biographe ne sent que l'odeur moite de sa propre terreur.

— Rien n'a changé, reprend Mattie, depuis que vous m'avez posé la question l'autre jour.

Roberta ouvre la bouche.

*Donnez-le-moi.*

L'air glisse sur sa langue et ses dents. Sèche ses lèvres.

— Mattie ?

— Oui, miss ?

— Je veux vous aider.

— Alors n'en parlez à personne, OK ? Pas même à M. Korsmo. Je sais que vous êtes amis.

Roberta se prépare à formuler les mots : *Payer vos vitamines. Vous conduire à chaque visite de contrôle. Si vous me le donnez.*

La fille tousse, avale un peu de mucus.

— À propos, j'ai pris rendez-vous dans un… un endroit à Portland. Je dois le faire bientôt parce que je suis presque à vingt et une semaines.

Vingt et une semaines signifient qu'il en reste dix-neuf. Quatre mois et demi.

*Seulement quatre mois et demi, Mattie !*

— Aussi tard, dit la biographe, la procédure peut être dangereuse.

L'éclat de verre choisit ces mots.

— Beaucoup de cliniques d'IVG n'ont aucune idée de ce qu'elles font. Elles cherchent juste à gagner de l'argent.

— Je m'en fiche, répond Mattie.

— J'ai entendu parler de…

L'être tout entier de la biographe est hérissé de tessons.

— … d'erreurs fatales.

— Je m'en fiche ! Même si l'endroit est crasseux et qu'ils gardent les trucs des autres filles dans des seaux, je m'en fiche, je veux que ce soit *terminé.*

Les poings fermés, elle se frappe les tempes, *bam bam bam bam bam bam bam,* jusqu'à ce que Roberta lui prenne doucement les bras pour les baisser.

— Je veux juste dire…

La biographe tient les poignets de Mattie.

— … que vous avez d'autres choix.

*Attendre quatre mois et demi.*

— Des choix ?

Le ton a changé.

— Eh bien, l'adoption, par exemple.

— Il n'en est pas question.

Mattie se dégage de son étreinte, se détourne.

— Pourquoi pas ?

*Donnez-le-moi.*

— Je ne veux pas, c'est tout.

— Mais pourquoi ?

*Donnez-le-moi. Je l'attends.*

— Vous nous dites toujours…

La voix de la jeune fille se mue en plainte.

— … que nous traçons nos propres chemins et que nous n'avons pas à nous justifier ni à les expliquer à quiconque.

— C'est vrai, répond Roberta, je le pense.

Mattie la fusille du regard.

— Je souhaiterais cependant m'assurer que vous y avez bien réfléchi.

La fille se laisse glisser contre un meuble de classement vert. Elle se tient la tête dans les mains, les genoux ramenés contre sa poitrine, et se balance d'avant en arrière.

— Je veux juste chasser ça de mon corps. Je veux cesser d'être *infiltrée.* Mon Dieu, je vous en supplie, débarrassez-moi de cette chose. Faites que ça s'arrête.

Elle se balance de plus en plus fort.

Elle est terrifiée, comprend la biographe.

— Et je ne veux pas mettre sur cette planète quelqu'un à qui je penserai toute ma vie. Genre, où est ce quelqu'un ? Est-ce qu'il va bien ?

— Et si vous saviez qui l'élève ?

La biographe voit le vaste sommet d'une falaise ensoleillée, le ciel bleu et, au-delà, l'océan bleu ; Mattie en robe à fleurs, qui s'abrite les yeux ; Roberta, accroupie près du bébé, s'écrie « Voici ta tante Mattie ! », et le petit se dirige vers elle à pas hésitants.

— Je ne peux pas, lâche la fille d'une voix rauque. Je suis désolée.

L'horreur étreint la poitrine de la biographe : elle a forcé Mattie à s'excuser pour une décision qui n'exige aucune excuse.

C'est une enfant à l'ossature frêle, aux joues lisses. Elle n'a même pas l'âge légal de conduire.

Quatre mois et demi.

Pendant lesquels elle se sera angoissée, épuisée, aura souffert, résisté, attendu, grossi, senti son corps déborder de toutes parts. Évité les regards en ville, les questions au lycée. Observé chaque jour les visages de ses parents qui voient grandir en elle le petit-enfant qui ne sera pas le leur. Forcée de se demander par la suite où est l'être qu'elle a fabriqué.

L'éclat de verre dit : Rien à foutre !

Mattie reprend :

— Vous accepteriez de m'accompagner ?

Aux visites de contrôle et au cours de yoga prénatal.

Au magasin de primeurs pour acheter des légumes verts. Jusqu'au lit d'accouchée propre et confortable installé dans l'appartement de la biographe le moment venu.

Un instant éblouissant, elle a son bébé, qui sera grand, brun, doué pour le football et les maths. Elle l'emmènera en barque visiter le phare, en train pour découvrir l'Alaska, elle résoudra les problèmes de maths avec le bébé sur un terrain de foot. Elle l'aimera tellement.

Sauf que, bien sûr, Mattie parle de tout autre chose.

Roberta sent des fourmis le long de sa colonne vertébrale.

Si elle admettait sa *Torschlusspanik,* sa peur de vieillir seule, disant clairement que le bébé serait pour elle, peut-être que Mattie finirait par accepter. La jeune fille souhaite plaire – être agréable. Rendre heureuse sa professeure préférée.

La biographe lui demanderait quelque chose qu'on ne devrait espérer recevoir de personne, selon elle. Ses convictions profondes seraient piétinées.

Et pourtant elle s'apprête à supplier une enfant enrhumée de lui donner l'enfant qu'elle porte.

L'éclat de verre dit : C'est ta dernière chance.

*Jette-toi à l'eau.*

— OK, dit la biographe.

Mattie lève ses yeux verts rougis, noyés de larmes.

— Vous viendrez avec moi ?

— Oui.

Roberta a envie de vomir.

— Je suis désolée de… Il n'y a personne qui… Ash ne veut pas…

— Je comprends, Mattie.

— Merci, dit-elle. Savez-vous s'il existe plusieurs établissements pénitentiaires pour mineures dans l'Oregon ?

— Est-ce que vous…

Bien sûr qu'elle a peur. Roberta tapote maladroitement le sommet de la tête de Mattie.

— Tout se passera bien pour nous.

*Pour nous ?* Elles pourraient être arrêtées toutes les deux. La biographe ferait les gros titres. LA MAÎTRESSE D'ÉCOLE LOUCHE EST LA COMPLICE D'UNE AVORTEUSE. Elle éprouve une bouffée d'amour brut pour celles qui se font prendre, et pour celles qui savent que cela pourrait leur arriver.

La fille se redresse, charge sa sacoche sur son épaule, ajuste son écharpe. Elle évite le regard de Roberta.

— À demain ?

Puis elle franchit la porte.

La graine et le sol. L'œuf et la coquille.

Un bouchon de bile danse au fond de la gorge de la biographe.

« La clé du bonheur est le désespoir », dit le professeur de méditation.

Tel un requin : bouger sans cesse.

La biographe s'approche d'une affiche du club de musique (POURQUOI LES PIRATES SONT-ILS D'AUSSI BONS CHANTEURS ? ILS PEUVENT ATTEINDRE LA HAUTE MER[1] !), l'arrache du mur et la déchire en deux.

1. En anglais, *do* majeur se dit *High C,* qui se prononce comme *high sea,* littéralement « haute mer ».

L'exploratrice écrivit à son précepteur, Harry Rattray, qui travaillait encore pour le directeur du chantier naval à Aberdeen :

> Après de nombreuses semaines de réflexion au sujet de mes difficultés avec la Royal Society, j'ai pris la pénible décision de vous prier de publier mes conclusions sous votre propre nom. Autrement le monde n'en prendra jamais connaissance.

# La guérisseuse

Le témoignage du cousin Bryan, certes accablant pour M. Fivey, ne sera pris en compte que si Lola le corrobore. Lorsque l'avocat le précise à la guérisseuse, la prévenant que c'était peut-être un coup d'épée dans l'eau, elle sourit et répond :

— Pas pour Lola.

— Qu'entendez-vous par là ?

— D'autres gens sont au courant à présent, explique-t-elle. En dehors de sa famille. Elle est libre.

L'avocat caresse pensivement la peau rose et lisse de son crâne. Il murmure : « Nous y voilà. »

Aujourd'hui, Lola a les yeux moins maquillés, ce qui rend son visage plus lointain.

— Madame Fivey, dit l'avocat, merci d'être revenue à la barre.

— Eh bien, j'ai été citée à comparaître.

Mais elle regarde l'avocat. La dernière fois, elle n'a pas quitté ses mains des yeux.

— Vous avez entendu la déposition de votre cousin, Bryan Zakile. Je veux vous demander, madame Fivey…

— Je préférerais… Lola.

Oui, des membres de sa famille ont assisté à des disputes entre elle et son mari. Oui, le ton peut monter lors de ces disputes. Non, son cousin ne se trompait pas lorsqu'il a décrit une altercation, le soir de Thanksgiving, pendant laquelle son mari avait plaqué la main sur sa bouche avec une extrême vigueur. Il ne se trompait pas quand il a témoigné que sa mâchoire inférieure avait été meurtrie par son époux. Ou que, lors d'une autre occasion, elle lui avait confié que son mari lui avait brisé la phalange. Oui, la cicatrice sur son avant-bras avait été causée par la poêle à frire brûlante que son mari avait maintenue sur sa peau. Elle n'avait rapporté aucun de ces incidents parce qu'il faut être deux pour danser le tango. Elle non plus n'est pas parfaite. Plusieurs membres de sa famille se sont inquiétés, en effet, mais, comme le dit sa mère, on n'intervient pas dans le mariage des gens sans y être prié.

Lorsque M. Fivey a trouvé l'huile pour les cicatrices dans le sac de Lola, il l'a harcelée jusqu'à ce qu'elle avoue être allée consulter Mme Percival pour sa brûlure. N'était-ce pas une meilleure idée que de se rendre à l'hôpital général d'Umpqua, où on aurait pu lui poser des questions ? M. Fivey n'était pas d'accord. D'après lui, il s'agissait d'une cinglée pratiquant la sorcellerie, trop détraquée pour terminer sa scolarité, qui n'avait pas à se mêler de la santé de sa femme.

Lola était partie faire sa valise. Elle avait l'intention de rouler jusqu'au Nouveau-Mexique (elle a une amie là-bas, qui fabrique des petites statues de Kokopelli en *piñon*) pour réfléchir à la situation.

M. Fivey était entré dans la chambre avec un verre de vodka et le flacon d'huile pour les cicatrices. Il avait écrasé (apprit-elle par la suite) plusieurs comprimés de Colarozam et les avait mélangés à l'huile. Il lui avait tendu le flacon et ordonné : « Bois. » Lorsqu'elle avait refusé, il l'avait giflée. Elle avait obéi, et fait passer l'huile avec la vodka. Elle était si affaiblie qu'en se rendant dans la cuisine elle était tombée dans l'escalier.

Elle n'était pas – et ne croyait pas être – enceinte lorsqu'elle avait consulté Mme Percival. C'était le dernier de ses soucis.

A-t-elle jamais été enceinte ?

Une fois, il y a treize ans, avant de rencontrer son mari. Elle préférerait ne pas en parler.

Pourquoi rétracte-t-elle son premier témoignage ?

La question la laisse sans voix. Le juge doit lui rappeler qu'elle est obligée de répondre.

Lola dit enfin :

— Parce que j'en ai assez de faire sa lessive.

Ils attendent dans la salle des pas perdus pendant que le jury délibère. L'assistante de l'avocat apporte une boîte de myrtilles enrobées de chocolat et dit : « Courage. »

Gin goûte une friandise : délicieuse.

Lola n'a pas dit : Je me rétracte parce que ce ne serait pas juste d'envoyer Gin Percival en prison pour sept ans. Elle a à peine parlé de la guérisseuse.

L'avocat se gratte, à son habitude : les poignets, les oreilles, la nuque.

— Eczéma ? demande Gin.

— Des punaises, répond-il. Avec les compliments de l'auberge Narwhal. Mon appartement de Salem en est envahi à présent. J'en suis à ma deuxième fumigation.

— Je connais de bons produits pour les éliminer. Si je sors…

— Quand…

Il lève les bras en l'air pour aérer ses aisselles trempées.

— Où ira Lola ? demande Gin. Elle ne peut pas rester chez elle.

— Son avocat a dit qu'elle avait déjà emménagé chez ses parents. La question qui demeure, c'est : où va habiter M. Fivey ?

La guérisseuse mange la dernière myrtille.

— Vous voulez dire dans quelle cellule ?

Lorsque le président du jury se lève, elle ferme les yeux.

« Mesdamezémessieurs. »

« Avezvousenconclusion. »

« Votroneuratil ? »

« Queditesvous ? »

*Arrête de trembler. Tu es une Percival.*

« Nous déclarons l'accusée… »

*Descendue d'un pirate.*

« … non coupable aux deux chefs d'accusation. »

Un hurlement retentit dans la salle. Elle tremble trop fort pour regarder, mais elle a cru reconnaître la voix de la dame énervée de la bibliothèque.

Elle prend la main moite de l'avocat.

D'après le premier conte de fées que m'a appris Oncle, un éclat de verre dans l'œil rendait le monde entier laid et mauvais. J'ai un éclat de cette sorte dans mon œil à présent. Je vois le nom de Harry sur mon article dans *Transactions philosophiques de la Royal Society of London*, et je bous de colère. Il est de moi, mais tout le monde l'ignore. Les lecteurs ont pris connaissance des faits transmis, qui ont plus de valeur que ma petite personne ; mais avec cet éclat de verre logé en moi, je ne trouve pas le repos. Je voudrais aller voir sir George Gabriel Stokes de la Royal Society of London, lui montrer mes moignons de doigts, et lui dire : « Je les ai donnés en échange de ces faits. »

## La fille

Vendredi soir elle parcourt le site de l'académie de maths, relisant les contenus du séminaire et insérant son propre visage parmi les photos de génies en train de rire autour des tables. Si seulement elle est acceptée. La demande d'inscription était ardue. « Tous les candidats auront des notes et des résultats excellents, a dit M. Xiao. Vous devez sortir du lot. Prendre vie à travers vos réponses aux questions du formulaire. »

*Comment vous représentez-vous le rôle des mathématiques dans votre avenir ?*

~~Mon avenir va inclure~~
~~Les maths compteront dans mon avenir parce que~~
~~Dans mon avenir, je vois~~
~~Je remarque qu'il y a un jeu de mots dans cette question~~

Si elle est acceptée, elle a l'intention de participer au séminaire sur la récursion. Les structures autosimilaires. La variabilité à travers la répétition. Les fractales. La théorie du chaos.

Penser aux fractales, pas aux tubes d'aspiration et de drainage, ni à la porte du cabinet d'IVG enfoncée par le bélier d'une voiture de police.

Dans un peu moins d'un mois, elle aura seize ans ; elle ne serait pas jugée en tant qu'adulte. Mais même les moins de seize ans peuvent être jetés en prison.

Lorsque Yasmine avait voulu se débarrasser de la chose dans son ventre, la plupart des cliniques d'IVG n'existaient pas encore. C'était juste après l'entrée en vigueur de l'interdiction fédérale. Pour aider à la mise en application de la loi, le ministre de la Justice avait ordonné aux procureurs du pays tout entier de chercher à obtenir les peines les plus sévères possible pour les candidates à l'avortement. D'envoyer un message. Des filles de treize ans à peine étaient condamnées à des peines de trois à cinq ans d'emprisonnement. Même la fille d'Erica Salter, membre de la Chambre des représentants de l'Oregon, avait été enfermée dans l'établissement pénitentiaire de Bolt River. Le message devait passer.

La veille de son auto-opération, Yasmine avait déclaré que personne ne pouvait savoir qu'elle était enceinte et que, si Mattie le disait à quelqu'un, elle ne lui parlerait plus jamais.

« Je ne veux pas leur donner une raison supplémentaire de penser que je ne suis pas intelligente.

— Pourquoi croirait-on une chose pareille ?

— Tu plaisantes ?

— Non, avait répondu Mattie.

— Tu es une ignorante petite Blanche », avait dit Yasmine.

Mattie compte tous les carreaux de la salle de bains du premier étage pour ne pas songer à ça.

Samedi matin, elle rappelle à sa mère qu'après sa visite de l'aquarium elle passera la nuit chez Ash – à demain, donc. Oui, elle a pris son appareil dentaire.

Lorsque Ash la dépose sur le parking de l'église, Mattie a l'impression que Ro/Miss n'est pas de très bonne humeur.

Le visage inexpressif, elle se tait. Mattie propose de payer l'essence et Ro/Miss roule les yeux. Comment vont-elles trouver des sujets de conversation ? Heureusement Ro/Miss allume la radio. La fille s'enfonce dans son siège pendant la traversée de la ville : que diraient les gens en voyant une élève dans la voiture de sa professeure ? Penser aux commérages de Newville, pas à l'intervention.

En longeant un versant de colline déboisé, éventré et nu, les souches pareilles à des pierres tombales, la fille voit les planchers en pin lustré de sa maison. Elle sent l'odeur du tabac sur ses vêtements. Une vraie cheminée. Un jour elle arrêtera, après avoir obtenu son diplôme en biologie marine et commencé à travailler dans le domaine des cétacés. Son avenir comprendra une étude des toxines que les humains rejettent dans la mer, et qui menacent les baleines. Un voyage dans les îles Féroé pour interrompre le massacre des baleines-pilotes, qui sont en réalité des dauphins. Un voyage dans un temple japonais où on chante des requiem pour l'âme des baleines, où on donne des noms aux fœtus des mères capturées.

Elle plante les deux pouces dans son ventre, où réside l'infiltré, cette chose. Pourvu qu'ils ne la laissent pas traîner au fond d'un seau.

La devise de la Royal Society of London : *NULLIUS IN VERBA*. Ne croire personne sur parole.

## La biographe

Les indications de Mattie les conduisent dans une rue étroite et paisible du sud-est de Portland. Demeures style ranch au toit plat, pelouses jaunes. La maison qu'elles cherchent est dissimulée derrière un grillage tapissé de vigne vierge et un chêne vert avec des figurines en métal accrochées à ses branches. La porte d'entrée n'est pas visible à travers les rameaux. Le portail est cadenassé.

— Faisons le tour par-derrière.

La biographe remonte l'allée de gravier d'un pas lourd. Entre le garage et la maison se trouve un haut portail en bois, également verrouillé.

— Est-ce que je me suis trompée ? s'interroge Mattie. J'ai vérifié l'adresse cinq fois.

— Frappons tout de même.

Avant même qu'elles aient essayé, le portail s'ouvre.

— Je vous ai vues sur la caméra de surveillance, dit une jeune femme aux yeux maquillés en amande et aux bras tatoués d'arabesques. Tu es Delphine ?

— Ouais, répond Mattie. Et voici ma…

— Maman, lâche la biographe.

Ils prendront mieux soin d'elle si la mère les surveille.

Mattie fixe le sol, toute rouge.

— Je suis L. Montons dans la camionnette.

La femme indique le garage du menton.

— La camionnette ? disent-elles en chœur.

— Nous n'opérons pas ici, au quartier général. Nous utilisons des sites temporaires qui changent sans cesse. Par mesure de sécurité. Et je dois vous prier de porter des masques pendant le trajet.

La biographe éclate de rire.

— Vous êtes sérieuse ?

L. relève la porte de garage.

— Oui, nous prenons très au sérieux la surveillance de l'État et la législation de la suprématie masculine. Traitez-nous de folles.

— Pas de problème, dit Mattie.

— Attachez vos ceintures, s'il vous plaît. Ensuite je vous donnerai les masques. Vous avez verrouillé votre voiture ?

— À vos ordres, répond la biographe.

Mattie, qui est assise sur le siège avant, se retourne pour lui adresser un petit froncement de sourcils – le monde se renverse ; l'ordre s'inverse.

Le masque pour les yeux en coton est une précaution absurde. Les vitres de la camionnette sont déjà teintées. Mais Roberta ne souhaite pas mettre encore Mattie dans l'embarras.

— D'après les informations que vous avez données par téléphone, dit L., vous estimez être enceinte d'environ vingt et une semaines aujourd'hui, c'est ça ?

La camionnette franchit bruyamment un dos-d'âne.

— Dans des conditions optimales, un avortement vers la fin du deuxième trimestre exige deux jours au minimum pour dilater votre col de façon adéquate avant l'évacuation, mais les conditions actuelles ne sont pas optimales.

Une approche presque aussi délicate que celle de Kalbfleisch.

L. expose encore quelques détails – ultrasons, sédatifs, anesthésie. Roberta écoute à peine : elle voudrait de tout son cœur se trouver ailleurs. Le mieux qu'elle puisse faire, c'est d'être présente auprès de Mattie, et capable de la raccompagner chez elle. Elle tressaille en entendant le mot « spéculum », qui lui évoque la sensation de tous les instruments que Kalbfleisch a glissés dans son vagin. Elle compte ses inspirations, ses expirations.

Mattie n'a pas de questions à poser à L.

Seulement des espèces. On paye après. Pas de formulaires à signer, pour des raisons évidentes, mais elles conservent des dossiers de patientes confidentiels, en utilisant des pseudonymes.

— Delphine, vous porterez le nom d'Ida dans nos archives.

— Bien, répond Mattie.

— Hé ! maman, demande L., vous avez des questions là-derrière ?

— Pas pour l'instant, dit la biographe.

Elles retirent leurs masques et descendent du véhicule dans l'arrière-cour d'un pavillon, envahie par la végétation. Le ciel est haut, silencieux. L. pose les mains sur leurs épaules, les pressant d'accélérer le pas. Près de la porte moustiquaire est accroché un panneau en bois avec, peints en noir, les mots : COLLECTIF POLYPHONTE. Roberta s'efforce de puiser dans sa mémoire ses notions de mythologie grecque. Polyphonte… Aphrodite… Artémis ?

L. ouvre trois serrures avec trois clés et les fait entrer dans une cuisine lumineuse aux murs violets, qui sent le chili. Des livres, des bocaux d'épices, des cactus en pots, une poignée de poivrons jaunes à moitié hachés.

— Au premier, dit leur passeuse.

Un lit de chambre à coucher a été remplacé par une table d'examen dont les étriers portent des chaussettes rouges tricotées. À côté, il y a un échographe. L'espace d'une seconde, la biographe pense étrangement que c'est elle qui va monter sur la table, caler ses talons dans les étriers, attendre que la sonde bleue enduite de lubrifiant déchiffre les formes à l'intérieur de son corps. *Vous allez sentir une légère pression.*

— Voici Delphine et sa maman, annonce L.

— Je suis le Dr V., se présente une petite femme très jolie en blouse médicale verte. Je vais m'occuper de vous, d'accord ?

Elle a un type asiatique du Sud-Est et sa voix ressemble à celles des dames de Queens qui habitent dans le village de retraités du père de Roberta.

— Commençons par vos signes vitaux.

— Vous avez déjà pratiqué beaucoup d'interventions de cette sorte ? demande la biographe.

Le Dr V. repousse une mèche de cheveux noir argenté.

— Des milliers.

Elle passe le brassard du tensiomètre sur le biceps de Mattie.

— J'ai travaillé au planning familial pendant près de vingt ans. Jusqu'au jour où ils l'ont fermé.

— Tu peux y aller maintenant, maman, dit Mattie.

Leurs prestataires sont compétents. Ils ne réclament pas des honoraires exorbitants.

Roberta veut que Mattie soit heureuse. En sécurité. Délivrée de sa souffrance.

Mais aussi : elle ne la supporte pas.

Elle la déteste d'avoir vécu les vingt et une semaines de grossesse qu'elle-même n'aura jamais l'occasion de connaître.

Il y a des millions de choses qu'elle ne regrette pas le moins du monde de n'avoir jamais pu réaliser. (Gravir une montagne, décrypter un code, assister à son propre mariage.) Alors pourquoi s'apitoyer sur son sort à cause de *cela* ?

La biographe s'est préparée à attendre, elle a apporté une pile de devoirs à corriger, mais devant la perspective de passer la journée entière dans cette pièce remplie de canapés en osier et de coussins rayés façon zèbre, à respirer l'odeur piquante des haricots qui émane de la cuisine, elle ne tient pas en place. Elle erre dans un vestibule où des affiches et des brochures décrivent les autres services offerts par le collectif Polyphonte. Tarifs dégressifs pour les conseils en santé mentale. Tarifs dégressifs pour l'aide juridique des femmes sans abri, sans papiers, battues, toxicomanes. Garde d'enfants gratuite pendant les comparutions devant le tribunal. Observatoire de la police lors des manifestations. Cet endroit doit être leur quartier général. C'était la première adresse, en fait, qui était un leurre.

Sur la plus grande affiche, elle lit :

ABROGEZ LE 28e AMENDEMENT
SIT-IN / BATTEZ-VOUS POUR LES DROITS
DE PROCRÉATION
CONFÉRENCIERS : DÉPUTÉE ERICA SALTER (PORTLAND)
& MÉDECINS DE FEMMES SUR LES ONDES
1er MAI, CAPITOLE DE L'ÉTAT DE L'OREGON

À travers l'obscurité gluante dans sa poitrine, l'apitoiement sur elle-même et le ressentiment, percent de fines lueurs de gratitude. Les femmes de Polyphonte ne se contentent pas de secouer la tête.

Elle commence à lire les copies, son stylo à la main : « Les événements qui ont conduit à la guerre de l'Indépendance américaine incluaient… » Et les événements au premier étage ? Mattie a-t-elle peur ? « Les trois causes principales de la guerre étaient… » Roberta doit-elle aller s'en assurer ? « Les colons détestaient vraiment les impôts – et c'est toujours le cas ! »

Elle prend sur la table basse une bande dessinée sur les femmes de la résistance crétoise pendant la Seconde Guerre mondiale. Des écolières et des vieilles biques aux yeux noirs avec des cartouchières gravissent des pentes escarpées en traînant des paquets de munitions. Elles tirent sur les parachutistes allemands qui atterrissent. Elles ne restent pas là à regarder.

La biographe s'endort, le visage dans un coussin zèbre.

Le Dr V. la secoue pour la réveiller.

— C'est l'heure de partir, maman.

— Qui ça ?

— Delphine va bien. Tout s'est bien passé. Vous pouvez vous mettre en route.

Le futur bébé, l'enfant à venir, le sien…

*Il n'a jamais été à toi.*

— L. va vous raccompagner jusqu'à votre voiture. Plus tôt vous serez sur la route, plus vite nous serons toutes en sécurité. Je vous explique : elle va être patraque pendant un moment, à cause des antidouleurs. Elle aura des saignements, avec des caillots. Elle peut prendre de l'ibuprofène pour les crampes. Ni alcool, ni tampons, ni rapports sexuels avant au moins une semaine. Par chance, elle est rhésus positif, et n'aura pas besoin d'une piqûre d'immunoglobuline. Il faudrait la mettre sous antibiotiques, mais le collectif n'a pas les moyens de les lui procurer et nous ne pouvons absolument pas les prescrire… alors soyez vigilante, hein ? Si elle a plus de trente-huit, emmenez-la aux urgences. C'est votre sac ?

Le Dr V. tend son sac à dos à la biographe et lui indique la porte.

— Elles attendent.

Dans la cuisine, Mattie est en train de boire un verre d'eau, emmitouflée dans son caban. Elle a les traits tirés, paraît endormie et plus jeune. Elle fait un grand sourire en voyant la biographe.

— Eh bien, dit-elle avec un soulagement indéniable, c'est fait.

L. les dépose le plus vite possible. À minuit, des sons stridents retentissent dans la rue. Sont-elles surveillées depuis un véhicule à l'arrêt ?

— Tu as faim ?

La biographe aide Mattie à fixer la ceinture de sécurité.

— *Nix*... non... *nein*...

Ça revient à Roberta : Polyphonte était l'une des compagnes vierges d'Artémis. Punie par Aphrodite pour... quelque chose.

Personne ne les suit.

La police ne connaît sans doute même pas l'existence du collectif.

À moins qu'elle ne soit stupide. Attribuant naïvement au pouvoir en place le respect des droits humains, ce qu'elle avait fait avant que l'amendement sur l'identité de la personne ne montre les dents.

Aphrodite a inspiré à Polyphonte une passion pour un ours.

NOUS AVONS BESOIN D'OBSERVATEURS DE LA POLICE, disait un tract dans l'entrée du collectif. PORTEZ-VOUS VOLONTAIRES.

« Cesse d'être stupide », a-t-elle écrit une fois dans son carnet, sous « Action immédiate exigée ».

Quand elles arriveront à Newville, il sera près de trois heures du matin.

Après avoir mis au monde deux oursons jumeaux, Polyphonte a été changée en chouette.

Est-ce seulement la bonne route ?

— Miss ? appelle une petite voix endormie.

— Oui ?

Elle croyait que cette route menait à la bretelle d'accès à l'autoroute, mais elle continue à l'infini, sans la moindre issue.

— Je suis désolée, mais j'ai besoin d'aller aux toilettes.

— Tu peux tenir encore un peu ?

La biographe s'efforce de lire un panneau à peine visible dans l'obscurité. Comment se fait-il qu'il n'y ait pas un seul putain de réverbère dans cette ville ?

— Euh… ça a l'air très urgent en fait, à moins que ce soit juste une sensation, à cause de vous savez quoi. Je n'ai pas si envie que ça, mais on ne sait jamais.

Pourvu qu'elles ne soient pas perdues. Le téléphone de Roberta ne capte plus.

Le gouvernement canadien finance une nouvelle mission pour retrouver le lieutenant Adolphus Greely[i] et ses hommes. Leur survie n'est pas garantie : deux années consécutives, les bateaux de ravitaillement ont tenté sans succès de rejoindre l'expédition. Le *Khione*, un brise-glace à vapeur, quitte Terre-Neuve dans deux mois. Je serai sur ce bateau, c'est sûr et certain.

# La fille

Le cœur d'une oie du Canada pèse deux cents grammes. Celui d'un caribou, trois kilos.

Le cœur de Mattie ne pèse rien. Ce soir, en tout cas – il est exsangue. Tout le sang de la partie haute de son corps est en bas, pour remplacer ce qui est parti. Elle porte une protection et un pantalon de jogging épais, et a étendu une serviette sur le lit de Ro/Miss. La serviette est beige, mais une serviette tachée paraît plus facile à pardonner qu'un drap. La protection est une petite coupe menstruelle. Dans la maison de ses parents il y a une photo d'elle bébé sur la table à langer, ses jambes potelées en l'air, et de maman, une lingette à la main, qui fait une grimace à l'objectif.

*Tu m'appartiens ?*

La fille se vide.

Elle n'a vu aucun seau.

C'est bizarre d'être dans la chambre à coucher d'un professeur. Comme d'écouter aux portes. Cette pièce ne révèle pas grand-chose, malgré tout. Pas d'affiches ni de stéréo. Sur le mur, il y a juste une carte ancienne du pôle Nord – genre, avec des dragons dans les vagues. Sur la commode, deux photos encadrées : les parents, sans doute, et une Ro/Miss plus jeune près d'un beau garçon avec un tee-shirt à tête de mort. Un petit ami ? Un ex-fiancé ?

Des crackers et une orange pelée sur la table de chevet ; mais sa bouche n'a envie de rien, pas même d'une cigarette. Elle ne parvient pas à définir ce qu'elle ressent. Ce n'est pas de la tristesse. Plutôt un ballon dégonflé, tout fripé, où il ne reste qu'une ou deux bulles d'air.

Zéro semaine, zéro jour.

On frappe doucement. Dans l'embrasure de la porte, le visage de Ro/Miss.

— Comment vous sentez-vous ?

— J'ai mal au ventre.

— Vous voulez de l'ibuprofène ?

— Vous êtes sûre que ça ne vous dérange pas que je prenne votre lit ?

— Mon canapé est tout à fait confortable.

Ro/Miss fait tomber deux comprimés dans la paume de Mattie, qui les avale sans eau.

— Vous êtes prête à dormir ? Il est vraiment tard.

— Comment appelez-vous une boutique de fleuriste qui voyage dans le temps ?

Ro/Miss hausse un sourcil.

— Retour vers le fuchsia, dit Mattie.

Il est l'heure de dormir ?

— J'ai une idée d'invention, poursuit la fille. Ça pourrait ne pas fonctionner, mais, si ça marchait, ce serait formidable. Vous voulez que je vous l'explique ?

Ro/Miss croise les bras.

— Bien sûr.

— OK, alors, vous savez que le monde va se retrouver à court d'énergie sauf si nous cessons de brûler du pétrole et que nous fabriquions plus de parcs d'éoliennes ?

— Oui, entre autres choses.

— Mon idée est donc de harnacher les baleines. On pourrait confectionner des harnais très légers mais solides, en fil d'acier par exemple, et les accrocher à des rênes en acier super longues. Les rênes seraient fixées à des turbines posées sur des plates-formes flottantes, qui capteraient l'énergie. Il y aurait aussi sur ces plates-formes des générateurs pour convertir l'énergie en électricité.

— C'est… euh…

Une douleur aiguë au-dessus de l'os du pubis fait tressaillir la fille.

— Je n'ai pas encore réglé les détails. L'intérêt, c'est que si elles produisent de l'énergie, les baleines auront la vie sauve. Elles seront précieuses.

— Pas pour les magnats du charbon et du pétrole, mais bon… intéressant.

— Vous pensez que c'est bête ?

— Non, pas du tout. Je pense que vous devriez probablement dormir, mon petit.

La fille ne veut pas la laisser partir.

— Vous voulez bien me faire la lecture d'abord ?

Ro/Miss soupire.

— Que dois-je lire ?

— N'importe quoi. Mais pas de poésie, ni de livre de développement personnel.

— Je vous informe qu'il n'y a pas un seul livre de développement personnel dans cette maison ! Bon, c'est faux ; il y en a peut-être quelques-uns.

Elle tire la couverture plus haut, jusqu'aux épaules de Mattie.

— Vous avez assez chaud ?

Hochement de tête.

Ro/Miss sort de la pièce, puis revient. Elle éteint le plafonnier et allume la lampe de chevet.

— Fermez les yeux.

Tous les News de Newville dorment profondément au bord de la mer[1].

*Vous porterez le nom d'Ida dans nos archives.*

---

1. Référence au conte pour enfants *Comment le Grinch a volé Noël,* du Dr Seuss.

Un raclement de gorge. Un bruissement de papier.

« Quand j'étais petite, j'aimais (pourquoi donc ?) regarder le *grindadráp.* C'était une danse de la mort. Je ne pouvais pas détourner les yeux. L'odeur des feux de joie allumés sur les falaises, appelant les hommes à la chasse. Voir les bateaux conduire le groupe de cétacés dans la crique, les baleines se débattant plus vite sous l'effet de la panique. Les hommes et les garçons pataugent dans l'eau avec des couteaux pour sectionner la moelle épinière. Ils touchent l'œil de la baleine pour s'assurer qu'elle est bien morte. Et l'écume des vagues… »

Qui est cette écume… fille… Ida… couteau…

« … vire au rouge. »

La fille dort.

Au large de la côte du Groenland ils virent les falaises pourpres : d'énormes flancs de neige souillés de rouge.

« Le sang de Dieu, dit le forgeron.

— Les algues », rectifia Mínervudottír.

# L'épouse

En avance au pub, elle s'arrête devant le mur, et lit les noms des bateaux naufragés. *Antilope, Sanscrainte, Phœbe Fay.*

*S'il te plaît, fais que je cesse d'être lâche.*

*Fiancée du Pilote. Pierre Précieuse. Perpetua.*

*S'il te plaît, fais que mes enfants n'aient pas peur.*

*En avant. Tsarine. Chinook.*

Didier arrive du lycée, croyant que le but du rendez-vous est de boire de la bière et de manger des sandwichs au poisson frit. L'épouse suggère qu'ils attendent que la clientèle de la fin de journée devienne moins dense. Dans le petit parc derrière l'église, ils se promènent entre les plates-bandes, où foisonnent les jeunes tiges. Boutons précoces dans la chaleur du début février. Le sol est noir et meuble après la pluie d'hier.

Elle est une lâche égoïste.

— Prête pour une partie de fléchettes ce soir ? demande Didier. La dernière fois tu t'en es dispensée, c'est vrai, mais…

— Il faut qu'on parle de quelque chose.

Elle s'immobilise.

*Dis-le, Susan.*

— Tu as des espèces pour Costello ?

— Je pense…

*Dis-le.*

— Parce que je n'en ai pas sur moi. On peut s'arrêter sur le chemin du retour.

— Je pense que nous devrions faire une pause.

— Hein ?

— Tous les deux.

Il plisse les yeux.

— Un genre de séparation, précise-t-elle.

— Pourquoi ?

— Parce que ce n'est pas…

Elle n'a plus d'air dans les poumons.

— … ça ne va plus entre nous.

Trop effrayée pour le regarder en face, elle se concentre sur le bout en cuir bleu de ses sabots.

— Susan, je cherche la blague avec un microscope.

Elle secoue la tête.

— Nous pourrions surmonter certaines difficultés, OK, mais c'est le cas de tout le monde. Nous pouvons nous y atteler.

— Tu t'y es refusé, réplique-t-elle.

— Tu parles de la thérapie ? Mais c'est…

— C'est mieux comme ça de toute façon.

— Pourquoi ? dit-il doucement.

— Je suis désolée, assène l'épouse.

Les traits de Didier se décomposent. Les yeux crispés au fond de leurs orbites. C'est le visage qu'il aura quand il sera vieux, se dit-elle.

Il sort ses cigarettes.

— Si tu continues de loucher comme ça, dit l'épouse, tes yeux vont rester coincés.

— Et si tu continues de manger comme ça, ton cul restera coincé. Dans chaque porte.

— Je pars demain chez mes parents, annonce-t-elle. Tu peux rester à la maison pour l'instant.

— Ah ! vraiment ? Je peux rester ? Dans ce taudis bourgeois en ruine ?

Il le fera. C'est ça, le problème. Il critiquera, jurera qu'il n'en veut pas, crachant son mépris et sa rage ; mais par pure paresse, il restera.

— Nous n'avons pas besoin de décider maintenant, dit-il en tirant sur sa cigarette.

— Didier.

— Reparlons-en demain, hein ?

Il prononce le dernier mot d'une voix tremblante.

— Rien n'aura changé demain.

Elle n'a rien prévu.

Pour l'annoncer aux enfants, mettre en place un système de garde, trouver un travail.

Sa mère lui a dit ce matin au téléphone « J'espère que tu as au moins ouvert ton propre compte en banque ? » et Susan a dû lui mentir.

La seule idée de son cerveau meurtri, au point mort, était : *Le lui dire.*

Didier écrase sa cigarette sur le gravier de l'allée.

— Tu sais ce que je ne regretterai pas ?

*Moi.*

— Ta cuisine merdique.

— Et je ne regretterai pas de ne plus avoir trois enfants à ma charge, dit l'épouse.

— Va te faire foutre, Susan.

L'épouse s'agenouille dans l'allée.

Louer une voiture. Ouvrir un compte en banque. Se résoudre à prendre soin d'elle-même.

Elle tend les mains vers la terre noire.

Son corps aspire, inexplicablement, à la goûter.

Elle en porte une poignée à sa bouche. Les minéraux grésillent sur sa langue, riches de la substance des fleurs et des ossements.

— Bon sang, qu'est-ce que tu fabriques ? demande Didier.

Minéraux éclatants. Plumes poudrées. Coquillages antiques.

— Arrête, bon Dieu !

Elle continue de goûter. Le sol est fait d'écorce, d'aiguilles et de parcelles de chair, petit animal brûlé et mort.

Au revoir, épaves.

Au revoir, maison.

Au revoir, épouse.

Les hommes de Greely abattirent le reste des chiens de traîneau. Ils avaient gardé en vie leurs préférés aussi longtemps que possible ; mais il n'y avait plus de nourriture. Les animaux affamés avaient déjà mangé leurs harnais en cuir. Les hommes tuèrent d'abord celui qui s'appelait King, un voyou et un gentleman. Ses frères couchés dans le *dogloo* savaient que leur sort était scellé. Badger, Scruffles, Cricket, Howler, Ulysse, Samson... Une balle pour chacun. Le marin le plus jeune se mit à pleurer et, lorsque ses larmes atteignirent sa barbe clairsemée, c'étaient des billes de glace. Quand l'expédition Greely fut secourue, en juin 1884, ce très jeune marin était mort de...

## La biographe

Elle heurte sa tasse, qui se renverse, le café dégouline sur la table et sur le sol.

Quand le marin le plus jeune est mort, de faim et d'hypothermie, ses compagnons de bord l'ont sans doute mangé. Elle ne peut qu'émettre des hypothèses. *J'introduis le spéculum dans votre vagin ; vous allez sentir une légère pression.* Après le retour à la civilisation des six survivants, le bruit courut que l'expédition Greely avait pratiqué le cannibalisme. Le cercueil de l'un des morts, un certain Frederick Kislingbury, fut déterré. Il n'avait plus de peau ; les bras et les jambes ne tenaient que par les ligaments. Greely affirma qu'ils avaient découpé la chair de Kislingbury afin de s'en servir comme d'appât pour les crevettes et les nasses, et non pour eux-mêmes.

Elle éponge le liquide marron avec de l'essuie-tout.

Susan lui a dit un jour qu'elle avait tort de conclure aussi vite que la vie de Mínervudottír avait été plus utile du fait de son départ des îles Féroé.

« C'est l'interprétation prévisible. Mais n'aurait-elle pas pu avoir une vie tout aussi utile si elle était restée ?

— Ça dépend de ce que tu entends par "utile", répondit la biographe. Je ne vois pas en quoi vider le poisson et laver à la main les culottes de six gosses est aussi gratifiant que de faire des recherches dans le cercle arctique.

— Pourquoi ça ?

— L'une est répétitive et absurde, l'autre excitante, courageuse et bénéfique pour la vie de nombreuses personnes.

— Si elle avait élevé six enfants, répliqua Susan, elle aurait eu un rôle bénéfique dans *leur* existence. »

Mínervudottír n'avait eu aucun enfant nourri d'agneau et coiffé de bonnet de laine à élever.

Et Susan n'avait pas de livre. Pas de carrière dans la justice. Pas d'emploi du tout, en fait.

La biographe, à proprement parler, n'a pas de livre non plus. La table de sa cuisine est encombrée d'ouvrages de bibliothèque non rendus sur la chasse à la baleine et la banquise – elle a lu une dizaine de fois la traduction des journaux de Mínervudottír –, et pourtant son manuscrit a plus de manques que de mots. Elle veut raconter l'histoire d'une femme dont le monde aurait dû connaître l'existence il y a bien longtemps ; alors pourquoi ne parvient-elle pas à en venir à bout ?

Roberta grignote le bord d'un muffin aux myrtilles oublié au fond du frigo de la salle des professeurs. Elle se force à dire :

— Nous n'avons pas parlé de l'excellente nouvelle qui te concerne.

Penny s'illumine.

— Mme Tristan Auerbach souhaite avoir le privilège de vendre *L'Enlèvement sur le sable noir* au plus offrant.

Elle pourrait être un auteur publié avant son soixante-dixième anniversaire. Et si le manuscrit se vend, les huit autres qu'elle a écrits suivront.

— Je suis très heureuse pour toi.

— Écoute, mon amie, tu devrais envoyer ton livre à Tristan. Je te recommanderai personnellement.

Roberta aurait dû féliciter Penny plus tôt… cela fait des semaines. Enlisée dans ses propres soucis, elle a évité la salle des professeurs, annulé les soirées télé devant les séries policières Masterpiece. Si Roberta avait trouvé un agent pour *Mínervudottír : une vie,* Penny lui aurait confectionné un gâteau le jour même.

— Je ne suis pas certaine qu'un agent spécialisé dans les romans d'amour serait intéressé par une histoire sans romance.

— La romance des bateaux écrasés sous la banquise ? suggère Penny. La romance de la gangrène.

Penny aimait feu son mari. Elle aime sa petite maison. Elle aime écrire ses histoires divertissantes. Elle n'a pas eu d'enfants parce qu'elle n'en a jamais eu envie. Quand Roberta compare cette vie comblée à son propre désir obsessionnel, elle est tentée par le désespoir.

— Je m'excuse, Pen.

— Pourquoi ?

— Parce que je n'ai pas été une amie à la hauteur.

Penny acquiesce :

— Tu as eu de meilleures années.

— Je suis vraiment désolée.

Elle commence à boutonner son cardigan turquoise.

— Je te pardonne. Mais tu ferais mieux de ne pas rater le cocktail pour la sortie de mon livre.

— Promis juré.

— Et je pense que tu devrais te porter candidate au poste de Fivey.

— Ha ! ha ! ha !

— Je ne plaisante pas, je t'assure. Tu es la candidate idéale.

La biographe éclate pourtant de rire, projetant des miettes bleues de muffin dans la pièce.

Elle monte jusqu'en haut de l'escalier est. Elle s'assied contre un mur.

L'excitation qu'elle a ressentie autrefois à cause du sperme d'un étudiant en biologie âgé de dix-neuf ans, son empressement à boire une tisane infecte mais magique, son espoir insensé quand elle avait couru jusqu'à la maison de Mattie…

Envolés.

Elle tripote les lacets de ses baskets.

Toutes les portes se sont refermées.

Celles, du moins, qu'elle a tenté d'ouvrir.

Ce désir féroce vient-il d'un instinct de survie ou est-il imposé par un carcan social ? Comment trouver l'équilibre entre les deux ? À quelles exigences se soumet-elle ?

Sa vie, comme celle de n'importe qui, pourrait prendre une direction qu'elle n'a jamais souhaitée, jamais prévue, et se révéler merveilleuse.

En tripotant ses lacets, elle entend la première sonnerie.

Elle pense à son frère, accepté dans la première université qu'il avait choisie, et jubilant : « Je suis tiré d'affaire. »

NOUS AVONS BESOIN D'OBSERVATEURS DE LA POLICE, disait le tract du collectif Polyphonte.

La seconde sonnerie.

C'est en marchant que vous tracez votre route, dit-elle à ses élèves.

Le matin après Portland, Mattie montra la photo sur la commode.

« Il est mignon. C'est qui ?

— Mon frère unique et préféré », répondit Roberta.

Il avait porté ce tee-shirt à tête de mort pendant des années, dit-elle à Mattie. C'était le tee-shirt d'un groupe qu'il aimait ; elle ne sait plus lequel. Elle n'a jamais réussi à se rappeler les noms des groupes ni les titres des chansons, ni même la musique, ce qui l'ennuyait quand elle était plus jeune – est-ce qu'elle ratait quelque chose d'essentiel ?

Elle ne confia pas à Mattie que, même si Archie avait eu son diplôme avec mention dans l'université choisie en premier, il n'était pas tiré d'affaire pour autant.

Elle ne lui raconta pas qu'elle l'avait trouvé, huit ans plus tôt, dans la cuisine de son appartement. Il portait un jean noir, mais pas de chemise. Les lèvres bleues, les joues plates, livides. Sur le plan de travail, il y avait un bol de céréales à demi mangé, un pot de miel, une cuillère brûlée, un briquet, un sachet en papier cristal. La seringue était posée sur le sol à côté de lui.

— Hé ! fillette, dit son père. Qu'est-ce qui me vaut cet appel ?

— C'est bientôt les vacances de printemps, répond-elle, et je pensais venir en visite.

— Visiter qui ?

— *Toi,* génie.

— Le duc de la cité des dentiers ? Le roi des hémorroïdes ?

— Tu ne peux pas dire simplement « Ma fille, je serais ravi de te voir » ?

— Je serais ravi de te voir. Mais n'oublie pas que les vacances de printemps à Orlando sont un enfer.

— Je m'y ferai, dit-elle.

La glace trop lourde pour progresser. L'équipage s'attaque à la banquise à coups de pioche pour sauver le chenal. Nous sommes à plus de cent soixante kilomètres de Fort Conger, où l'expédition de Greely est censée se trouver.

Le chenal a disparu. La nourriture et l'équipement traînés sur un fragment de banquise, les tentes maintenues par les traîneaux. Le cuisinier remplit les tasses de soupe aux pois et de lard bouilli.

À notre réveil, les glaces flottantes se resserraient autour du bateau. Les blocs bleutés massifs, projetés à la verticale par le vent et la marée, bondissaient en rugissant hors de l'eau pour s'écraser sur la quille. À mon trésor de connaissances, je peux maintenant ajouter le son produit par la glace lorsqu'elle détruit un bateau. Une rafale de coups de fusil, puis un léger hurlement ; et une vibration qui déclenche la sonnerie macabre des cloches du bateau. D'ici quelques heures, dit le capitaine, le *Khione* aura sombré.

# La guérisseuse

Après des semaines d'immobilité en prison, la marche jusqu'à la ville est pénible. Lorsqu'elle atteint l'Acmé, ses genoux se dérobent.

Elle garde la tête baissée pour éviter les lumières, les regards. Une boîte de carrés de réglisse. Une bouteille d'huile de sésame. Est-ce qu'elle invente les regards ? Peut-être que son esprit se dérobe lui aussi. Elle dort mal à présent ; le souvenir de l'odeur du désinfectant la réveille sans cesse.

Quand ils l'ont libérée, l'avocat était là pour la raccompagner chez elle. « Accrochez-vous à mon bras, d'accord ? a-t-il dit. Ne me lâchez pas. » En sortant de la prison centrale, ils se sont retrouvés au milieu d'une forêt cliquetante de caméras et de microphones, tous orientés vers le visage de Gin. Certains micros se sont heurtés à son menton.

« Que ressentez-vous maintenant que vous êtes libre, madame Percival ? »

« Vous êtes en colère contre vos accusateurs ? »

« Ne dites pas un mot », lui a chuchoté l'avocat à l'oreille.

« Avez-vous l'intention de poursuivre Dolores Fivey en justice ? »

Des clics et des flashs.

« Quelle est pour vous la prochaine étape ? »

« Avez-vous une opinion sur l'infestation des algues et les pertes économiques qu'elle a causées à Newville ? »

« Vous est-il jamais arrivé de pratiquer un avortement ? »

Clic flash clic flash clic flash.

« Contre vos accusateurs ? »

« D'être libre ? »

Clic. Flash.

— Bonjour. Gin ?

Une voix claire derrière elle.

La guérisseuse s'arrête dans l'allée. Des tomates en boîte l'éblouissent comme des soleils rouges.

— C'est moi… Mattie.

Elle se retourne et cligne des yeux en voyant la jeune fille, qui pousse un chariot ; et sa mère, qui a de longs cheveux gris, de grandes dents lorsqu'elle sourit. La guérisseuse les a observées toutes les deux ensemble dans Lupatia Street.

— Maman, voici Gin. Gin, voici ma mère.

— Enchantée, dit la mère, stupéfaite.

Elle tend la main, que serre la guérisseuse ; la peau est sèche.

— Comment vous…

— Nous nous sommes rencontrées à la bibliothèque, explique Mattie Matilda.

— Ah !

Les yeux de la mère se détendent un peu. Des yeux marron pleins de gentillesse. Elle a veillé au bien-être et à la sécurité de la fille.

— Bonjour, dit Gin d'un ton guindé.

Elle regarde le ventre de Mattie : plat, sous un pull moulant. Les cheveux : moins brillants. La peau : pas de taches sombres. Comment et où la fille a-t-elle réglé son problème ? Elle a réussi à ne pas se faire prendre. Elle a choisi une autre voie. Elle ne passera pas sa vie à s'interroger, oublier, s'interroger, oublier encore. Ou bien elle se posera des questions… mais pas de la même manière que la guérisseuse.

— Je suis si heureuse que vous ayez été acquittée, dit Mattie Matilda à Gin.

Le vert de ses iris a une nuance différente du sien.

*À moi sans l'être.*

— Quelle terrible épreuve vous avez traversée, dit la mère.

Gin acquiesce.

— Ils ont viré le proviseur Fivey, ajoute Mattie.

Gin acquiesce.

— Nous devons y aller, dit la mère, mais c'était un plaisir de faire votre connaissance, madame Percival.

Son chariot se met à rouler.

— Au revoir !

La fille agite la main.

Gin la salue en retour.

Ce sera bientôt le 15 février : la fête annuelle des lupercales. Et l'anniversaire de la fille.

Cotter et Gin l'ont conçue. La guérisseuse, avec son corps, a continué de la fabriquer. Pendant quelques mois, son horloge s'est remplie d'eau, de sang, et d'un poisson bien vivant. Ce qui est à la fois important et dérisoire.

Il le devinera peut-être, quand il l'aura vue assez souvent en ville. Mais peut-être pas. Devrait-elle le lui dire ? Tout ce que Cotter fait pour elle. Le pain sur le pas de la porte chaque semaine ; la tarte à la noix de muscade à Noel. Il a transporté le corps de Temple enveloppé de plastique sur le plateau de son camion, roulé jusqu'au port, hissé le cadavre sur un bateau d'emprunt, manœuvré dans l'obscurité pour le mettre à l'eau, dépassé la digue pour atteindre la haute mer. Il a fait tout cela sans hésiter.

La fille continue de se construire par elle-même. Elle n'a aucun besoin de Cotter ni de la guérisseuse.

Mais si elle revient un jour de son propre gré à la cabane, elle sera la bienvenue. Gin lui servira un thé au bon goût. Elle lui présentera Hans, Pinka et la poule boiteuse. (Mattie connaît déjà Malky.)

Gin paie ses bonbons et son huile de sésame.

Elle remonte à pied dans la forêt.

Lorsque la piste se transforme en sentier, sous un dais de fougères à grandes frondes, de rhododendrons et de castilléjie dorée, elle cherche le sapin argenté avec sa boursouflure de résine en forme de sablier.

*Bonjour, Temple.*

Vivante à travers les femmes qui ont absorbé des mixtures concoctées avec sa peau, ses poils, ses cils.

Ensevelie dans la mer.

La guérisseuse frictionne ses mollets en feu avec du baume au doronic d'Autriche. Elle s'allonge dans le noir avec le chat sur sa poitrine. Plus de voix humaines pour le reste de la journée. Elle ne veut que le grognement de Malky et le *mêêê* de Hans et Pinka. Le hululement de la chouette, le cri de la chauve-souris, le couinement du fantôme du lièvre variable.

C'est ainsi que les Percival vivent.

Elle mit dans son sac à dos l'anémomètre, le baromètre anéroïde, une gourde de thé, deux biscuits, et informa le groupe d'hommes qui jouaient aux cartes sous une tente qu'elle serait de retour deux heures plus tard.

« Sinon, on te sifflera », répliqua le maître d'équipage au milieu des rires pâteux.

Elle marchait depuis quelques instants quand le brouillard s'installa.

Le brouillard a beaucoup de noms. *Pogonip.* Brume. Nuages du sol. Ténèbres. Mínervudottír avait écrit chaque mot dans son carnet relié en cuir. Elle était maintenant environnée d'une brume dense, crémeuse, le pire brouillard glacé qu'elle eût jamais connu.

Sa boussole était-elle endommagée ? Avait-elle oublié de l'emporter ?

Les cloches et le marteau de forgeron = signal de brume.

Elle cria « À l'aide ! » dans trois langues.

Quand ses jambes furent trop engourdies et tremblantes pour avancer, elle s'assit.

Pas de sac en peau de renne où se blottir.

Elle crut entendre les cloches du bateau, mais ne parvint pas à situer d'où venait le son.

Elle but dix gorgées de thé.

Elle avait l'impression d'être assise dans un nuage.

*Frère, où sont les cloches ?*

Eivør essaya de marcher à nouveau, mais ne voyait rien devant elle à part la blancheur. Elle craignait de trébucher sur une fissure dans la glace et de tomber dans la mer.

Elle se rassit.

Des agneaux suspendus dans le hangar, la gorge rouge.

*Je sais sur quel versant de colline.*

Elle n'avait pas de sac en peau de renne.

*Cet agneau a brouté l'*

La survie n'était pas garantie. Ses yeux se fermaient. Elle s'allongea ~~et dormit jusqu'à~~. Elle goûta le macareux bouilli dans le lait... elle était en train de mâcher ses propres joues.

*Frère Gunni, les cloches où sont ?*

Si elle ne bougeait plus, son sang se figerait.

*Persiste,* se dit Eivør.

Elle se releva et avança en titubant.

# La fille

Très chère Yasmine,

Je t'écris cette lettre de l'académie de maths. Ce n'est pas aussi exceptionnel que nous l'avions imaginé, mais c'est bien.

Tu me manques. Je me demande toujours comment tu vas. Quel genre de programme scolaire proposent-ils là-bas ? Est-ce que tu veux toujours faire médecine ? J'ai le projet d'étudier la biologie marine. J'ai touché l'œil d'une baleine sur la plage.

Je t'en prie, crois-moi, Yas : je n'avais pas l'intention d'en parler à quelqu'un. J'ai cru que tu allais mourir, alors je les ai appelés. C'est la seule raison.

Moi aussi, j'ai subi ~~une intervention~~ quelque chose. Il y a trois mois.

Quand tu sortiras de Bolt River, on pourra être amies de nouveau ?

Je t'embrasse,

MATTS

Mínervudottír fut retrouvée sous une couche de glace. Ils virent d'abord son visage, comme s'il était plaqué contre une vitre, une joue plate et blanche. Le forgeron écrivit par la suite à sa femme : « Je n'ai jamais vu un œil aussi grand ouvert. » Elle avait retiré son manteau pour être libre de ses mouvements, résister au courant et briser la glace. À force de gratter, ses ongles avaient presque entièrement disparu.

L'équipe de sauvetage ne fendit pas la glace pour dégager le cadavre de l'exploratrice. Ils se signèrent peut-être, ou dirent des prières, ou furent simplement soulagés d'avoir une bouche en moins à nourrir. « C'est odieux d'abandonner le corps d'une femme dans la nature sauvage, écrivit le forgeron à son épouse, mais nous n'avons pas eu la force de le récupérer. »

# La biographe

Où s'achève le livre ?
Il doit s'arrêter quelque part.
Elle doit le quitter.
*Mínervudottír : un manque.*

La plupart des baleines, quand elles meurent, ne s'échouent pas sur les plages. Leurs carcasses tombent au fond de l'océan, où elles sont consommées peu à peu par des grappilleurs petits et gros. Les restes d'une baleine en eaux profondes peuvent nourrir les charognards pendant un demi-siècle ou plus.

L'osedax, écrit la biographe sur son ordinateur, est un ver mangeur d'os.

À travers les stores à lamelles, elle jette un coup d'œil aux pelouses, aux palmiers nains et aux arbres de feu luisants de chaleur. L'air conditionné est réglé à une température si basse qu'elle frissonne. La maison de son père est un cube en stuc rattaché à une rangée d'autres cubes, chacun avec une minuscule véranda donnant sur le centre communautaire, qui comprend un salon de coiffure et une salle de cinéma, et sert un punch au whisky plutôt correct le 4 Juillet. Ce n'est pas si mal, dit le père de Roberta.

Archie n'a jamais mis les pieds en Floride. L'idée d'un village de retraités l'horrifiait, et le nom d'Ambrosia Ridge lui évoquait un titre de film porno. Son refus de rendre visite à son père avait été la cause de l'une de ses dernières disputes avec sa sœur. Elle n'aimait pas non plus ce genre d'endroits, mais papa était là désormais. Archie l'avait traitée de bureaucrate bigote avant de raccrocher.

Elle lance en direction de la chambre à coucher :

— Je baisse la clim, d'accord ?

— J'arrive dans un instant.

Les ressorts du lit tressautent.

— Ne te presse pas. Le petit déjeuner n'est pas encore prêt.

Il lui faudra du temps pour émerger. Lorsqu'il marche, sa souffrance est flagrante – le pas traînant, le dos voûté, il s'arrête tous les deux ou trois mètres. Il élude du geste les questions de sa fille sur les traitements éventuels. Elle doit téléphoner au médecin.

Une fois que son père est arrivé à grand-peine dans la pièce, elle lui explique le menu du repas féroïen qu'elle a disposé sur le plan de travail corail mélaminé : des œufs durs de macareux (des œufs de poule), du lard de baleine séché au vent (du bacon), et des petits pains briochés des jours gras (des biscuits fabriqués avec de la pâte à cookies).

— Mon médecin me déconseille le bacon – il en fourre une tranche dans sa bouche –, mais le lard de baleine est permis.

— Pourquoi n'as-tu pas le droit d'en manger ?

— Quand tu es vieux, ils aiment bien interdire ceci ou cela. Sinon, comment rempliraient-ils les dix minutes de la consultation ? Ni bacon ni sucre. Et pas d'exercice amoureux.

— *Papa.*

— Oh ! détends-toi.

La biographe mastique et regarde l'étang artificiel dehors. Comme tant de choses à Ambrosia Ridge, l'étang est aussi déprimant qu'apaisant. L'aérateur oxygène une fontaine en permanence, preuve de son caractère frauduleux ; cependant la petite fontaine, qui projette des perles de soleil vert, est en réalité assez jolie.

— Portons un toast à ta mère.

Elle lève sa tasse.

— À Mama.

Il l'imite.

— À mon amour chéri.

Le réfrigérateur bourdonne. Le moteur d'une tondeuse lointaine s'emballe.

— On devrait peut-être…, dit Roberta.

Il acquiesce.

— À Archie, dit-elle.

— À Archer, qui était le plus gentil des petits garçons.

Il s'éclaircit la voix.

— Passer d'une telle gentillesse à…

Mettre en gage les bijoux de leur mère morte.

Planter un couteau à viande dans le bras de papa.

— À la paix, dit la biographe.

Ils lèvent leurs tasses.

Père se redresse avec difficulté.

— Ce foutu tabouret haut me tue le dos. Je vais rester debout.

Elle doit vraiment appeler son médecin.

— Donc aujourd'hui, dit-elle, c'est mon anniversaire.

Il se frappe le front.

— Comment ? Mon Dieu, j'ai oublié ?

— Nous n'avons pas besoin de le fêter, je…

— Je n'ai *pas* oublié.

Il prend une enveloppe repliée dans la poche de sa chemise.

— Joyeux anniversaire, ma chérie.

— Waouh ! papa, merci !

À l'intérieur de l'enveloppe, il y a un bon-cadeau pour une adhésion de deux mois en ligne à Rose City Singles, et trois soirées de *speed dating,* RENCONTREZ DES CÉLIBATAIRES EN OREGON, ÂGE 40+.

— Bien.

Elle boit une longue gorgée de café.

— Un cadeau peu conventionnel, j'en suis conscient, mais qui peut se révéler utile, non ?

Il vit à Ambrosia Ridge. Il est la plupart du temps en proie à des douleurs aiguës. Elle dit « merci » sans enthousiasme, et pose le bon près de son assiette.

— Je suis un fan du petit pain brioché des jours gras ! s'exclame son père, qui en beurre un troisième.

— Je rachèterai de la pâte avant de m'en aller. Il suffit d'ouvrir le couvercle de la boîte, et ça cuit tout seul.

— J'aimerais que tu restes plus longtemps, fillette.

— Moi aussi.

Malgré le bon-cadeau, ce n'est pas un mensonge.

Les raisons qui m'en empêchent :

1. Travail.

Le trimestre scolaire s'achève en juin. Mais elle pourrait se porter candidate au poste de Fivey. Il y a certains changements qu'elle aimerait apporter. Moins de tests de niveau, plus de cours de musique. Justice sociale et méditation transcendantale. *Proviseure Stephens.* Un bon poste pour une bureaucrate bigote ?

Ou bien elle pourrait travailler en dehors du système, comme les Polyphonte.

Après avoir sombré au fond de la baie de Baffin, à l'ouest du Groenland, le cadavre d'Eivør Mínervudottír entra dans de multiples autres corps.

Elle a ses règles au moment de sa mort. Les bandelettes de toile placées entre ses cuisses se déploient dans l'eau en un fugace nuage rouge. Un requin du Groenland sent l'odeur à trois kilomètres de là. Il décrit un arc lent et silencieux, et dirige sa masse luisante vers le sang.

Des parcelles de la peau d'Eivør dérivent dans les canaux d'eau salée. La fourrure de renne et les fils de flanelle s'accrochent aux dendrites de glace sous la banquise.

Une fois les superprédateurs repus, les plus petits festoient : myxines, homards, patelles, palourdes, ophiures. Puis les amphipodes, les vers mangeurs d'os, les bactéries.

Une baleine-pilote en quête de trous d'air étire son ombre sur elle.

Le krill grignote les fleurs vertes des algues sur le plafond de glace.

L'exploratrice se désagrège avec le temps.

Des semaines après avoir digéré la chair de Mínervudottír, le requin du Groenland est harponné près de la côte ouest de l'Islande. Les pêcheurs lui coupent la tête, enfouissent son corps dans le gravier et le sable, entassent dessus des pierres dont le poids élimine les poisons naturels (l'urée et l'oxyde de triméthylamine) de son organisme. Au bout de deux ou trois mois, le poisson – désormais fermenté – est découpé en tranches et suspendu dans un hangar pour y sécher. Une croûte épaisse, pestilentielle, se forme sur les morceaux de chair. Lorsque, le 25 décembre 1885, les habitants de Reykjavik dégustent le requin, ils mangent Eivør Mínervudottír.

Elle ne laissait ni argent, ni propriété, ni enfant, mais son corps maintint en vie des créatures qui, à leur tour, permirent à d'autres de survivre.

Elle s'intégra dans d'autres corps, mais aussi dans d'autres cerveaux. Les gens qui lurent « Contours et tendances de la mer Arctique » dans *Transactions philosophiques de la Royal Society of London* furent changés par les révélations de l'exploratrice. Comme la traductrice anglaise de ses carnets. Lorsqu'elle entendit la description du *grindadráp*, Mattie en fut transformée. Et la biographe aussi, bien sûr. Si son livre a beaucoup de lecteurs, Mínervudottír demeurera en eux.

Les recherches qu'elle a menées ont aidé les bateaux pirates à pénétrer dans le Nord, fusils armés, forets aiguisés.

Elle a écrit : « Si je fais naufrage dans ce vaisseau, nous sombrons ensemble. »

Et : « Le mot que je préfère, c'est banquise. »

Au lieu de postuler pour devenir proviseure, la biographe pourrait passer l'été à Ambrosia Ridge, à faire cuire des petits pains briochés des jours gras, à appeler les médecins, et à commencer son prochain livre. Être la cavalière de papa au pique-nique du 4 Juillet.

Elle pourrait demeurer dans les montagnes envahies par le brouillard, postulant ou ne postulant pas, respirant l'odeur des sapins de Douglas et des pins sylvestres. Le bruit sourd des vagues s'échouant sur la plage avant de se retirer.

Elle veut plus d'une chose.

Écrire la dernière phrase de *Mínervudottír*.
Écrire la première phrase d'autre chose.
Être polie mais intraitable avec les médecins de son père.
Être famille d'accueil.
Être la prochaine proviseure.

N'être ni l'une ni l'autre.

Elle ne veut pas limiter sa vie à « en avoir un ».

Ni à « ne pas en avoir un ».

Cesser de réduire la vie à une case à cocher, à une case de calendrier.

Cesser de secouer la tête.

Aller à la manifestation en mai.

Faire plus que de participer à une manifestation.

Accepter de ne pas savoir.

*Tiens bon, Stephens.*

Pour voir ce qui est. Et voir ce qui est possible.

## Notes de l'auteure

a. Certains détails sur les procès des animaux européens sont extraits de l'ouvrage d'E. P. Evans *The Criminal Prosecution and Capital Punishment of Animals,* Londres, William Heinemann, 1906.

b. Référence à *Nach der Natur : Ein elementargedicht*, de W. G. Sebald. Paru chez Actes Sud en 1988 (*N.d.T.*).

c. Ces détails sont extraits de *Compendium Maleficarum*, de Francesco Maria Guazzo, publié en latin à Milan, en 1608, par les héritiers d'Augustus Tradatus.

d. John Davies of Hereford, « Wits Bedlam » (1617), in *A Dictionary of Sexual Language and Imagery in Shakespearean and Stuart Literature,* vol. 1, by Gordon Williams, Londres, The Athlone Press, 1994.

e. Référence à *A General History of the Robberies and Murders of the Most Notorious Pyrates,* par Captain Charles Johnson, publié pour la première fois en 1724. Réédité en 2010 chez Guilford, CT, Lyons Press.

f. Phrases extraites d'un discours de John F. Kennedy au Parlement canadien à Ottawa, le 17 mai 1961.

g. The Laurie Berkner Band, *Whaddaya Think of That ?*, New York, Two Tomatoes Records, 1997.

h. Référence à *La Traversée des apparences*, de Virginia Woolf.

i. Citation tirée de *Little Fur Family,* de Margaret Wise Brown, New York, Harper Brothers, 1946.

j. Certains détails des recherches de Mínervudottír sur la banquise sont extraits de l'ouvrage d'Adolphus Washington Greely *Handbook of Arctic Discoveries,* Boston, Roberts Brothers, 1896.

## Remerciements

Mes plus vifs remerciements à Frédérique Polet, Florence Noblet, Tania Fouquet et Coline Lafond aux Presses de la Cité, ainsi qu'à Éliane Benisti et Noémie Rollet de l'agence Éliane Benisti. Mon affection et ma reconnaissance particulière à Anne Rabinovitch, dont la traduction a donné un autre souffle à mon roman, dans une langue qui m'est chère.

Je suis infiniment reconnaissante à Lee Boudreaux, dont le brillant *editing* a conduit ce livre sur un territoire plus profond, plus audacieux ; et à la phénoménale Meredith Kaffel Simonoff, qui a été une agente de rêve en tout point. Tous mes remerciements aussi à Suzie Dooré, mon éditrice en Grande-Bretagne, pour ses astucieuses suggestions et son excellent sens de l'humour.

Pour leur aide et leur sens artistique, je suis redevable à Carina Guiterman, de Lee Boudreaux Books ; à Charlotte Cray, de Borough Press ; à Lauren Harms, Karen Landry, Sabrina Callahan, Katharine Myers et Julie Ertl chez Little, Brown ; à Dianna Stirpe, pour son œil aiguisé ; à Alice Lawson chez Gersh ; à Reiko Davis, Colin Farstad, Linda Kaplan et Gabbie Piraino chez DeFiore and Company.

Merci à Money for Woman/Barbara Deming Memorial Fund, et au Regional Arts and Culture Council pour leur générosité, ainsi qu'aux éditeurs de *Columbia : A Journal of*

*Literature and Art* et *Winged : New Writing on Bees,* où des extraits de ce roman ont paru, sous une forme très différente.

Pour leurs encouragements, leur soutien et leur inspiration, je remercie Heather Abel, John Beer, Liz Ceppi, Paul Collins, Sarah Ensor, Brian Evenson, Jennifer Firestone, Michele Glazer, Adria Goodness, Amy Eliza Greenstadt, Noy Holland, Alastair Hunt, Michelle Latiolais, Elena Leyva, Nanci McCloskey, Tony Perez, Peter Robbins, Shauna Seliy, Sophia Pfaff Shalmiyev, Anna Joy Springer et Adam Zucker. Ma reconnaissance va en particulier aux premiers lecteurs de ce manuscrit : Zelda Alpern, Kate Blackwell, Eugene Lim et Diana Zumas.

Merci à ma famille : Kate, Felix, Diana, Casey, Bridget, Greg, et petit Charles. *E grazie ai miei amici e alla mia famiglia in Italia : Lucia Bertagnolli, Pietro Dipierro, Chiara Berattino e Federico Zanatta.*

Par-dessus tout, merci à Luca, pour son merveilleux amour à toute épreuve ; et à Nicholas, exactement pour ce qu'il est.